영웅시대

2부 2권 부장

영웅시대 2부 2권 부장

초판1쇄 인쇄 | 2017년 12월 11일
초판1쇄 발행 | 2017년 12월 18일

지은이 | 이원호
펴낸이 | 박연
펴낸곳 | 한결미디어

등록일자 | 2006년 7월 24일
등록번호 | 제25100-2006-152호
주소 | 서울시 마포구 모래내로 83 한올빌딩 6층
전화번호 | 02 · 704 · 3331
팩스번호 | 02 · 704 · 3330

ISBN 979-11-5916-069-1 979-11-5916-67-7(set) 04810

영웅시대

2부 2권 부장

이원호 지음

한결미디어
HANGYEOL
MEDIA

목차

1장 무기상이 되다

정상적인 회사에서 정상적인 승진을 했다면 분위기가 크게 달라지지 않는다. 바로 이광이 그렇다. 서너 달 전부터 부(部) 승격이 예고된 데다 한 달 전에는 조직 개편까지 끝난 상태였기 때문에 외부에서 축하 연락이 쇄도했을 뿐 내부는 평온했다. 이광이 부장 진급 후에 처음 만난 외부 인사가 업무와는 거의 상관이 없는 강인숙이었다. 여기는 명동의 사바나호텔, 오후 3시 정각이 되었을 때 먼저 와 기다리고 있던 이광이 커피숍 입구로 들어서는 강인숙을 보았다. 강인숙은 진주색 밍크코트 차림이었는데 파마한 머리가 어깨 위로 출렁거렸고 화장이 짙다. 화사한 차림이었다. 다가온 강인숙이 서서 기다리는 이광을 향해 손을 내밀었다.

"오래만이야, 이 부장."

강인숙이 웃음 띤 얼굴로 대뜸 말을 놓았다.

"서울에서 만나니까 기분이 묘해. 자기는 안 그래?"

말투도 완전히 서울 여자다.

"응, 그러네."

어정쩡하게 대답한 이광이 마주보고 앉았을 때 강인숙이 다시 물었다.

"쿠웨이트 회사가 아주 잘된다면서."

"여기서도 다 알고 있군."

"그럼."

강인숙이 흰 이를 드러내고 웃었다. 웃는 모습이 화사해서 지나던 남자들이 시선을 주었다. 시선 끝이 이광을 스치고 지나는 것은 부럽다는 표시다. 그때 강인숙이 말을 이었다.

"여기서 맡은 내 업무도 전(前)과 비슷하기 때문이야. 자기하고도 연관이 있어."

"옳지."

쓴웃음을 지은 이광이 지그시 강인숙을 보았다.

"그것 때문에 날 보자고 했구나. 난 순진하게 널 만나려고 목욕까지 하고 왔는데."

"미쳤어."

눈을 흘긴 강인숙의 얼굴이 붉어진 것 같다.

"하긴 네 매력이 그것이야. 속에 있는 말을 탁탁 털어놓는 그 성격."

"여기 호텔방에서 잠깐 쉬었다가 갈까?"

"아유 못살아."

"한국에 와서 누구하고 잤어?"

"미친놈."

"그래, 오랜만에 널 보니까 미쳤다."

"대낮에 뭘 한다고?"

"한국에서는 그래. 낮에 몇 시간 호텔방에서 놀다가 가는 것이 유행

이야."

"더러워."

"올라가자."

"부장되고 나서 더 미친놈이 됐어."

"자꾸 미친놈, 미친놈, 할래?"

눈을 치켜떴던 이광이 자리에서 일어섰다.

"방 열쇠 가져올 테니까 이 미친놈 기다려."

이광한테 미쳤다고 했지만 강인숙의 몸부림은 격렬했다. 미친년 같았다. 한낮, 방의 불을 켜고 자시고 할 것도 없이 대낮의 환한 호텔방 안에서 한 쌍의 몸이 얽혀서 격렬하게 꿈틀거린다. 이윽고 강인숙이 또 터졌다. 세 번째 터지는 것이다.

"아유, 나 죽어."

온몸을 늘어뜨린 강인숙이 앓는 소리를 내면서 몸을 떼었다. 구겨진 침대 시트 위에 누운 강인숙의 알몸이 요염하게 드러났다. 이광이 거친 숨을 고르면서 강인숙의 허리를 당겨 안았다.

"오래 굶은 티가 난다."

"그래, 흐흐흐."

강인숙이 다리 한쪽을 이광의 몸 위에 걸치면서 웃었다.

"그때 자기 만나서 하고 처음이야."

"믿어줄게."

"난 자기뿐이야."

"결혼하자고?"

"그 많은 여자는 다 어떻게 하고?"

"나 회교도가 될 생각이야."

"무슨 말이야?"

"무슬림은 와이프를 넷까지 둘 수 있거든."

"이 색골."

강인숙이 이광의 남성을 움켜쥐더니 얼굴을 펴고 웃었다.

"하긴 자긴 능력자라 가능할 거야. 나 죽는 줄 알았어, 조금 전에."

"조금 있다가 한 번 더 해줄게."

"정말?"

그러더니 어느덧 단단해진 이광의 남성을 감싸 쥐고는 숨을 들이켰다.

"벌써 얘는 준비되었네."

"걔는 언제든지 준비완료야."

"좀 있다 해줘, 나 죽겠어."

"좋지, 말만 해."

이광이 강인숙의 엉덩이를 끌어당겼을 때 강인숙이 입을 열었다.

"안기부에서는 내 전문성을 이용해서 한국산 무기를 중동에 팔려고 해. 그런데 조건이 있어."

강인숙이 이광의 허리를 두 손으로 감싸 안았다.

"자기하고 동업해야 된대."

바로 이것이구나. 불감청이언정 고소원이다.

관리과장 진남철은 2성대 출신으로 29세, 이광보다 한 살 연하다. 진남철은 대기업 대성 공채 출신인 데다 그룹에서도 핵심 부서인 기조실 출신이다. 기조실에서 백영주의 부하 직원으로 손발을 맞췄으니 백영주의 최측근이라고 볼 수도 있을 것이다. 진남철의 이광에 대한 선입견은 뻔했다. 오성대 출신의 운 좋은 사내, 오더 수주에 대한 능력은 뛰어나다고 해도 오성대 출신이라면 기본 지식, 바탕이 하급이라는 선입견은 모두가 갖고 있다. 처신이 뛰어나는지 모르지만 소양이 떨어지는 하급 인생인 것이다. 지난달 진남철은 이광의 승인을 받고 유영균을 인사 조치했다. 대기 발령을 내고 총무과 대기실에 책상을 놓아준 것이다. 그곳에서 두 달 동안 빈 책상에 앉아 있다가 별도 조치가 없으면 자동 퇴직이 된다. 물론 리베이트로 받아먹은 50만 원도 상환했다. 이광이 진남철을 불렀을 때는 오후 4시, 회의실로 들어선 진남철의 얼굴은 굳어 있다.

"부르셨습니까?"

다가선 진남철이 묻자 이광이 눈으로 앞쪽 자리를 가리켰다. 진남철이 자리에 앉자 이광이 물었다.

"진 과장이 대성에서 뭘 했지?"

"예, 기획조정실에서 그룹의 각 계열사 간 업무 조정, 분담, 신시장 개척 분야를 맡았습니다, 부장님."

이광이 머리를 끄덕였다. 이미 조사를 해서 알고 있었기 때문이다. 진남철은 기조실에서만 4년 근무했다. 직책은 기조실 대리, 그러다가 중소기업인 유성상사 과장으로 온 것이다. 대성의 기조실은 내부에서도 경쟁이 치열했기 때문에 진남철은 기획조정 파트에서 총무관리 파트로 옮겨가기 직전에 이곳에 왔다. 잘나가는 회사원은 직장을 옮길 이유가 없는 것이다. 보다 더 좋은 조건을 바라는 인간, 현 상황에 불만인 인사가 이직을 한다. 이광의 얼굴에 웃음이 떠올랐다.

"솔직히 유성상사 중동부 관리과장으로는 양이 차지 않겠군, 그렇지?”

“아닙니다, 부장님.”

“백 실장하고 자네하고의 관계를 잘 알아. 백 실장이 자네한테 어떤 비전을 심어 주었는지도 짐작이 가고.”

정색한 이광이 진남철을 보았다.

“유성에서 기조실장이 될 수도 있겠지. 유성과 함께 성장해서 경영진이 될 수도 있을 것이고.”

진남철은 숨을 죽이고 시선만 주고 있다. 이광의 의도를 모르고 있기 때문이다. 그때 이광이 말을 이었다.

“진 과장의 꿈을 말해 주겠나? 우리 둘만 알고 있기로 하고 말이야.”

“……”

“진 과장은 중동부의 선임과장이야. 관리과로 수출 부분과는 다르지만 내가 진 과장의 비전을 알면 좋겠는데.”

“……”

“서로 도움이 될 수도 있고.”

그때 진남철이 말했다.

“웃으실지 모르지만 전 중동부가 체질에 맞습니다.”

“체질에 맞다니?”

“무섭게 신장하는 중동부를 보면 가슴이 뜁니다. 비록 제가 수출 파트는 아니지만 같은 배에 타고 있는 건 맞지 않습니까?”

“그렇지.”

“부정행위를 잡아내고 오더 관리를 해서 중동부 신장에 기여를 하는 것도 제 보람이 되겠지요.”

진남철이 번들거리는 눈으로 이광을 보았다.

"그것을 언젠가는 부장님이 인정해 주시리라고 믿고 있습니다."

"내가 오성대 출신에 벼락 승진했다는 선입견은 없나?"

"없습니다."

머리를 저은 진남철이 흰 이를 드러내며 웃었다.

"처음에는 당연히 있었지요. 그런데 여기 오고 나서 체크해보니까 바로 알게 되었습니다."

"뭘 말이야?"

"부장님의 능력 말입니다."

"오더 수주 능력 말인가?"

"아닙니다."

쓴웃음을 지은 진남철이 머리를 저었다.

"진정한 보스이십니다."

"아부하지 마."

"전 있는 그대로 말하는 성품입니다."

정색한 진남철이 똑바로 이광을 보았다.

"전 부장님 같은 분은 처음 만났습니다. 요즘 들어서 이것이 내 인생에 어떤 전환점이 될지도 모른다고 생각을 합니다."

"아부가 엄청나군."

"부장님의 에이스무역에 대한 관리 방법, 리스타상사를 이용한 오더 수주, 이런 방식은 대기업도 운용하지 못하고 있습니다."

이광이 숨을 삼켰다. 떠보려고 불렀다. 이 자식이 내막을 알고 있는지 불안해졌기 때문이다.

정현애가 일을 저질렀다. 국내 최대 재벌그룹인 태우상사의 로컬 오더를 진행하다가 클레임을 받은 것이다. 75만 불짜리 대형 오더였는데 무려 30퍼센트, 22만5천 불의 클레임을 받았다. 바이어는 프랑스의 뉴통, 태우의 주요 고객으로 1년에 5백만 불 가깝게 수입하는 빅 바이어다. 정현애가 다 죽어가는 얼굴로 보고했다.

"3개 공장에서 선적시켰는데 원진에서 실은 제품에 문제가 있었습니다."

회의실 안, 테이블에는 이광을 중심으로 진남철까지 4개 과장이 모두 둘러앉았다. 이광이 받은 가장 큰 클레임이다. 또한 유성상사 역사상 가장 큰 금액이기도 하다. 정현애가 시선을 내린 채 말을 이었다.

"원진의 공장장이 바뀌면서 작업 지시서를 제대로 읽지 않은 공장장이 색상을 바꿔 작업한 것입니다."

"……."

"소매 색상이 몸통으로, 몸통 색상이 소매로 뒤바뀌어서 검사 과정에서도 그냥 넘어갔습니다. 바이어 검사에서도 랜덤으로 하는 바람에 전의 작업분이 랜덤으로 걸려서 정상으로 처리되었습니다."

100퍼센트 유성의 잘못이다. 하청 공장 원진의 책임도 있지만 중간 체크를 해야 할 1과의 책임이다. 담당자는 장태호, 3과 소속이었을 때부터 이광의 부하였으니 경력은 1년 남짓, 그때 이광이 물었다.

"클레임은 어떻게 받겠다는 건가?"

"유성에서 맞보로 맡긴 백지 어음에 클레임 금액을 적어서 은행에 넣겠답니다."

가차 없다. 그러면 유성에서는 어음 부도를 내지 않으려고 태우상사에 대금을 입금시켜야 된다.

"협상할 여지는 없나?"

이광이 다시 묻자 정현애가 어금니를 물었다.

"다음 주에 어음 돌리겠다는데요."

"……."

"담당 과장이 전화도 받지 않습니다."

"……."

"태우하고 추가 오더도 없는 터라 이 기회에 오더를 끊으려는 것 같습니다."

이광이 심호흡을 했다. 잘나가던 태우 섬유3부장, 배기준은 우간다 지사장대리 발령을 받자 사표를 내고 잠적했다. 태우 경영진에서 그 단초를 만든 유성 중동부를 곱게 볼 리가 없는 것이다. 그때 진남철이 가볍게 헛기침을 했다.

"제가 한 말씀 드려도 되겠습니까?"

이광이 머리를 끄덕이자 진남철이 말을 이었다.

"태우하고 거래 관계가 다시 이어질 가능성이 없을 것 같습니다. 그렇다고 우리가 태우 때문에 큰 영향을 받는 것도 아니지 않습니까?"

이광의 시선을 받은 진남철의 얼굴에 희미하게 웃음이 떠올랐다.

"지금 바로 경리부에 의뢰해서 태우에 발행했던 백지 어음의 지급 정지를 신청하시지요. 그러면 은행도 받아들일 것입니다."

"받아들여?"

"예, 작년에 정부에서 대기업은 중소기업의 담보용 백지 어음을 받지 못하도록 중소기업 진흥책을 내놓았습니다. 그것을 대부분의 중소기업은 모르고 있지요."

이광이 숨을 들이켰을 때 진남철의 목소리가 회의실에 울렸다.

"일단 지급 정지를 시켜놓고 차분하게 방법을 강구하는 것입니다."

"좋아, 지금 즉시 신청해."

이광이 커다랗게 머리를 끄덕이며 말했다.

"진 과장한테 맡기겠어."

네 쌍의 시선이 모두 진 과장에게 모였다. 그 시선은 이제 뜨겁다.

그 시간에 백영주가 회장실에서 황학수와 마주앉아 있다. 황학수가 백영주를 부른 것이다. 소파에 등을 붙인 황학수가 지그시 백영주를 보았다.

"너, 이광이 그대로 이곳에 있을 것이라고 믿고 있느냐?"

"아뇨, 아버님."

정색한 백영주가 대번에 대답했다.

"아마 부장으로 그만둘 것 같습니다."

"네가 다른 남자를 만나고 있다는 것도 알고 있겠지?"

"알고 있겠지요."

"네가 먼저 등을 돌렸다는 것도 알고 있지?"

"이광은 여자가 많아요, 아버님."

"그렇겠지."

외면한 황학수가 선선히 인정했다.

"하지만 그 계기는 너한테 있다는 생각은 안 했어?"

"했습니다."

"잡으려는 노력은 했어?"

"아뇨."

백영주가 정색하고 황학수를 보았다.

"아버지, 이제 이광이 나가도 유성은 큰 피해를 입지 않아요. 이광은

16

유성을 생산 공장으로 그대로 이용할 테니까요.”

　태우상사의 클레임은 진남철의 주도로 수습되었다. 해결된 것은 아니지만 시간을 번 것이다. 이번 사건으로 진남철은 과장들의 신뢰를 받았고 특히 1과장 정현애에게는 ‘생명의 은인’이 되었다. 정현애가 제 입으로 그렇게 말한 것이다. 물론 어음이 ‘지급 정지’ 상태가 된 것을 확인한 태우상사가 방방 뛰었지만 ‘정부 시책’까지 나온 상황이다. 그들로서는 속수무책이 되었다. 다시 회의.
　“이제는 태우상사 담당 과장이 만나자고 합니다.”
　과장 회의에서 정현애가 다소 기를 편 모습으로 말했을 때 이광의 시선이 진남철에게로 옮겨졌다.
　“진 과장, 자네가 정 과장하고 같이 가서 만나봐.”
　“예, 부장님.”
　어깨를 편 진남철이 바로 대답했다. 이제 수출과장과 동등한 대접을 받게 된 것이다. 이광이 말을 이었다.
　“팀워크를 이루면 더 강해지는 법이야. 이제 중동부는 난공불락이 되었어.”

　그날 오후, 상담실에 혼자 앉아 있던 이광에게 윤지혜가 다가왔다. 손에 파일을 들고 있어서 결재 받으려는 시늉을 했지만 앞쪽에 앉더니 대뜸 물었다.
　“오늘 집에 가도 돼요?”
　윤지혜의 얼굴에 웃음이 떠올라 있다. 그러나 눈 밑이 조금 붉어졌다.

"안 돼."

이광이 시선을 떼고 말했다. 지난번 윤지혜를 오피스텔에 데려간 후에 다시 만나지 않았다. 육체관계가 없었다는 뜻이다. 그때 윤지혜가 말을 이었다.

"무슨 일 있으세요?"

"뭐가?"

"오피스텔에서."

"무슨 말이냐?"

"찾아오는 사람."

"이게 날 뭘로 보고."

"그럼 오늘 저녁에 갈게요."

"왜?"

"벌써 한 달이 지났어요."

"뭐가?"

윤지혜가 파일을 들고 자리에서 일어섰다. 이제는 얼굴의 웃음기가 지워졌고 두 눈이 번들거리고 있다.

"불러주기만 기다리다가 병나겠어요. 오늘 8시까지 갈게요."

"9시까지 들어갈게, 약속이 있어."

"알았어요."

윤지혜의 얼굴에 다시 웃음이 떠올랐다.

"제가 술상 봐놓고 있을게요."

어차피 윤지혜는 두 달 후에 유성상사를 그만둘 계획이다. 이미 쿠웨이트의 리스타상사에 자리를 만들어 놓았기 때문에 윤지혜는 전출 준비를 확실하게 하고 있는 중이다.

18

저녁 약속은 안기부의 오금봉 부장과 하동일 과장, 그리고 강인숙과 넷이 만나기로 한 것이었다. 시청 근처 소공동의 일식당 안, 일식당은 방 구조로 되어 있어서 음식보다 밀담을 나누기에 적당하다. 술과 생선회가 놓였을 때 오금봉이 바로 본론을 꺼내었다.

　"강 선생한테서 들으셨겠지만 강 선생의 전문성을 이용해서 한국산 무기와 군수품 수출을 하기로 결정되었습니다."

　이광의 시선을 받은 오금봉이 빙그레 웃었다.

　"그런데 강 선생 독자적으로 사업을 하기에는 여러 가지 문제가 있죠. 그래서 이 부장님, 아니 이 사장님의 도움이 필요합니다."

　이광이 잠자코 시선만 주었다. 이쪽에서 콩 나라 팥 나라 할 필요는 없다. 그렇다고 금방 받아들일 자세를 보일 필요도 없다. 아쉬운 것은 저쪽인 것이다. 무기류 거래는 위험이 따른다. 더구나 북한에서 전향한 강인숙을 내세운다면 자신까지 북한 측의 표적이 될 수도 있다. 그때 오금봉이 말을 이었다.

　"사업장은 요르단이 좋겠습니다. 그곳에 서구 각국의 무기상 대리점이 있는 데다 중동의 요지이니까요."

　"……."

　"사업 자금은 모두 우리가 내겠습니다. 이 사장님이 대표를 맡아주시고 강 선생이 고문 역할로 오더를 끌어들이시는 겁니다."

　"……."

　"모든 권한은 이 사장께 일임하겠습니다. 솔직히 우리들은 정보 수집과 군수품 거래를 진흥시킨다는 국가적인 사업에 투자를 하는 것이니까요."

　그렇다면 해볼 만하다. 군수품 거래는 엄청난 금액이 형성된다. 리스타상사에서 의류를 파는 것보다 수십 배 장사가 된다. 로켓포 1개 가격이 의류 컨테이너 3개 분량과 같은 것이다. 이광의 시선이 강인숙에게로 옮겨졌다. 시치미를 뚝 떼고 앉아 있던 강인숙이 이광의 시선을 받더니 눈동자가 흔들렸다.

"아아아!"

윤지혜의 신음이 방안을 울렸다. 거침없는 신음이지만 몸짓은 소극적이다. 몸을 활짝 열어 이광을 받아들이면서도 새로운 자세를 시작하려면 부끄러워한다. 그리고 나서 더 달아오르기는 한다. 밤 12시 반, 이광은 벌써 세 번째 윤지혜를 공격하고 있다. 윤지혜도 기꺼이 이광을 받아들였는데 땀에 배인 알몸이 불빛에 번들거리고 있다.

"아유, 나 죽어."

윤지혜가 다시 절정에 오르면서 소리쳤다. 사지로 이광을 빈틈없이 감싸 안고 허리를 비틀어 리듬을 맞추다가 온몸이 굳어진다. 방안은 폭풍이 휘몰아치고 있다. 애액의 냄새는 비 오는 날의 비린 비 냄새와 비슷하다. 윤지혜가 터진 순간 이광도 함께 폭발했다. 이광으로서는 첫 폭발이다.

방안에는 아직 거친 숨소리가 울리고 있다. 뜨겁고 습한 열기는 아직 가시지 않았다. 한 쌍의 알몸은 어지럽혀진 침대 위에 엉킨 채 누워 있다. 윤지혜는 이광의 가슴에 볼을 붙인 자세로 안겨 있다. 팔을 뻗어 윤지혜의 머리를 받쳐준 이광은 다른 손으로 엉덩이를 감싸 안고 있다. 그때 윤지혜가 이광의 가슴에 더운 입김을 스치게 하면서 말했다.

"보스, 내 후임으로 국내영업본부 내수 2과 양선홍 대리를 뽑아주세요."

이광이 듣기만 했고 윤지혜가 말을 이었다.

"제 대학 선배인데 회사에 늦게 입사했어요. 그래서 30살인 올해 대리 진급을 했고요."

"……."

"저도 회사 들어와서 알게 되었는데 성실하고 업무 처리 능력이 뛰어나다고 평이 좋아요. 확인해보세요."

"……."

"수출부로 오고 싶어 하는데 나이가 걸려요."

이광과 나이가 같은 것이다. 부하 직원과 나이가 같으면 거북한 법이다. 어리고 똑똑한 직원이 얼마든지 있는 세상이다.

"왜 늦게 입사한 거야?"

이광이 묻자 윤지혜는 몸을 더 붙였다.

"군대에서 하사관으로 6년을 보냈다고 해요. 그래서 다른 사람보다 3년 늦은 거죠."

"좋아, 네 후임으로 뽑아보지."

"고마워요, 보스."

"네가 인사할 것 없어. 오히려 내가 사례를 해야지."

그때 윤지혜가 이광의 남성을 감싸 쥐더니 몸을 더 붙였다.

"한 번 더 해줘요, 보스."

윤지혜는 깔끔한 성품이다. 자신이 유성을 떠난 후까지 정리하고 있다.

이광이 푸저우로 떠났을 때는 그로부터 일주일 후다. 우창한테서 생산이 끝났다는 연락을 받았기 때문이다. 바이어의 '파이널 검사'다. 오더 선적 전에 '파이널 검사' 즉, 마지막 검사는 제품을 싣느냐 마느냐가 결정되는 검사다. 한국에서 중국까지 직항 비행기가 없을 뿐만 아니라 방문객도 거의 없는 시기여서 이광은 홍콩으로 날아가야만 했다. 홍콩 공항에는 푸저우의 경제국 과장 린린(林林)이 기다리고 있었는데 이광을 보더니 활짝 웃었다. 이제는 서로 익숙해져서 웃는 모습도 자연스럽다. 오후 3시 반이다. 린린의 수행원으로 보이는 사내가 이광의 가방을 받아들었다.

"어쩌죠? 푸저우행 비행기는 밤 9시인데……, 오늘 밤은 홍콩에서 쉬시고 내일 오전 10시 비행기로 가시죠."

린린의 목소리는 은쟁반 위로 방울이 구르는 것 같다. 이광이 숨을 들이켜면서 머리만 끄덕였다. 린린의 목소리를 들을 때마다 정사를 나눌 때의 신음 소리가 궁금해지는 것이다. 아니 그 목소리로 연상을 하게 된다. 바로 이것이 이광의 본바닥 성품이기도 하다. 린린의 안내로 이광은 홍콩 번화가 중심에 위치한 타운호텔에 투숙했다. 물론 스위트룸이다.

"저녁 식사는 호텔 안에서 하실까요? 유명한 식당이 많은데 어디가 좋겠어요?"

스위트룸 안에 들어온 린린이 묻자 이광이 되물었다.

"린린 씨 숙소는 어딥니까?"

"아래층 1704호실입니다. 전 공무원이라 일반 객실을 사용하고 있죠."

이광의 방값은 린린이 계산하는 것이다. 푸저우시가 지불하는 셈이다.

"그럼 내 방에서 룸서비스를 시켜서 먹지요, 술도 한잔하고."

"그러죠."

린린의 얼굴에 웃음이 떠올랐다.

"여기서 홍콩 야경이 볼 만하겠어요."

창밖을 내다보면서 린린이 말을 이었다.

"이 사장님 덕분에 스위트룸에서 야경을 보며 술을 마시게 되겠군요."

이광이 홀린 듯한 시선으로 린린을 응시한 채 대답하지 않았다. 아름답다. 이래서 중국 황제들이 여자들한테 홀려 나라를 망쳤는가?

린린은 지난번부터 이광에게 접근했다. 유혹이다. 은근한 분위기였다가 강한 향내와 함께 숨이 막힐 것 같은 자세를 보이기도 했다. 그 눈빛, 그 웃음, 하늘거리는 몸매, 몸에 딱 붙는 선홍빛 드레스, 허벅지 한참 위쪽에서 찢어진 것 같은 드레스 사이로 드러난 다리, 그 모든 것이 이광의 머릿속에 오랫동안 입력되어 있었다, 그 목소리와 함께.

"뭘 그렇게 봐요?"

술잔을 든 린린이 웃음 띤 얼굴로 물었다. 룸서비스로 시킨 랍스터 요리로 저녁을 먹고 둘은 응접실 소파에 앉아 술을 마시는 중이다. 밤 10시 반, 둘은 양주 한 병을 거의 비슷한 양으로 비웠다. 이광이 웃음 띤 얼굴로 린린의 시선을 받는다.

"당신만큼 유혹적인 여자를 본 적이 없어."

"당신은 대단한 사람이더군요."

한 모금에 위스키를 삼킨 린린이 지그시 이광을 보았다. 술기운이 오른 린린의 얼굴은 붉게 상기되었고 두 눈은 번들거리고 있다. 반쯤 벌린 입을 보자 빨아먹고 싶은 충동이 일어났다. 심장이 거칠게 뛰기 시작했다. 린린이 말을 이었다.

"쿠웨이트의 사업장 매출이 1억 불도 넘는다면서요?"

이광은 웃기만 했다. 1억 불은 진즉 넘었다. 올해 매출 목표는 2억 5천만 불이다. 그때 린린이 지그시 이광을 보았다. 목소리가 조금 느려진 대신 더 육감적으로 들린다.

"알아요? 당에서는 날 당신의 여자로 묶어두려고 해요. 그래야 안심이 되나 봐요."

"……."

"이번에도 성과 보고를 해야 돼요. 그 성과 보고가 뭔지 알아요? 당신하고 잤느냐가 성과에 들어가요."

린린의 얼굴에 웃음이 떠올랐다.

"안 잤다면 성과를 올리지 못한 거죠, 빌어먹을 놈의 성과."

"……."

"쓰레기를 생산하지 말고 좀 좋은 제품을 제값을 받고 수출해서 매출액을 올리는 것이 아니라 바이어하고 자는 것으로 때우다니."

"……."

"개혁을 하려면 아직 멀었어. 저 썩어빠진 놈들부터 숙청시켜야 돼."

그때 이광이 술잔을 내려놓고 말했다.

"자, 잡시다, 린린."

황홀한 몸이다. 탄력이 넘치는 사지, 티 한 점 없이 윤기가 흐르는 피부, 눈을 크게 떴지만 초점이 흐려진 눈은 무아지경을 헤매고 있다는 증거일 것이다. 반쯤 벌린 입에서 쏟아지는 신음, 이것은 마치 노래 소리 같다. 이광의 상상을 뛰어넘는 탄성, 뜨거운 샘에서는 애액이 쏟아지듯 흘러나왔고 린린의 몸부림은 점점 격렬해졌다. 그러고는 노랫소리와 함께 절정으로 치솟는다.

"아아아, 여보!"

린린이 다시 절정에 올랐다. 벌써 두 번째, 횟수가 많다고 능사가 아니다. 얼마나 만족시켜 주느냐가 관건이다. 린린은 최고의 절정에 오르고 있다, 그것도 두 번이나. 오전 12시 반, 둘이 엉킨 채 2시간 가깝게 되었다. 이윽고 린린이 늘어지더니 폐가 터진 것처럼 거친 숨과 함께 신음을 뱉어내었다. 그 신음이 노래다, 옥이 굴러가는 소리. 이광이 린린의 몸을 빈틈없이 껴안고는 절정 후의 만족감을 만끽한다.

"여보, 좋았어요."

그때 린린이 거친 숨을 고르면서 말했다. 두 팔로 이광의 허리를 감아 안은 린린이 말을 이었다.

"난 양쪽 다 갖고 싶어요, 여보."

린린이 이광의 몸을 세게 비벼 대었다.

"성과와 사랑."

다음 날 오전, 린린과 함께 푸저우로 날아가는 비행기 안에서 이광이 아래쪽 대륙을 보았다. 거대한 중국 대륙이다. 이광의 입에서 저절로 심호흡이 일어났다. 저 대륙이 깨어나면 엄청난 잠재력을 드러낼 것이다. 지금은 개혁 개방이 시작된 직후라 아직 중심이 잡히지 않았다. 그러나 의욕은 넘치고 있다. 머리를 돌린 이광이 옆자리의 린린을 보았다. 의자에 등을 붙인 린린은 잠이 들었다. 어젯밤 몸부림을 치면서 노래를 부르던 흔적은 싹 지워진 청초한 모습이다. 그러나 린린을 본 순간 이광의 몸이 다시 뜨거워졌다. 오히려 욕정이 배가된 것이다. 그때 뜨거운 시선을 느꼈는지 린린이 눈을 떴다. 눈동자의 초점을 잡은 린린이 곧 이광을 향해 밝게 웃었다. 몸을 섞은 상대 사이에서나 통하는 은밀한 웃음이다.

"왜요?"

"당신이 아름다워서."

몸을 기울인 이광이 입을 린린의 귀 가깝게 대었다.

"당신을 언제 다시 안을 수 있지?"

그때 린린이 눈을 흘겼다. 고혹적이다.

이번에는 린린을 통해 공항 영접에서부터 대통령을 맞는 것 같은 환영식을 사양했기 때문에 이광은 마음 편하게 일을 마칠 수 있었다. 물론 '동남협영공장'의 파이널 검사는 합격 판정을 받았다. 랜덤으로 박스를 골라 검사해 보았더니 불량품이 10퍼센트가량 나왔지만 그냥 넘어갔다. 더 좋은 제품을 원한다면 케냐의 거상 구위마는 제품 가격을 더 올려줘야 될 것이다.

"그럼 선적시켜도 되겠습니까?"

검사를 마친 이광에게 총경리 우창이 확인하듯 물었다. 이광이 머리를 끄덕이자 우창이 소리치듯 직원들에게 지시했다. 직원들 사이에서 환호성이 일어났다. 박수를 치는 사람도 있다. 몸을 돌린 이광의 시선이 린린과 마주쳤다. 린린은 금방 외면했지만 무표정한 얼굴이다. 우창은 200만 불짜리 이번 오더가 선적되면 20만 불을 받게 될 것이다. 물론 이광이 이 오더를 구위마한테서 무려 400만 불을 받았으니 더 말할 것도 없다. 결국은 무지한 소비자만 봉이 되는 구조다.

호텔로 돌아왔을 때는 오후 5시 무렵이다.

린린은 비서처럼 시중을 들었기 때문에 호텔방까지 따라왔다.

"오늘 저녁은 시장 주최의 만찬이에요, 여보."

린린의 얼굴에 웃음이 떠올라 있다.

"당신은 이제 푸저우의 최고급 VIP가 되어 있어요."

"영광이네."

"남조선 사람 중에 당신 같은 대우를 받는 사람이 없어요. 아니, 이곳을 방문한 기업인이 없다고요."

"곧 오겠지."

"오늘 시장이 당신한테 '특별시민권'을 증정할 거예요. 그것은 언제라도 푸저우를 비자 없이 방문할 수 있는 권한을 주는 거죠. 이것도 남조선인한테는 처음 있는 일이죠."

"오더를 더 많이 해야겠어."

그러자 린린이 이를 드러내고 웃었다.

"잘 아는군요, 여보."

"이리 와, 린린."

이광이 소파 옆자리를 손바닥으로 두드렸다.

"만찬 시간까지는 세 시간이나 남았어. 그 아까운 시간을 낭비하지 말자고."

린린이 눈을 흘겼다.

"만찬 끝나고 해도 돼요, 여보. 나 여기서 자도 되니까."

"그때는 그때고, 어서."

이광이 정색하자 린린이 문으로 다가가며 말했다.

"잠깐, 문부터 잠그고."

폭풍우가 지나간 방안, 이제는 익숙해져서 린린의 몸은 더 매끄럽고 율동적이다. 방안의 열기가 아직 가시지도 않았기 때문에 달콤한 애액의 냄새도 짙게 번져 있다. 침대 위에 엉켜 누운 한 쌍의 알몸이 불빛에 환하게 노출되어 있다. 그러나 둘은 이제 거침이 없다. 당국에 공인된 사이인 것이다. 린린이 이광의 가슴에 안겨 더운 숨을 뱉어내며 말했다.

"여보, 우창이 부패한 관리라는 거, 저는 알고 있어요."

이광이 숨을 들이켜면서 린린의 엉덩이를 움켜쥐었다. 모를 리 없을 것이다. 부패 구조는 사슬처럼 이어져 있다. 그것은 이광도 한국에서 체험하지 않았던가? 독식하면 죽는다. 그때 린린이 말을 이었다.

"우창은 부시장, 시장한테 꾸준히 뇌물을 바쳤죠. 그래서 지금까지 그 자리에 앉아 있는 거라고요."

"나한테 그런 이야기를 하는 이유가 뭐야?"

이광이 젖어 있는 린린의 골짜기를 쓸어 올리면서 물었다.

린린이 하반신을 딱 붙이면서 대답했다.

"우리도 언젠가는 그런 부패 사슬을 끊을 때가 있겠죠."

"그럼, 당신 같은 사람이 있는 이상 희망은 있어."

이광이 린린의 이마에 입술을 붙이면서 말했다.

"언젠가 중국의 힘이 세계를 압도할 거야."

"그때 자기는 어디에 있을 거죠?"

불쑥 린린이 물었다.

"자기의 사업체 말이에요. 세계로 뻗어 나가 있겠죠?"

"그걸 어떻게 알아?"

"쿠웨이트의 리스타상사는 올해 2억 불 가까운 실적을 올릴 것 같더군요."

놀란 이광이 린린의 허리를 당겨 안았다. 린린이 웃음 띤 얼굴로 이광의 남성을 감싸 쥐었다.

"엄청난 금액이에요. 여보, 당신은 거물이에요."

"잘 아는군, 린린."

"여보, 아직 시간이 한 시간 반 남았어요."

린린이 더운 숨을 뱉으면서 말했다.

"난 당신하고 같이 있으면 뜨거워져요."

"요물."

이광이 린린의 몸 위로 오르면서 젖가슴을 입에 물었다.

말랑한 젖가슴이 입안에 들어왔고 딱딱해진 젖꼭지를 혀끝으로 두드리자 린린의 탄성이 울렸다.

"여보, 이번에는 거칠게 해줘요."

린린이 온몸을 펴면서 말했다.

그날 밤 이광은 푸저우시 당서기 겸 시장 마등으로부터 푸저우시 '특별시민권'을 증정 받았다. 여권처럼 만들어진 증서다.

"이 증서를 지참하면 언제든지 푸저우시를 방문할 수 있습니다."

비대한 체격의 마등이 웃음 띤 얼굴로 말을 이었다.

"아니, 중국 어느 도시도 마음대로 방문할 수가 있소, 이 사장."

"감사합니다."

이광이 증서를 받아들자 만찬장에 모인 1백여 명의 관리들이 박수를 쳤다. 대단한 영예다. 그러나 이것을 한국에서는 누가 알아줄 것인가? 리스타상사의 일이었기 때문에 유성상사는 말할 것도 없다. 다만 안기부에서 엄청난 성과를 올렸다고 할 것이다. 건배에 건배를 거듭한 만찬은 밤 11시가 넘어서야 끝났다. 독한 백주를 그것도 큰 컵으로 10 여 잔이나 마신 이광은 취했다. 이광이 푸저우 시민이 된 날이었다.

다음 날 오전, 이광은 다시 푸저우에서 홍콩으로 날아가는 비행기에 타고 있다. 옆 좌석에는 홍콩까지 바래다줄 린린이 앉아 있다.

"홍콩에서 바로 쿠웨이트로 가시는군요."

린린이 웃음 띤 얼굴로 이광을 보았다.

"쿠웨이트에도 여자가 있겠죠?"

"있을 것 같아?"

"응."

눈을 가늘게 뜬 린린이 머리를 끄덕였다.

"하지만 질투는 절제할게."

린린의 말투가 이제는 자연스럽게 반말이 된다.

"난 자기의 중국용 여자니까."

"아니, 천만에."

이광이 손을 뻗어 린린의 손을 쥐었다. 린린이 이광의 손을 마주 쥐어 깍지를 꼈다.

"내 조언자가 되어줘, 린린."

"정말야?"

"그래, 난 너 같은 조언자가 필요해."

"섹스 파트너가 아니고?"

"넌 앞으로 중국에서 큰일을 할 여자야."

"고마워, 여보."

"내가 도와줄게."

그 순간 이광이 숨을 들이켰다. 린린의 눈에 눈물이 고였기 때문이다. 이것은 진심이 통한다는 의미다. 설령 조금 후에 변한다고 해도 이 순간의 느낌은 서로의 가슴에 새겨질 것이고 좋은 추억이 된다. 인간은 이렇게 인과 관계를 쌓아가는 것이다. 이광이 린린의 손을 힘주어 잡았다.

"린린, 너도 출세를 해야 돼. 출세를 해야 썩은 무리를 골라낼 힘을 갖게 되는 거야."

린린이 눈물로 번들거리는 눈으로 시선만 주었고 이광이 말을 이었다.

"그까짓 시장보다 훨씬 더 높은 고위직도 많지 않아? 출세를 해."

주위를 둘러본 이광이 린린의 귀에 입술을 가깝게 붙였다.

"돈이 통한다면 내가 자금을 대줄 테니까 로비를 해. 우선 권력은 차지하고 보는 거야."

린린이 숨을 들이켜는 소리를 내었지만 입을 열지는 않았다. 비행기는 대륙의 상공을 시속 900킬로의 속력으로 날아가고 있었지만 마치 그냥 떠 있는 것처럼 느껴졌다.

쿠웨이트에 도착했을 때는 밤 11시 반이었다. 공항에는 프라카시와 하사드가 나와 있었는데 차에 타면서부터 번갈아 보고를 시작했다. 그동안 전화상으로 보고를 다 받았지만 회사로 가는 1시간 동안 차 안에서 다시 보고를 마쳤다. 하사드는 이제 경리 책임자다.

"마트 건립 자금은 어느 정도 축적되어 있는 상태입니다, 사장님."

하사드가 예의 바른 태도로 말했다.

"쿠웨이트와 사우디, 두바이 3개 시장에 대형 마트를 세울 수가 있습니다."

이광이 머리를 끄덕였다. 곧 윤지혜가 쿠웨이트에 오면 본격적인 마트 설립 계획이 추진될 것이다. 회사에 도착한 이광이 직원들로부터 인사를 받고 나서 사장실로 들어섰다. 따라 들어온 하사드가 자금 지출 결재를 받고 몸을 돌렸을 때 이광이 불러 세웠다.

"누나한테 자주 연락은 해?"

"예, 사장님."

다시 몸을 돌린 하사드의 얼굴에 웃음이 떠올랐다.

"어제도 통화했습니다. 내년에 박사 과정에 등록한다고 했어요."

"잘됐구나."

"2년 후에 박사 받으면 영국이나 프랑스로 갈 수도 있다는 군요. 그곳 대학에서 강의를 하는 겁니다."

"아버지가 기뻐하시겠다."

"사장님 안부를 물었습니다."

"내가 카이로에 한번 다녀올 거다."

그때 숨을 들이켠 하사드가 물었다.

"언제 말씀입니까."

"내일 요르단에 들렀다가 이틀 후에 들를 예정이야. 내가 곧 스케줄을 알려주지."

"네, 바로 누나한테 연락하겠습니다."

하사드의 얼굴이 환하게 펴졌다. 마르카하고 헤어진 지 벌써 6개월이 지난 것이다. 그동안 서너 번 통화를 했을 뿐 마르카를 만나지 못했다. 이광이 전화기를 들고 버튼을 눌렀다. 요르단에는 강인숙과 함께 '무기수출상'을 세워야 한다. 암만에서 만나기로 약속되어 있는 것이다.

암만(Amman), 요르단의 수도, 이광은 쿠웨이트에서 이틀 밤을 자고 다음 날 오후에 암만에 도착했다. 암만의 인터콘티넨탈호텔 로비에 들어선 시간은 오후 1시 반. 안쪽에서 기다리고 있던 강인숙과 오금봉이 반갑게 이광을 맞는다. 그러나 둘은 약간 긴장한 모습이다.

"바쁘시군요."

이광의 일정을 알고 있는 오금봉이 감탄한 표정으로 말했다.

"나흘 동안에 4개국을 거치셨습니다."

"그런가요?"

하긴 한국까지 포함하면 홍콩, 중국, 쿠웨이트, 요르단까지 5개국이 된다. 요르단을 거쳐 이집트로 갈 예정이니 6개국인가? 그때 오금봉이 말을 이었다.

"저희들은 예산만 편성해놓았습니다. 회사 설립은 이 사장님이 선수이시니까 맡기겠습니다."

오금봉의 얼굴에 웃음이 떠올랐다.

"이익금 배분 문제 등은 합리적, 보편적으로 부탁합니다."

"당연하지요."

이광의 시선이 강인숙에게 옮겨졌다. 강인숙은 긴 소매 셔츠에 바지 차림으로 머리에는 히잡을 썼다. 아랍 생활에 익숙한 터라 연두색 히잡이 어울렸다.

"강인숙 씨 직위는 부사장이 낫겠습니다, 어차피 사업 전면에 나서야 할 테니까요."

이광이 말하자 오금봉은 머리를 끄덕였다.

"알겠습니다. 그리고 부담이 되시겠지만……."

오금봉이 웃음 띤 얼굴로 이광을 보았다.

"저희 직원 하나를 중간 관리자급으로 넣어 주시지요. 경비는 모두 우리가 대겠고 마음에 들지 않으시면 파면시켜도 됩니다."

예상하고 있었던 일이어서 이광도 동의했다. 안기부와의 연락관 역할과 강인숙의 안전을 책임질 직원인 것이다. 둘이 이야기하는 동안 듣기만 하던 강인숙이 그때 입을 열었다.

"내가 무기에 대해서는 잘 알지만 이라크 군부(軍部)는 이 사장님이 더 발이 넓으시니까 부탁드려야겠어요. 카심 사령관, 야합 보급관에게도 저하고 같이 가주시면 좋겠고요."

"그래야지요."

이광이 말을 이었다.

"그들과 따로 계약을 하는 것이 낫습니다."

리스타상사에 카심의 지분이 있다는 것을 말해줄 필요는 없다. 알고 있더라도 비밀을 지켜줘야 하는 것이 원칙이고 신의다. 그때 오금봉과 강인숙이 동시에 머리를 끄덕였다. 알고 있는 것 같다.

회사 설립 작업은 급속도로 진행되었다. 그것은 오금봉이 요르단 대사관에서 근무하는 홍 영사를 통해 미리 준비시켰기 때문이다. 홍 영사는 영사 신분인 홍경수를 말한다. 홍경수는 안기부 파견관인 것이다.

"좋군요."

홍경수와 오금봉, 강인숙까지 넷이 암만 시내 중심가에 위치한 5층 건물의 2층 사무실을 구경한 이광이 만족한 얼굴로 말했다. 1백 평 규모의 사무실이다. 깨끗하게 비워진 사무실이라 집기만 갖다 놓으면 되었다.

"여기 간판은 준비해 놓았습니다."

홍경수가 알루미늄으로 제작한 간판을 들고 와서 보였다. '리스타 상사 요르단지점'이라고 영문으로 쓰인 간판이다. 이광이 머리를 끄덕였다.

"수고하셨습니다."

리스타상사 요르단지점은 외형상으로는 의류와 잡화를 수입, 수출하지만 '무기 거래'가 주 업무인 것이다. 그렇다고 무기 거래를 내세울 수 없는 노릇이니 의류 거래도 진행해야 될 것이다.

그날 밤, 하루 만에 회사 설립에 대한 구체적인 계획까지 마치고 밤에 돌아온 이광이 욕실에서 나왔을 때는 11시 40분이다. 오금봉, 홍경수 등과 저녁을 먹으면서 소주까지 마신 것이다. 가운 차림의 이광이 소파에 앉았을 때 전화벨이 울렸다. 전화기를 든 이광이 응답하자 곧 강인숙의 목소리가 울렸다.

"내일 오전에 카이로로 떠나?"

"응."

"카이로에서 바로 서울로 간다고 했지?"

"그래야 돼."

"나 지금 방으로 가도 돼?"

강인숙의 목소리에 웃음기가 띠어 있다.

"전화 기다리다가 내가 먼저 한 거야."

강인숙은 근처의 암만호텔에 투숙하고 있다. 걸어서 2분 거리다.

"좋아, 기다리고 있을게."

"오 부장이 눈치채겠지만 어때? 다 알고 있을 텐데."

그러더니 전화가 끊겼다. 그로부터 정확하게 5분이 지났을 때 문에서 벨 소리가 났다. 이광이 문을 열자 강인숙이 웃음 띤 얼굴로 들어섰다. 문을 닫고 이광이 돌아섰을 때 강인숙이 두 팔로 목을 감고 몸을 붙였다.

"오후에 자기 보았을 때부터 몸이 뜨거워졌어."

강인숙이 눈을 감고 입을 내밀었다. 키스를 해달라는 표시다. 이광은 반쯤 벌어진 강인숙의 입술을 입안에 넣어버렸다. 통째로 삼키듯이 넣었다. 강인숙이 몸을 더 붙이더니 비벼대었다.

카이로에 도착했을 때는 다음 날 오후 2시 무렵, 공항 입국장으로 나온 이광이 멈춰 서서 주위를 둘러보았다. 카이로는 중동, 아프리카를 포함해서 가장 유명한 관광지인 것이다. 무리 지어 나오는 서양 관광객들 사이에 선 이광이 마중 나온다 했던 마르카를 찾아 두리번거렸다. 그때 누가 옆에서 이광의 허리께 옷자락을 잡아당겼다. 몸을 돌린 이광이 마르카를 보았다. 시선이 마주치자 마르카의 얼굴이 금방 붉어졌다. 분홍색 히잡을 쓴 마르카는 긴소매 셔츠에 바지를 입었지만 날씬한 몸매가 드러났다.

"마르카."

이광이 부르자 마르카가 더 붉어진 얼굴로 대답했다.

"보고 싶었어요."

그 순간 이광이 숨을 들이켰다. 마르카가 한국어로 말했기 때문이다.

"마르카, 한국어 공부를 했어?"

한국어로 물었더니 마르카가 수줍게 웃었다.

"조금."

발을 뗀 이광이 다시 물었다.

"다시 말해봐."

"사랑해요."

"또 다른 건?"

"몰라요."

이광의 심장 박동이 빨라졌다. 사람들을 헤치고 나오면서 이광이 번들거리는 눈으로 마르카를 보았다.

"마르카, 널 안고 싶다."

한국어로 말했지만 마르카가 알아듣지 못한 것 같아서 이광이 다시 영어로 말했다.

"마르카, 널 빨리 안고 싶어."

그때 마르카가 눈을 흘겼다. 그러나 입은 웃는다. 교태다. 이광이 서둘러 발을 떼었다.

마르카의 갈색 피부는 땀에 젖어 번들거리고 있다. 둥근 어깨, 볼록한 아랫배, 그리고 검고 짙은 숲, 이제 마르카는 온몸을 늘어뜨린 채 가쁜 숨을 뱉고 있다. 숨소리에 섞여 아직도 옅은 신음이 흘러나온다. 오후 4시 반, 이곳은 나일 강변의 나일 힐튼호텔, 응접실까지 딸린 VIP룸이다. 창밖의 환한 햇살이 방안을 빈틈없이 비추고 있었지만 이광과 마르카는 알몸을 가리려고 하지 않는다. 방안에는 열풍이 스쳐간 흔적이 역력했다. 비린 애액의 냄새가 짙게 깔렸고 두 알몸의 사지가 엉켜 있다. 반쯤 열린 베란다 쪽 창으로 강바람이 들어왔다. 비린 물 냄새가 맡아졌다. 아래쪽 거리에서 울리는 소음도 정답다. 그때 마르카가 이광의 허리를 감아 안으면서 말했다.

"리, 나 친척 집에서 나와 작은 아파트로 옮겨갈 수 있어요."

마르카가 열기 띤 눈으로 이광을 보았다.

"카이로에 왔을 때 그 아파트에서 자고 가요. 이렇게 호텔에서 만나지 말고."

"그게 너한테 편해?"

"내가 당신 식사 차려주고 싶어서 그래요."

"친척 집은 어때? 불편하지 않아?"

"생활비를 대주는걸요. 공주 대접을 받고 있어요, 편하고."

"그럼 거기서 지내. 혼자 아파트에서 살면 위험해, 부모님도 걱정하실 거고."

"당신하고 둘이 있고 싶었는데."

"이렇게 둘이 있잖아."

이광이 마르카의 엉덩이를 당겨 안으면서 물었지만 그것이 무슨 말인지 모를 리가 없다. 이광이 마르카의 젖은 몸을 손바닥으로 쓸어내리면서 말했다.

"그리고 열심히 공부해서 박사가 꼭 되는 거다."

"될 거예요, 리."

"유럽 대학으로 취업이 될 것 같다면서?"

"교수가 추천해준다고 했어요."

"그럼 유럽에서 만나는 거야."

마르카의 몸 위로 다시 오르면서 이광이 말을 이었다.

"내가 박사 애인을 찾아가는 거지."

마르카가 몸을 벌리면서 웃었지만 눈동자는 이미 흐려져 있다.

다음 날 밤 비행기로 카이로를 출발한 이광이 서울에 도착했을 때는 오전 9시가 되어갈 무렵이다. 그런데 공항에 마중 나온 사람을 본 이광이 눈을 가늘게 뜨고 놀라는 시늉을 했다. 관리과장 진남철이었기 때문이다.

"자네가 웬일이야?"

다가온 진남철이 잠자코 가방을 받아들었기 때문에 이광이 물었다.

"관리과장이 왜 공항에 나와?"

"제가 간다고 했더니 윤 대리도 그렇게 묻더군요."

앞장서 걸으면서 진남철이 커다랗게 말했다.

"그래서 앞으로 부장님 심복이 될 거라고 했습니다."

"그랬더니 윤지혜가 뭐래?"

"웃더군요. 하지만 당분간 비밀로 하는 것이 낫겠다고 조언해주었습니다."

윤지혜가 진남철을 공항에 보낸 셈이 된다. 그것은 진남철의 가능성을 인정해줬다는 말이나 같은 것이다. 윤지혜는 이제 이광의 브레인이자 오른팔 역할이다. 잠자코 머리를 끄덕인 이광이 진남철이 가져온 차에 올랐다. 유성상사 차량이다. 그때 앞자리에 탄 진남철이 물었다.

"부장님, 피곤하실 텐데 댁으로 가실까요?"

"그렇게 하지."

"잠깐 저기로 가자."

이광이 손으로 가리킨 곳은 신촌 사거리 근처의 호텔이다. 집으로 가는 길에 이광이 말한 것이다. 진남철이 운전사에게 말해 차를 세웠고 가방을 내린 둘은 호텔 커피숍으로 들어섰다. 차는 회사로 돌려보냈기 때문에 둘은 커피숍에서 마주앉았다. 오전 10시가 조금 넘은 시간이어서 커피숍 안은 손님이 서너 명뿐이다. 종업원에게 마실 것을 주문했을 때 진남철이 조심스럽게 물었다.

"부장님, 누구 만나기로 하셨습니까?"

"아냐, 자네하고 이야기하려고."

이광이 웃음 띤 얼굴로 진남철을 보았다.

"자네가 이렇게 나오는데 가만있을 수가 없지."

진남철이 시선만 주었고 이광이 말을 이었다.

"자, 말해라. 날 어떻게 생각하나?"

"모시고 싶은 상사로 생각합니다."

대뜸 말한 진남철이 상반신을 반듯이 폈다. 미리 대답을 준비해놓은 것 같다.

"저한테 이런 경우는 처음입니다, 아니 제가 이렇게 될 줄은 예상하지도 못 했습니다."

"구체적으로 말해봐."

"저는 중동부에 발령받기 전에 백 실장한테서 부장님께 대한 견제, 조사를 지시받았습니다. 부장님은 회사에 해를 끼치는 인물로만 교육을 받았지요."

진남철의 목소리에 열기가 띠어졌다.

"하지만 내막을 알면서부터 부장님을 존경하게 되었습니다. 그리고 부장님의 수족이 되어서 일하고 싶다는 열망에 사로잡히게 된 것입니다."

40

"백 실장을 배신하게 되었다는 생각은 안 했어?"

"했습니다."

"고민도 했어?

"예, 하지만……."

"뭐냐?"

"부장님은 제 꿈입니다. 부장님을 배신할 수는 없을 것입니다. 그 꿈을 제 스스로 선택했기 때문이지요."

이광이 의자에 등을 붙였다. 마실 것이 놓였지만 둘은 손도 대지 않았다. 한 번 배신하면 배신에 대한 자의식이 떨어져 계속 배신한다는 통설이 있다. 어느 정도 맞는 말이다. 그러나 무조건 배신자로 낙인찍는 것도 무리가 있다. 진남철은 배신에 대한 변명을 '꿈'으로 대신했다. 이제 이광의 선택이 남았다. 그것 때문에 집에 가다가 진남철을 이곳으로 부른 것이다. 이윽고 심호흡을 한 이광이 진남철을 보았다.

"너, 나에 대한 꿈을 말해봐."

"예, 부장님."

진남철의 눈빛이 강해졌고 얼굴이 상기되었다. 진남철이 말을 이었다.

"부장님이 계획하신 사업을 보완, 업그레이드시키는 것입니다. 저는 보좌역이 적격입니다. 제 분수를 압니다. 부장님을 도와 뭔가를 성취하겠습니다. 부장님과 끝까지 가겠다는 것을 맹세합니다."

이런 신고식이 있겠는가? 이광이 어깨를 부풀렸다가 내렸다. 배신자는 허점이 있을 때 떠난다. 무조건 배신자만 매도할 수는 없는 것이다. 진남철의 시선을 받은 이광이 말했다.

"좋아, 같이 가자."

이광은 에이스무역에 먼저 들렀다가 유성상사에는 오후에 출근했다. 회장실에 출장 보고를 하려고 연락했더니 바로 들어오라는 지시가 내려왔다. 이광이 회장실로 들어서자 황학수가 웃음 띤 얼굴로 맞았다.

"어, 쿠웨이트 시장은 어떠냐?"

"예, 올해 2천만 불은 달성할 것 같습니다."

"대단하구나."

비약적인 성장이다. 3년 전까지만 해도 1백만 불도 어려웠던 시장이다. 그때 황학수가 웃음 띤 얼굴로 이광을 보았다.

"너, 백 실장한테 남자 있는 거 알지?"

"예, 회장님."

이광이 정색하고 황학수의 시선을 받았다. 이것 때문에 부른 것이다. 회장이 언젠가 이 일에 대해서 매듭을 지으리라고는 예상했다. 그때 황학수가 호흡을 고르고 나서 말했다.

"너 떠날 거냐?"

"유성의 기반이 굳어진 후에 결심하겠습니다."

"네 덕분에 유성 매출이 5배 성장했지."

"회장님이 밀어주셨기 때문이죠."

"넌 영주하고는 어울리지 않아."

외면한 황학수가 말했기 때문에 이광이 숨만 들이켰다. 황학수가 말을 이었다.

"넌 스케일이 더 큰 인간이야."

"……."

"영주는 이기적이고 선입견의 지배를 받는다. 어쩔 수 없어."

그때 이광은 황학수의 눈이 흐려져 있는 것을 보았다.

요르단으로 다시 가봐야 했기 때문에 이광은 서울에서 바쁜 일정을 보냈다. 요르단의 '리스타상사 요르단지점'은 유성상사 측과는 어떤 상관도 없기 때문에 이번은 비밀 출장이다.

"너, 출장 준비해."

회의실에서 회의를 마친 이광이 자리에서 일어서는 윤지혜에게 불쑥 말했다.

"이삼 일 후에 떠나야겠다."

"네, 그런데 어디로요?"

윤지혜의 두 눈이 반짝였다. 치켜뜬 눈에 교태까지 배어 나왔다.

"쿠웨이트."

"이번에는 보스하고 같이 가요?"

"회사에는 휴가를 내."

"유성에 말이죠?"

다가선 윤지혜에게 익숙한 향내가 맡아졌다. 윤지혜가 일부러 더 다가섰으므로 숨결에 들썩이는 아랫배가 바로 눈앞에 떠 있다. 입맛을 다신 이광이 의자에 등을 붙이면서 말했다.

"그래. 병가를 내는 것이 낫겠다, 1주일쯤."

"그리고 보스하고 같이 가나요?"

"혼자 가. 가서 두바이 매장부터 설계해. 프라카시가 도와줄 거다."

"알았습니다."

"회사에는 비밀로 하도록."

"물론이죠."

"진남철에게 매장 설립 마무리를 맡길 테니까 네가 전체적인 틀을 만들어."

"알겠습니다."

이광이 머리를 끄덕이자 윤지혜는 기운차게 몸을 돌렸다. 윤지혜는 한 달 후면 유성에 사표를 내고 영국 유학을 떠날 것이다. 지금 슬슬 유학 소문을 퍼뜨리는 중이다.

그날 오후 3시경이 되었을 때 이광이 전화를 받았다. 최국진이다. 포트사이드에서 에이전시 흉내를 내다가 카이로로 도망간 후에 수십 번 샘플 요구를 하다가 포기한 줄 알았더니 또 전화를 했다. 최국진의 목소리를 들은 순간 이광의 얼굴에 쓴웃음이 번졌다.

"아, 오랜만입니다. 지금 어디 계시죠?"

"예, 지금 라스팔마스에 있습니다."

"어디요?"

"예, 스페인령 라스팔마스입니다. 저기, 아프리카 서쪽의……."

"압니다. 거긴 또 왜……."

"여기 빅 오더가 있어서요."

"아아."

"이 과장님, 아니 이 부장님, 여긴 금싸라기를 줍는 땅입니다."

"……."

"여기에다 매장을 차리면 1년 만에 기반을 굳힐 수 있을 것 같습니다."

최국진이 서두르며 말을 이었다. 아마 남의 사무실에서 몰래 전화를 하기 때문일 것이다.

"각 스타일별로 샘플을 1백 장씩만 보내주시면 받는 즉시 현금 결제를 해 드리지요. 제가 고른 50가지 샘플을 골라 팩스로 보내 드리겠습니다."

"……."

"여긴 스페인의 고급 휴양지여서 고급품이 먹힙니다. 더구나 한국
사원들이 연간 1만 명이나 들르는 곳입니다. 그 사람들 이곳에서 돈을
물 쓰듯이 써요. 한국산 제품이라면 사족을 못 씁니다."

"……."

"그러다가 통화가 끊겼는데 아마 사무실 주인한테 들킨 것 같았다.
전화기를 내려놓은 이광이 마침 앞을 지나는 정현애에게 물었다.

"이집트 최국진 씨한테서 최근에 연락 온 적 있어?"

최국진은 이미 유명 인사다. 정현애가 멈춰 서더니 머리를 기울였다.

"한 달쯤 된 것 같은데요. 그때 이집트에서 연락 왔었어요."

그렇다면 라스팔마스에 간 지 한 달도 안 된 셈이다. 그런데 1시간쯤
이 지났을 때 최국진한테서 장문의 팩스가 도착했다. 50가지 스타일의
샘플 내역이 적혀 있을 뿐만 아니라 가격도 정해 놓았는데 엄청 좋은
가격이 없다. 하긴 돈 낼 생각이 없으니 그럴 것이었다. 이광한테서 최
국진의 샘플 리스트를 받아 본 정현애가 기가 막힌다는 듯이 어깨를 늘
어뜨리며 물었다.

"이 사람 왜 이러죠?"

"끝까지 물고 늘어지는 투지가 가상하지 않아?"

"우리가 만만하게 보였을까요?"

"아냐, 다른 업체한테도 마찬가지로 보냈을 거야. 그러면 걸려드는
업체도 있겠지."

정색한 이광이 말을 이었다.

"이런 사람한테도 배울 점이 있어."

"투지 말인가요?"

되물은 정현애가 머리를 저었다.

"미친놈 같아요."

그러나 그날 퇴근 무렵, 이광이 '미친놈'의 전처한테서 전화를 받았다.

"저, 지난번 포트사이드에서 만났던 유소영인데요."

유소영은 그렇게 자신을 밝혔다.

"부장님, 바쁘시겠지만 잠깐 뵐 수 있을까요? 최국진 씨가 요즘 전화해 오지 않나요?"

"안녕하셨어요?"

자리에서 일어선 유소영이 웃음 띤 얼굴로 이광을 맞았다. 다가간 이광이 숨을 들이켰다. 유소영을 처음 봤을 때는 이집트 포트사이드의 뜨겁고 후덥지근한 방이었다. 비닐 식탁보가 끈적거렸고 지친 표정의 유소영이 기억난다. 밤에 포트사이드에서 카이로까지 같이 택시를 타고 왔었던가? 그때하고 전혀 다르다. 앞쪽 자리에 앉은 이광이 따라 웃었다. 이곳은 시청 근처의 소공동 커피숍, 오후 7시 반이다. 손님들이 이광까지 세 테이블뿐이어서 조용한 분위기다.

"볼 때마다 달라지시는데요."

"칭찬으로 들리네요."

유소영이 눈웃음을 쳤다. 30대 중반, 이광보다 너덧 살은 위다. 조사할 대상도 아니어서 그냥 만나고 있지만 오늘 분위기를 봐서 조사를 시킬 예정이다. 종업원에게 마실 것을 시킨 이광이 먼저 물었다.

"최국진 씨가 무슨 일 있습니까?"

"네. 그것 때문에 뵙자고 했는데요."

유소영이 웃음 띤 얼굴로 말을 이었다.

"혹시 외국에서 지금도 샘플 보내라고 하지 않나요?"

"무슨 일이신데요?"

대답하지 않고 그렇게 물었더니 유소영이 이제는 긴 숨을 뱉었다. 얼굴의 웃음기가 사라져 있다.

"회사 2곳에서 그 사람을 고발했어요, 사기로요. 저한테 경찰이 찾아왔는데 이혼한 사이라고 해도 연락처를 모르냐고 귀찮게 굴어요."

"⋯⋯."

"혹시 경찰에서 그 사람 찾지 않던가요?"

"아직⋯⋯."

"그 사람 어디 있는지 모르세요?"

"아직은 모릅니다."

이광이 마침내 거짓말을 해버렸다. 오후에 라스팔마스에서 전화를 받았다고 덜컥 대답하기가 싫었던 것이다. 왜 싫은지 그 이유는 모른다. 그때 유소영이 말을 이었다.

"그 사람, 일 벌이는 건 귀신이에요. 돈 냄새 맡는 건 아마 그 사람 따라갈 사람 없을걸요."

"⋯⋯."

"그런데 그다음이 문제죠. 일의 정돈이 안 돼요. 앞뒤가 없고 계산이 엉망이죠. 문제가 생기면 바로 몸을 빼요, 도망가는 거죠."

"⋯⋯."

"그래서 지금까지 단 한 번도 제대로 된 일을 한 적이 없어요. 결혼 생활도 마찬가지죠."

길게 숨을 뱉은 유소영이 지그시 이광을 보았다.

"그 사람을 만나러 포트사이드까지 온 이 과장님, 아니 이 부장님을 보고 저는 감동했어요."

"아니, 왜요?"

"그 사람을 유일하게 인정해준 분 같아서요."

"아니, 저는 그때……."

"알아요. 시장 조사차 그냥 들르신 거……."

유소영의 얼굴에 다시 웃음이 떠올랐다.

"둘이 앉아서 이야기하는 것을 보고 저는 처음으로 그 사람이 사업하는 사람처럼 느껴지더라고요. 모두 이 부장님 덕분이겠죠."

"칭찬이 묘하십니다."

"이 부장님은 매력이 있으세요."

"지금 유혹하시는 겁니까?"

"저, 남자 없어요. 그건 제 자유예요."

"유혹당할 남자 많을 겁니다."

"이 부장님은 아니라는 말씀 같네요."

"좀 꺼림칙해서 그럽니다."

"지난번 만날 때도 그런 분위기를 보이셨죠."

"저, 여자 많습니다."

"당연히 그러시겠죠."

의자에 등을 붙인 이광이 똑바로 유소영을 보았다.

"나한테 바라는 건 뭡니까?"

"저하고 자지 않을래요?"

"자다니요?"

"저하고의 섹스."

"조건이 뭡니까?"

"그 사람 한 번만 도와주세요."

이광의 시선을 받은 유소영이 시선을 내렸다.

"눈치채고 계셨지요?"

"좀 그랬습니다."

"언제부터요?"

"지난번에 나 찾아왔을 때부터."

이광의 얼굴에 쓴웃음이 번졌다.

"최국진 씨 약점을 이야기하시는 것이 결국 애증이 겹쳐 있다는 증거겠지요."

"……."

"내가 유소영 씨 몸을 받으면 그것을 대가로 뭘 바라려고 했습니까?"

"제가 그럴 만한 위인이 아녜요."

얼굴을 붉힌 유소영이 머리를 저었다.

"같이 누워 있으면 이야기하기가 쉬울 것이라는 생각을 했죠."

"비슷한 말이죠."

"도와주실 수 있어요?"

"아니."

이광이 머리를 젓고는 물었다.

"최국진 씨가 어디 있는지 아시죠?"

그때 유소영이 외면한 채 대답했다.

"라스팔마스. 부장님한테 전화했다고 하더라고요."

다음 날 오후에 윤지혜는 쿠웨이트로 떠났다. 물론 회사에는 병가를 냈기 때문에 비밀 출장이다. 윤지혜가 쿠웨이트에 간 것을 아는 사람은 이광과 유민우 그리고 정남희뿐이다. 그날 저녁, 퇴근한 이광이 진남철과 함께 소공동의 중식당 '화원'의 방으로 들어섰다. 미리 예약한 방이다. 자리에 앉아 있던 안창문이 서둘러 일어섰다.

"어서 오십시오."

안창문은 밝은 표정이었고 공손하게 이광을 맞는다. 안창문은 이제 에이스무역 계열사가 되어 있는 제1공장 사장이다. 진남철과는 지난번에 인사를 했기 때문에 셋은 곧 원탁에 둘러앉았다. 음식을 주문한 이광이 오더 이야기를 하다가 문득 안창문에게 물었다.

"안 사장, 공장 2개를 더 인수해야 되겠어. 그것을 같이 관리할 수 있겠어?"

"예? 공장 2개를 더요?"

놀란 안창문이 숨을 들이켰다. 지금 안창문이 관리하는 제1공장의 종업원은 350명. 안창문은 유능한 관리자였다. 수출과에서는 제 기량을 발휘하지 못했지만 공장 관리자가 되더니 능력을 발휘했다. 이광이 겪은 어떤 공장에도 뒤지지 않았다. 사람은 제 적성과 능력에 맞는 일을 찾아내는 것이 중요하다는 것이 안창문의 예로 증명된 셈이다. 그때 이광의 시선을 받은 진남철이 입을 열었다.

"예, 수원에 있는 아성산업, 국도실업 2개 공장을 인수했습니다. 그래서 다음 달부터 가동할 수 있는데요."

진남철이 말을 이었다.

"에이스무역 제2공장, 제3공장으로 운영할 겁니다."

가방에서 서류를 꺼낸 진남철이 안창문에게 내밀었다.

"각각 420명, 370명의 근로자가 있는데 모두 소유주가 바뀌더라도 정상적으로 근무하게 될 겁니다."

그렇게 되면 에이스무역은 3개 계열 공장의 1천 명이 넘는 근로자를 고용하게 되는 것이다. 서류를 받아 본 안창문이 상기된 얼굴로 이광을 보았다.

"제가 이 공장들까지 관리하게 되는 겁니까?"

"각 공장에 사장을 둘 필요가 없지. 안창문 씨가 총괄 사장이 되는 것이고 각 공장에는 공장장이 현장을 맡는 거야."

"그것이 효율적입니다."

안창문이 커다랗게 머리를 끄덕이더니 어깨를 부풀렸다가 내렸다. 두 눈이 번들거리고 있다.

"맡겨주시면 제 인생을 걸고 성과를 보여 드리겠습니다. 이렇게 기회를 주셔서 감사합니다."

안창문으로서는 꽤 길고 유려한 인사다. 그것은 그가 그동안에 이광에 대해서 생각해 왔다는 증거도 될 것이다.

안창문과 헤어졌을 때는 오후 9시가 되어갈 무렵이다. 이광과 진남철은 중식당 근처의 카페로 들어섰다. 이 시간의 카페는 손님이 많았지만 구면인 주인의 안내로 둘은 구석 쪽 방으로 안내되었다. 이곳은 안기부 오금봉과 몇 번 와본 곳이다. 자리에 앉았을 때 이광이 진남철에게 말했다.

"윤지혜가 오늘 쿠웨이트로 갔어."

긴장한 진남철은 시선만 주었고 이광이 말을 이었다.

"쿠웨이트에서 매장 작업을 할 거야."

"아, 매장."

감동한 진남철이 숨을 들이켰다. 두 눈이 번들거리고 있다.

"시작하셨군요."

"골격은 세웠는데 구체적인 실행안이 필요해."

숨을 죽인 진남철을 향해 이광이 말을 이었다.

"윤지혜는 한 달 후에 회사 그만두고 쿠웨이트로 떠날 거다."

"……."

"리스타상사 기획실장 직책으로 가는 거야."

"……."

"자네 생각은 어때?"

불쑥 이광이 묻자 진남철이 정색했다.

"매장은 제가 안(案)을 만들겠습니다."

이번에는 이광이 시선만 주었고 진남철의 말이 이어졌다.

"제가 윤지혜 씨 따라서 회사를 그만두면 문제가 생길 것입니다. 그러니까 당분간 휴가나 출장 형식으로 현지에 가서 작업을 하겠습니다."

이광이 머리를 끄덕였다. 이광의 생각과도 같은 것이다.

"먼저 두바이야."

"예, 두바이."

"리스타상사에 가면 지배인 프라카시가 현장에 대해서 잘 알아. 이론과 학력은 부족하지만 현장 전문가야. 그 친구가 세운 계획안을 검토해봐."

"윤지혜 씨, 아니 윤 실장의 지휘를 받아 완수해 보이겠습니다."

진남철이 떨리는 목소리로 말했다. 진남철은 자신의 역량을 아는 인

간이다. 기획, 설계, 그리고 보조 역할이다. 자신의 한계를 아는 사람이
출세한다.

"나 좀 보자."

옆으로 다가온 김성규가 눈으로 뒤쪽 소파를 가리켰다. 오전 10시
반, 회의를 마친 이광이 막 자리에 앉았을 때다. 김성규가 중동부로 찾
아온 것이다. 미주부장 김성규의 파워도 이광보다 강하면 강했지 약하
지 않다. 미주부도 미국 지역의 비약적인 수출량 증가로 대호황 상태인
것이다. 더구나 미주부의 중심은 미국, USA다. 터번을 두르고 오일 달
러로 벼락부자가 된 아랍에서 오더를 하는 중동부를 약간 무시하는 풍
조가 미주부 내에서 흐르고 있기도 했다. 둘이 소파에 마주보고 앉았을
때 1과장 정현애의 소속원인 미스 양이 재빠르게 인스턴트커피를 내려
놓고 돌아갔다. 비서가 없는 부장이라 각 과에서 번갈아 당번을 정해
서비스를 해주는 것이다. 커피잔을 든 김성규가 지그시 이광을 보았다.
김성규는 이제 부장 관록이 붙었다. 태도에서 기품까지는 몰라도 권위
는 드러난다. 반면교사라고 김성규를 본 이광도 타인의 눈에 보이는 자
신을 측량할 수 있었다. 그때 김성규가 입을 열었다.

"너, 내일 쿠웨이트 출장이야?"

"응."

실은 쿠웨이트에 들렀다가 요르단 암만으로 간다. 그곳에서 일주일
쯤 머물면서 '리스타상사 요르단지점' 일을 하려는 것이다. 강인숙과
함께 바이어를 만나고 이라크 군부 지휘관들을 만나 인사를 해야만 한
다. 북한을 탈출해서 '남한 무기상'이 된 강인숙의 '상견례'를 치러주는
것이다. 김성규가 한 모금 커피를 삼키고는 말을 이었다.

"며칠간?"

"한 열흘."

"그럼 네가 돌아오면 회사에서 날 못 보겠구나."

이광의 시선을 받은 김성규가 빙그레 웃었다.

"나 다음 주 초에 회사 그만둔다. 국제통상으로 가는 거야."

머리만 끄덕인 이광에게 김성규가 말을 이었다.

"거기 부사장으로 가. 삼촌이 사장이지만 나한테 전권을 주기로 했다."

"그렇군."

"넌 언제 떠날 거냐?"

"좀 기다렸다가."

"어지간히 뜸 들여, 인마."

혀를 찬 김성규가 말을 이었다.

"너무 오래 뭉개고 있는 것도 널 키워준 회사에 대한 도리가 아냐, 인마."

"얼씨구."

쓴웃음을 지은 이광이 김성규를 보았다.

"인마, 마무리를 잘 해주려는 거다. 너처럼 엉망으로 흩어놓고 떠나지 않으려는 거야."

"하나라도 더 빼내 가려는 건 아니고?"

"그건 내가 할 말이지."

"어쨌든 나중에 술 한잔하자."

"서운한데."

"글쎄 말이다. 하지만 어쩔 수 없지. 유성에서는 부장이 한계니까."

사무실을 둘러보면서 김성규가 말을 이었다.

"날 키워준 회산데 말이야. 백영주를 내 것으로 했다면 유성에서 인생을 걸 수도 있었을 텐데."

이광은 대답하지 않았다. 그때 가서 또 변할 수 있는 것이 인간인 것이다. 백영주도 처음에는 그랬지 않은가? 배가 부르니까 다른 남자를 찾게 되었다. 그렇다고 인간의 꿈을 나무라서는 안 된다. 그래야 사회가, 경제가 발전되니까. 그런데 그날 퇴근 무렵에 이광이 백영주의 전화를 받았다.

"전데요, 오늘 저녁에 시간 있어요?"

대뜸 물었던 백영주가 웃음 띤 목소리로 말을 이었다.

"술이나 한잔하죠, 부담 갖지 마시고."

"왜 이러십니까?"

쓴웃음을 지은 이광이 되물었다.

"부담 갖지 말라는 말에 더 부담이 돼요."

"어쨌든 이태원의 '로맨스'에서 뵙죠, 8시에, 내가 룸 예약 해놓을 테니까."

그러고는 통화가 끊겼다.

"김성규 씨가 이야기했지?"

'로맨스'의 밀실에 들어선 이광이 먼저 와 기다리고 있던 백영주의 앞쪽에 앉았을 때다. 백영주가 그렇게 물었다.

"다음 주에 회사 그만둔다는 이야기."

"아, 오후에 들었어."

"다음 순서는 이 부장님이라고 소문이 쫙 났더군."

"김성규가 퍼뜨렸을 거야. 부 회의 때도 공개적으로 그런 말을 했다니까."

그때 종업원이 술과 안주를 갖고 들어왔다. 이광이 좋아하는 발렌타인과 안주다. 술병을 든 백영주가 이광의 잔에 술을 따르면서 웃었다.

"나, 만나는 남자하고 헤어졌어. 아무래도 난 혼자 살아야 되는 팔자 같아."

이건 또 무슨 수작인가? 또 헤어져?

"아이구, 나 죽어."

백영주가 폭발하면서 내지른 비명이다. 깊은 밤, 이곳은 이태원의 밀튼호텔. 이광은 백영주와 함께 로맨스에서 이곳으로 온 것이다. 방안은 폭풍이 휩쓸고 지나간 것처럼 어지럽혀져 있다. 눅눅한 열기 속에 비린 정액의 냄새가 진하게 깔렸고 아직도 가쁜 숨소리 속에 신음이 섞여 있다. 엉클어진 침대 위의 두 알몸은 아직도 떨어지지 않았다. 이광이 풍만한 백영주의 허리를 당겨 안았다. 백영주도 얼굴을 이광의 가슴에 붙인 채 떼어내지 않는다. 그때 백영주가 물었다.

"미주부장 후임은 누가 좋겠어?"

"글쎄."

이광이 백영주의 머리끝에 턱을 붙였다.

"외부에서 데려오는 것이 나을 거야, 경력자로."

"내가 둘 만나봤는데 자기가 한번 만나줬으면 좋겠어."

"내가?"

"그래, 자기가 골라줘."

"이런."

쓴웃음을 지은 이광이 백영주의 엉덩이를 움켜쥐었다.

"중동부장 후임은 누구한테 고르라고 할 건데?"

그때 머리를 든 백영주가 이광을 보았다. 알몸이 부딪치면서 백영주의 젖가슴 촉감이 물컹하게 느껴졌다.

"에이스무역으로 갈 거야?"

"글쎄."

"다 아는 사실이니까 말해줘."

백영주가 하반신을 문지르며 웃었다.

"김성규처럼 부사장으로 갈 거야?"

"어디까지 아는데?"

"에이스무역의 실권자가 자기라는 것."

"조사 많이 했군."

"세상 사람들이 다 알던데 뭐. 에이스에서 오더 가져가는 상사 사람들이 다 그래."

백영주가 단단해진 이광의 남성을 두 손으로 감싸 쥐더니 몸을 더 붙였다. 어느덧 숨결이 다시 가빠져 있다.

"자기야."

백영주의 숨결이 이광의 턱밑에 닿았다.

"뭔데?"

"내가 제의할 것이 있어."

이광이 백영주의 엉덩이를 움켜쥔 손에 힘을 주었다. 말랑한 촉감이 자극적이지만 더 이상 나아가지는 않았다. 어느덧 백영주의 말에 긴장하고 있었기 때문이다. 이것이 오늘 백영주가 만나자고 한 이유인 것 같다. 그때 백영주가 말을 이었다.

"우리, 합병하는 게 어때?"

"합병?"

"유성상사와 에이스무역, 리스타상사까지."

백영주가 이광의 굳어진 남성을 두 손으로 움켜쥔 채 말을 이었다.

"5 대 5로."

"……"

"이건 내가 아버지 승낙을 받은 거야, 아버지는 대환영이셨어."

백영주의 입김이 뜨거워졌고 숨결은 더 거칠어졌다.

"그러고는 나하고 공동 경영을 하는 것이지. 둘 다 대표이사 사장이 되는 거야. 난 유성을 맡고 자기는 에이스와 리스타를 맡아 해외 영업을 총괄하고."

"……"

"그럼 생산, 무역, 판매까지 삼위일체가 되지. 엄청난 시너지를 받게 될 거야."

"……"

"결혼 안 해도 돼, 난 자기한테 그럴 자격도 없으니까."

"……"

"어때? 고려해보겠어?"

그때 이광이 잠자코 몸을 일으켜 백영주 위에 올랐다. 대답 대신이다. 놀란 듯 백영주가 눈을 크게 떴다가 곧 받아들일 자세를 만들었다.

다음 날 아침, 일찍 일어난 이광이 아직도 침대에 누워 있는 백영주에게 다가가 입을 맞췄다. 다정한 인사다. 알몸의 백영주가 이미 옷을 말쑥하게 차려입은 이광의 목을 두 팔로 감아 안고 짙은 키스를 해주었다. 그러고는 입을 떼더니 향긋한 입 냄새를 보내면서 물었다.

"고려해보는 거지?"

"응."

"그럼 우린 김성규는 물론이고 다른 놈들의 예상을 뒤집는 거야, 여보."

"알았어."

"사랑해."

다시 이광의 목을 감아 안은 백영주가 이제는 시트를 걷어차더니 알몸의 사지를 붙였다. 겨우 백영주를 떼어낸 이광이 방을 나왔다. 뜨거운 밤이었다. 호텔을 나온 이광이 이른 아침의 대기를 들이마시고는 택시를 잡았다.

"신촌으로."

운전사에게 말한 이광이 시트에 등을 붙였다. 눈을 감자 유성상사에서의 지난 일들이 파노라마처럼 눈앞을 스치고 지나갔다. 그리고 이제 유성상사의 인수 제의를 받게 된 것이다. 이윽고 눈을 뜬 이광의 얼굴에 웃음이 떠올랐다. 동업할 생각은 없다.

2장 호랑이 굴로 집어넣다

암만으로 출발하기 전날 밤, 이광은 시청 앞 사무실에서 안기부 부장 오금봉과 하동일 과장 그리고 이번에 동행할 김상표 과장과 넷이 둘러앉았다.

"여기 김상표 과장은 보안팀이라고 보시면 됩니다."

오금봉이 30대 중반쯤의 김상표를 가리키면서 말을 이었다.

"김 과장이 대사관하고 접촉해서 어려운 일은 처리해줄 겁니다."

"잘 부탁합니다, 사장님."

자리에서 일어선 김상표가 허리를 꺾어 절을 했다. 따라 일어선 이광이 쓴웃음을 짓고 김상표의 손을 잡았다.

"내가 오히려 부탁을 드려야죠."

"아니, 그러시면 안 됩니다."

그때 정색을 한 오금봉이 나섰다.

"그래서 내가 이 자리에 김 과장을 부른 겁니다. 오늘 이 자리에서부터 위계질서를 확실히 하려고 말입니다."

오금봉의 시선이 김상표에게로 옮겨졌다.

"김 과장, 알겠나?"

"예, 부장님."

"이 사장님을 사장님으로 깍듯이 모셔, 알았나?"

"예, 부장님."

"그리고"

오금봉이 이제는 이광을 보았다. 여전히 정색한 얼굴이다.

"지금부터 김 과장한테 말 내리십시오. 그래야 위계질서가 서는 법입니다. 그것이 우리 식(式)이죠."

"예, 알겠습니다."

쓴웃음을 지은 이광이 머리를 끄덕였다. 맞는 말이다. 그렇게 시작하는 것이 가장 빠르다.

이광이 암만에 도착했을 때는 오후 4시 반, 서울에서 방콕을 거쳐 날아온 것이다. 공항에는 먼저 채용한 현지인 사원 무라피가 마중 나와 있었는데 팔레스타인 출신이다.

"어서 오십시오."

무라피가 서툰 한국어로 그들을 맞았다. 이광은 김상표와 동행이다.

"부사장께선 사무실에서 기다리고 계십니다."

앞장선 무라피가 영어로 말을 이었다. 한국어는 인사말밖에 모르는 것 같다.

"어제 쿠웨이트에서 매장용 제품 1컨테이너가 도착했습니다, 사장님."

'리스타상사 요르단지점'은 의류 사업으로 위장한 무기상인 것이다. 이광이 머리를 돌려 옆을 따르는 김상표를 보았다.

"의류부 실적도 올려야 될 테니 전문가를 두 명 데려와야겠어."

"예, 사장님."

이제는 익숙해진 김상표가 고분고분 대답했다. 이미 요르단지점에는 직원 3명이 고용되어 있다. 모두 안기부에서 철저히 신원 조사를 끝낸 현지인들이다. 김상표가 말을 이었다.

"이곳 북한 대사관에서 강 부사장의 신원을 알게 되면 문제가 될 것입니다. 그것이 가장 주의해야 할 사항이죠."

무라피가 대기시킨 승용차는 대형 세단 '뷔익'이다. 차에 올랐을 때 앞좌석에 탄 무라피가 웃음 띤 얼굴로 이광을 보았다.

"보스, 오신다고 해서 차를 깨끗이 닦았습니다. 어떻습니까?"

그때 김상표가 정색하고 이광에게 말했다. 물론 한국말이다.

"사장님, 이놈을 자르시지요."

"그래야겠군."

쓴웃음을 지은 이광이 김상표를 보았다.

"무역진흥공사 소개로 임시 채용했으니까 당장 그만두게 하는 것이 낫겠어."

"벌써부터 슬슬 농담하려는 걸 보니까 일을 잘못 배운 놈입니다."

말을 그친 둘이 제각기 몸을 세웠을 때 무라피가 기다렸다는 듯이 말했다.

"마린호텔에 새 마사지 하우스가 생겼습니다. 언제 그곳에 안내해 드릴까요?"

이광이 다가서자 강인숙이 손을 내밀었다.

"빨리 오셨네요."

"서둘렀어요."

강인숙의 손을 잡은 이광이 숨을 들이켰다. 강인숙이 잡은 손에 힘을 주면서 검지를 구부려 손바닥을 간지럽혔기 때문이다. 그러나 표정은 담담하다. 주위에 선 김상표, 무라피 등은 전혀 눈치채지 못하고 있다. 방으로 들어가 둘이 되었을 때 강인숙이 눈을 가늘게 뜨고 웃었다.

"내가 하비브 중장하고 연락이 되었어. 모레 만나기로 했어."

"하비브 중장?"

이광이 눈을 크게 떴다. 하비브는 특전사령관으로 후세인의 최측근이다. 그가 무기 수입을 주도하고 있는 것이다. 머리를 끄덕인 이광이 말했다.

"그럼 나도 카심 대장하고 약속을 해야겠군. 이번에 한꺼번에 상견례를 하는 거야."

이제부터 시작이다.

강인숙은 군(軍) 출신답게 강단이 있는 데다 통솔력을 겸비했다. 무기에 대해서는 전문가였고 영어, 러시아어, 불어까지 능통했다. 아랍어도 듣는 데는 지장이 없어서 아랍어 뉴스를 듣고 통역을 해줄 정도였다. 이광보다 수준이 높은 무역상이다. 그날 밤, 시내 중식당에서 저녁을 마친 둘이 밖으로 나왔을 때 강인숙이 물었다.

"내 숙소로 갈 거야?"

"어딘지는 알아둬야지."

기다리고 있었던 것처럼 이광이 바로 대답했다. 식당 앞에는 강인숙의 자가용인 일산(日産) 차가 대기하고 있다. 운전사는 요르단 군(軍) 출신의 경호원이다. 안기부 오금봉이 강인숙 주변을 철통처럼 보호해주

63

고 있는 것이다.

"좋아. 내 숙소의 첫 남자 손님이야."

강인숙이 웃음 띤 얼굴로 이광에게 차에 타라는 시늉을 했다. 밤 9시 반이다. 차는 암만 시내를 금방 빠져나가더니 20분 만에 언덕 위에 세워진 저택 앞에 닿았다. 그러자 철문이 소리 없이 열리면서 자갈길이 나타났다. 숲에 싸인 자갈길을 50미터쯤 들어서자 곧 불을 밝힌 2층 저택이 눈앞에 펼쳐졌다.

"이건 궁전이군."

감탄한 이광이 말했을 때 강인숙이 얼굴을 펴고 웃었다.

"맞아, 핫산 국왕의 이복동생한테서 전세로 얻은 집이야."

차에서 내렸을 때 현관에 서 있던 사내가 문을 열었다. 아랍인이다.

"경호원이 몇이야?"

사내를 지나 안으로 들어서면서 이광이 물었다.

"저택에 넷."

그 순간 이광이 숨을 들이켰다. 응접실이 50평도 넘었는데 아랍식 장식이 화려했기 때문이다. 붉은색 양탄자가 깔린 데다 금박을 입힌 가구, 천장에는 직경이 1미터가 넘어 보이는 샹들리에가 번쩍이고 있다. 그때 강인숙이 소파에 앉으면서 말했다.

"놀라지 마, 한 달 1만5천 불씩 주고 빌린 전셋집이니까."

"내가 돈 많이 벌어야겠다."

"그것도 걱정하지 않아도 돼, 이 집 렌트비는 안기부에서 대니까."

"그것도 내 세금이야."

"여기서 자고 가겠지?"

"왜? 숙박비 받으려고?"

"욕실은 저쪽이야."

강인숙이 눈으로 뒤쪽을 가리켰다.

"들어가 있어, 나도 곧 따라갈 테니까."

시선이 마주치자 강인숙이 눈웃음을 쳤다.

"새집에서 첫날밤이야. 흥분되지 않아?"

그렇다. 강인숙은 활화산 같았다. 끝없이 분출하는 화산, 뜨거운 몸을 꿈틀대며 마음껏 욕정을 발산시켰다. 이광은 강인숙과 함께 솟아올랐다가 떨어지면서 함께 절정에 올랐다. 낯선 땅, 새 저택, 그리고 새로운 일이 둘을 자극했기 때문일 것이다. 깊은 밤, 방안의 열기가 아직도 뜨겁다. 창밖은 짙은 어둠에 덮였고 숲 위쪽으로 별 무리가 보인다. 강인숙이 이광의 팔을 베고 누워 거친 숨을 고르면서 입을 열었다.

"나, 미국산 무기 팸플릿과 가격표를 들고 가는 거야."

이광은 듣기만 했고 강인숙의 말이 이어졌다.

"북한제 대신 미국산으로 바꾸는 거야."

"……."

"자기 오기 전에 미국 무기상을 만나 이윤 배분도 결정했어, 이익금의 20퍼센트를 받기로."

"……."

"무기상은 50퍼센트를 갖고 이라크 군부(軍部)는 30퍼센트야, 엄청난 금액이지."

"……."

"하비브 중장도 합의했어. 카심 대장한테는 자기가 말해줘."

머리를 돌린 이광이 강인숙의 허리를 당겨 안았다. 땀에 젖어 미끈거렸지만 탄력 있는 몸이 이광의 몸에 안겼다.

"물량이 얼마나 돼?"

"이번에는 미사일, 대전차 무기 등이 많아서 약 8천만 불 정도."

강인숙이 팔을 뻗어 이광의 목을 감아 안았다. 젖가슴이 밀착되어서 기분 좋은 촉감이 느껴졌다. 강인숙이 말을 이었다.

"그건 하비브 중장의 구입분이야. 카심 대장의 동부군 물량은 그 몇 배가 될 거야. 자기가 잘 말해줘야 돼."

"후세인이 허락해준 건가?"

"군부 몫은 대부분이 후세인의 구좌로 들어가. 하비브나 카심은 부스러기만 먹을 뿐이야."

강인숙이 웃음 띤 얼굴로 이광을 보았다.

"카심의 의류나 군장비 구입품에서 나오는 리베이트는 후세인이 허락한 보너스 같은 의미지. 하비브도 마찬가지야."

"그렇군."

이광의 얼굴에도 웃음이 떠올랐다. 그보다 몇십 배 물량이 큰 무기류의 리베이트는 모두 대통령 후세인의 몫인 것이다. 부하들에게는 보너스로 몇백만 불 정도씩 떨어지는 의류나 장비 등의 거래를 맡겨 놓았다. 이것 또한 교묘한 용병술이다.

이란·이라크 전쟁은 격화되었고 전세(戰勢)는 이란군에게 유리한 상태로 진행되는 중이다. 이라크의 남쪽 요충지이며 석유 수출항인 바스라가 이란군에게 점령당한 것이 전세를 바꿔놓은 것이다. 다급해진 후세인은 총공세를 지시했는데 그야말로 무차별적인 공격이었다. 포병대가 이란의 소도시에 포탄을 퍼부어 아예 불구덩이로 만들었고 민간

열차를 공습해서 수백 명을 살상했다. 국제 사회에는 비난 여론이 폭증했지만 후세인은 끄덕도 않았다. 그런 상황에서 이광과 강인숙이 바그다드에 들어간 것이다. 역시 밤 비행기로 먹물 속처럼 어두운 바그다드 공항에 도착했을 때 야합 소장이 보낸 만수르 중령이 마중을 나왔다. 전(前)의 하타 중령은 전방으로 전속되었기 때문이다. 어두운 도로를 달려 터널 속의 지휘부에 들어섰을 때는 오전 1시 반, 터널 안은 전보다 더 활기 띤 분위기였다. 총공세를 퍼붓고 있기 때문일 것이다. 이광과 강인숙은 먼저 야합의 방으로 안내되었다.

"마침내 남북한이 결합했군."

먼저 강인숙과 악수를 나누면서 야합이 빙그레 웃었다.

"내 정보에 의하면 둘이 친한 사이라던데, 맞지?"

이광과 악수를 나눌 때 야합이 물었다.

"예, 소장님."

야합의 눈을 보면서 이광이 정색하고 대답했다.

"좋은 사이입니다."

"그래야지."

야합이 짧게 웃었고 강인숙은 따라 웃었지만 외면했다.

"미국놈들이 강 대위, 아니 강 부사장한테 무기 판매를 맡겼군."

강인숙이 내려놓은 무기 책자를 보면서 야합이 말했다. 미국제 무기 소개 책자다.

"이 전쟁에서 결국 이득을 보는 놈들은 무기상이야, 특히 미국놈들."

말은 그렇게 했지만 야합이 두꺼운 무기 소개서와 가격표를 탁자 한 곳에 정리해 놓고 말했다.

"내가 참모들하고 논의해서 내일까지 알려 주겠어, 강 부사장."

"예, 납기는 비행기로 열흘 안이라고 합니다."

"열흘도 길어, 5일로 단축시켜."

"가능할 것입니다."

"특히 우리는 미사일이 부족해."

"알겠습니다."

상담은 빨리 진행되었다. 미제 무기는 이미 검증을 거친 데다 프랑스나 독일 무기상을 통해 들여왔기 때문이다. 지금까지 북한과 러시아제 무기를 팔아왔던 강인숙은 미국과 한국, 서방의 무기상으로 변신했을 뿐이다. 상담을 마쳤을 때 야합이 이광에게 말했다. 오전 3시가 되어가고 있다.

"사령관께선 지금 전장(戰場)에 나가 계시네. 내가 자네가 다녀갔다는 보고를 하지."

"예, 안부 전해주십시오."

인사를 마친 둘이 자리에서 일어섰을 때 야합이 이번에는 강인숙에게 말했다.

"강 부사장, 조금 전에 하비브 장군 보좌관이 다녀갔어. 오늘 밤에 만날 수 없다는 거야."

"예, 소장님."

긴장한 강인숙의 시선을 받은 야합이 쓴웃음을 지었다.

"조금 전에 북한군 무기 취급자가 하비브를 찾아왔다는군. 강 부사장 업무를 맡은 인물 같네."

"……"

"그자를 소개하려고 최철성 중장이 함께 와 있어. 최 중장 알지?"

"예, 소장님."

"그러니까 오늘은 만날 수가 없다는군. 곧 연락을 하겠다고 했어."

"감사합니다, 소장님."

강인숙이 사복 차림이었지만 절도 있게 거수경례를 했다.

"최철성이 누구야?"

만수르가 배차시켜준 지프에 타고 호텔로 돌아가면서 이광이 물었다. 잠자코 어둠에 덮인 시내를 보던 강인숙이 머리를 돌리지도 않고 대답했다.

"북한군 무기 판매 총책. 나 때문에 여기 나타난 것 같아."

"하비브 오더를 가로채 간 것 아냐?"

"북한군 무기는 소화기나 야포탄 정도야. 미사일은 질이 떨어져서 안 돼."

머리를 돌린 강인숙이 이광을 보았다. 어둠 속에서 두 눈이 반짝였다.

"최철성도 내가 여기 온 줄 알 거야. 이라크 군부(軍部) 내에 인맥이 꽤 있거든."

"……"

"내가 온 줄 알면 어떻게든 잡아가든지 죽이든지 하려고 기를 쓰겠지."

"큰일 났는데."

이광이 손을 뻗어 강인숙의 손을 쥐었다.

"호텔방에 박혀서 나오지 마, 내가 대신 하비브를 만나 무기 팸플릿을 건네줄 테니까."

그러나 강인숙은 대답하지 않았다.

"아니, 어디 가려고?"

눈을 뜬 이광이 강인숙에게 물었다. 강인숙이 깨운 것이다. 말끔하게 옷을 차려입은 강인숙이 이광을 내려다보면서 웃었다. 창밖은 환하다. 아침이다.

"나, 길 건너편 마크다훈둑 305호실에서 누구 만나기로 했어."

강인숙이 말을 이었다.

"30분쯤 후에 거기로 와."

"누구 만나기로 했는데?"

"북한군 연락관."

상반신을 세운 이광이 강인숙을 보았다.

"연락관?"

"응, 최 중장을 따라온 수행원이야."

"왜 만나는데?"

"현재 상황을 파악하려는 거지."

눈웃음을 친 강인숙이 상반신을 세웠다.

"지피지기면 백전백승 몰라?"

"어떻게 연락이 된 거야?"

"내가 연락을 했어, 자기 잘 때."

몸을 돌린 강인숙이 말을 이었다.

"최철성이 이곳저곳에 첩자를 심어 놓았듯이 나도 정보망이 있어. 오히려 내 정보원은 나한테 더 충성하지."

문으로 다가간 강인숙이 생각났다는 표정을 짓고 말했다.

"참 1만 불만 가져와, 그 친구에게 약을 먹여야 돼."

30분 후에 건너편 마크다훈둑 305호실 앞에 선 이광이 노크를 하자 바로 문이 열렸다. 문을 연 사내는 동양인이다. 30대 후반쯤의 사내가 이광을 보더니 눈인사를 하고는 비켜섰다. 단정한 양복 차림에 짧은 머리, 중키에 마른 체격, 이광이 방안으로 들어서자 창가의 소파에 앉아 있던 강인숙이 웃음 띤 얼굴로 말했다.

"서로 인사해요. 여긴 리스타상사 이광 사장님, 여긴 북한군 호위총국 소속 연락관 박영일 대위."

"말씀 들었습니다."

박영일이라는 사내가 머리를 숙여 보이면서 인사했다. 셋이 자리 잡고 앉았을 때 강인숙이 박영일을 눈으로 가리키며 말했다.

"박 대위의 정보에 의하면 최철성이 내가 바그다드에 와 있는 줄 알고 있다는 겁니다."

박영일 앞이어서 강인숙이 영어를 쓴다. 강인숙이 말을 이었다.

"수행원 중 경호원 셋은 제각기 암살 전문가지만 행동으로 옮기지는 못 하고 있다는데요."

이광의 시선을 받은 강인숙이 얼굴을 펴고 웃었다.

"하비브 중장으로부터 경고를 받았다는 겁니다. 나한테 무슨 일이 생겼을 경우에는 최철성한테 책임을 묻겠다고 했다는군요."

이광이 머리만 끄덕였을 때 박영일이 덧붙였다.

"최철성은 당황해서 그런 일은 절대로 없을 것이라고 약속했습니다."

"하지만 최철성이 포기할 놈은 아냐."

강인숙이 쓴웃음을 짓고 말했다.

"아마 이 세상 끝까지 날 추적할 거야. 그놈하고 나, 둘 중에 하나가 죽어야 끝나는 일이야."

"이번에 하비브 오더는 얼마나 했습니까?"

이광이 묻자 박영일이 바로 대답했다.

"예, 소화기 중심으로 약 4천만 불 정도입니다. 작년에 대비해서 약 50퍼센트 정도 물량이 줄었습니다."

그때 강인숙이 이광에게 말했다.

"사장님, 박 대위한테 정보비를 주시지요."

이광이 주머니에 넣고 온 종이봉투를 박영일에게 내밀었다.

"받으시지요."

"잘 쓰겠습니다."

의외로 박영일이 덥석 봉투를 받더니 안을 보지도 않고 바지 주머니에 쑤셔 넣었다. 태연한 표정이어서 꿔준 돈을 받아간 것 같다. 이광이 오히려 무안해져서 외면했다.

"박영일은 전에도 나한테서 정보비를 받았어."

호텔로 돌아오면서 강인숙이 이광에게 말했다. 강인숙은 히잡을 써서 눈만 내놓고 있다.

"최철성 측근에 심어놓은 내 정보원이야."

"그렇군."

감탄한 이광이 강인숙을 보았다.

"넌 나보다 낫다. 스케일이 큰 데다 주도면밀해."

"그래서 배신자가 된 건가?"

강인숙이 눈웃음을 쳤다.

"최철성은 스위스 은행에 3천만 불 가까운 비자금을 숨겨두고 있어. 내가 그 비밀 금고의 존재를 아는 유일한 사람이야."

길을 건넌 둘은 '후세인훈둑' 현관 안으로 들어섰다. 로비는 텅 비었다. 오전 9시였지만 밤 생활에 익숙해진 주민들에게 이 시간은 깊은 밤이나 같다. 그때 강인숙이 말을 이었다.

"그래서 최철성이 날 없애려고 하는 거야."

그날 밤, 그러니까 바그다드의 이틀째 되는 날 밤에 그들의 거처인 '후세인훈둑'으로 하비브 중장의 부관이 찾아왔다. 밤 10시 반, 연락을 받고 기다리던 둘이 곧 지프를 타고 '터널' 사령부로 달려갔다. 하비브는 특전사령관과 후세인 대통령 '경호군단장'을 겸하고 있다. '특전사'가 곧 '경호군단'인 것이다. 터널 안쪽 특전사령관실로 안내된 이광은 처음 하비브 중장을 상면했다.

"오, 자네가 그 유명한 미스터 리인가?"

이광의 인사를 받은 하비브가 손을 내밀며 웃었다. 하비브는 장신에 거구다. 배가 부푼 것처럼 나와서 셔츠 단추가 튕겨 나갈 것 같다. 반백의 머리와 수염, 검붉은 얼굴, 50대 후반이나 60대 초쯤으로 보였다. 하비브는 강인숙을 보더니 쓴웃음을 지었다.

"여기 사고뭉치가 나타났군. 미스터 최가 아직도 바그다드에 있어. 조심해."

"감사합니다, 각하."

"자, 그럼 미국놈들 무기 리스트를 보자고."

"예, 각하."

강인숙이 서둘러 가방에서 무기 리스트와 가격표를 꺼내 놓았을 때 하비브가 말을 이었다.

"어젯밤 동부군은 미사일과 대전차포, 레이저 유도 장치까지 2억 5

천만 불 물량을 결정했더군.”

이광이 숨을 죽였다. 하비브가 동부군의 무기 구입 내역까지 알고 있는 것이다. 이것은 최종 결정권자인 후세인 대통령의 최측근이라는 증거다. 강인숙도 긴장한 표정으로 하비브를 보았다. 그때 하비브가 빙그레 웃었다.

“우린 병력이 동부군의 30퍼센트 정도지만 이라크의 최정예 군단이야, 알고 있지?”

“알고 있습니다, 각하.”

강인숙이 바로 대답했다.

“그건 모두가 인정하는 공공연한 사실이죠.”

“좋아, 리스트를 놓고 가. 오늘 밤 결정해서 내일 통보해 줄 테니까.”

“감사합니다, 각하.”

“아마 동부군의 구입량만큼은 될 거야.”

이광과 강인숙이 동시에 숨을 들이켰다. 2억 5천만 불이다. 병력이 동부군의 30퍼센트 정도인 특수군단의 무기 구입량이 전쟁 중인 동부군과 같은 것이다. 그러나 그것은 상관할 일이 아니다. 이번에 강인숙의 무기 판매량이 5억 불이라는 것이 중요하다. 5억 불의 구입량 중 마진은 몇 퍼센트인가? 그 마진의 20퍼센트를 우리가 먹는 것이다. 이광의 머릿속에서 분주하게 일어난 생각들이다. 그때 하비브가 손목시계를 보더니 인터폰을 눌렀다. 그리고는 머리를 들고 강인숙을 보았다.

“이봐, 강 부사장.”

“예, 각하.”

“보좌관을 따라서 대통령 각하를 뵙고 와.”

“예, 각하.”

긴장한 강인숙이 하비브를 보았다.

"저를 부르셨습니까?"

"그래, 오늘 온다고 했더니 부르셨어."

그때 방문이 열리더니 대령 계급장을 붙인 장교가 들어섰다. 경례를 올려붙인 장교에게 하비브가 명령했다.

"대통령 각하께서 기다리고 계신다. 이 숙녀분을 각하께 모셔다드리도록."

"예, 각하."

부동자세로 선 대령이 강인숙을 보았다. 그때 강인숙의 시선이 이광에게 옮겨졌다. 이광은 강인숙의 눈동자가 흔들리는 것을 보고는 외면했다. 강인숙이 방을 나갔을 때 하비브가 다시 인터폰을 누르면서 말했다.

"미스터 리, 만나서 반가웠네."

"예, 각하."

"앞으로 자주 만나자고. 미국놈 무기 사업은 잘 될 거야."

"감사합니다, 각하."

그때 방안으로 장교 하나가 들어서자 하비브가 지시했다.

"여기 이 사장님을 호텔로 모셔다 드리도록."

그래서 이광은 혼자 호텔로 돌아왔다. 새벽 2시까지 방에서 강인숙을 기다리던 이광이 막 침대에 누웠을 때 강인숙의 전화가 왔다.

"나야, 지금 뭐 해?"

"아, 자려고. 근데 어디야?"

"사령부."

강인숙의 목소리는 밝다.

"방금 동부군 오더 받았어. 야합 소장이 2억 5천만 불 오더에 사인했어."

"굉장하군."

이광이 탄성을 뱉었다.

"그럼 마진은 얼마나 되는 거야?"

"약 30퍼센트."

"그럼 7천5백만 불?"

"그 정도 되겠지."

"으음."

이번에는 신음 같은 탄성을 뱉은 이광의 머릿속 계산기가 분주하게 돌아갔다. 7천5백만 불에서 이쪽 몫은 20퍼센트, 그럼 1천5백만 불이다. 거기에다 하비브의 특전군단 오더까지 합하면 3천만 불이 되는가? 그때 강인숙이 말했다.

"나 여기서 밤새울 테니까 먼저 자. 아침에 들어갈게."

이광이 심호흡을 했다. 강인숙은 지금 후세인을 만나고 있는지도 모른다. 그러나 그날 오후 6시가 될 때까지 강인숙은 돌아오지 않았고 연락도 오지 않았다. 초조하게 방과 로비를 왔다 갔다 하던 이광이 로비에서 커피를 마시고 있을 때 하비브 중장의 부관 타르만 중령이 찾아왔다. 어젯밤에도 모시러 온 터라 안면이 있다. 반가워서 이광이 눈을 크게 떴을 때 타르만이 앞에 서류철을 내려놓고 말했다.

"이 사장님, 이것이 특전사령부의 오더 내역입니다. 사령관께서 사인을 한 오퍼 시트도 안에 들어 있습니다."

파일을 펼친 이광이 숨을 들이켰다. 수십 가지 품목의 무기와 수량, 단가가 나열되어 있었고 밑에 총액이 적혀 있다. 2억 6천만 불이 조금 넘는다. 그 밑에 하비브 중장의 사인이 보였다. 그리고 옆쪽에 '리스타상사 요르단지점'의 대표인 강인숙의 사인이 있다. 강인숙은 부사장으로 리스타상사를 대표한 것이다. 됐다. 완벽하다. 그러나 이광은 이번만큼은 오더 파일을 들고 얼른 도망치고 싶은 마음이 일어나지 않았다. 강인숙 때문이다. 그때 타르만이 이광을 보았다. 검은 얼굴, 짙은 콧수염과 턱수염, 칼날처럼 줄을 세운 바지와 저고리, 권총 손잡이는 흰 상아로 만들어졌고 버클은 번쩍였다. 이놈은 언제나 무표정이다.

"이 사장님, 강 부사장이 이 사장님 먼저 돌아가시라는 말씀 전하라고 했습니다."

한마디씩 또박또박 말한 타르만이 똑바로 이광을 보았다. 검은 눈동자가 번들거리고 있다.

"강 부사장님은 며칠 후에 돌아가실 것입니다."

"언제요?"

마침내 이광이 그렇게 물었는데 자신의 목소리가 갈라져 있는 것을 들었다. 그때 타르만의 눈동자가 조금 흔들렸다.

"곧 연락하실 것입니다."

"지금 연락이 안 됩니까?"

"예, 사장님."

"무슨 일이 있는 건 아니죠?"

"물론입니다."

이때쯤 타르만의 얼굴에 웃음이 떠오르기를 기대했지만 어긋났다. 그때 타르만이 자리에서 일어서더니 멋지게 경례를 했다. 지금까지 어디에서도 본 적 없는 절도 있는 경례였다. 타르만이 사라지자 이광이 파일을 들고 몸을 돌렸다. 강인숙은 후세인과 함께 있는 것이다. 이광은 심호흡을 했다. 그다음 순간 일이 잘되었다는 생각이 들었다. 북한의 최철성 중장은 이제 강인숙을 보면 놀라 도망갈 것이었다. 별이 세 개짜리 중장? 별을 300개 붙인 놈도 강인숙을 어쩌지 못할 것이다. 엘리베이터 앞에 선 이광이 다시 길게 숨을 뱉었다. 이제 강인숙은 후세인한테서 무기 오더를 차떼기로 받을 것이다. 우리 리스타상사는 돈을 억수로 벌게 되었다. 그런데 왜 가슴 한쪽이 텅 빈 느낌이 드는가?

그날 밤 이광은 밤 비행기로 요르단으로 돌아왔다. 비행기가 암만 공항에 착륙했을 때 1등석에 앉아 있던 이광에게 사무장이 다가와 말했다.

"선생님, 먼저 내리시지요."

1등석 승객은 먼저 내리게 되어 있었으므로 당연한 일이 아니냐는 표정을 지었더니 곧 문이 열리면서 사내 둘이 안으로 들어섰다. 그러더니 이광에게 다가와 정중하게 머리를 숙여 보이면서 말했다.

"모시러 왔습니다."

이런 접대에 익숙해져 있는 이광이다. 그러나 암만공항에서는 처음이어서 얼떨떨한 상태로 사내들을 따라 나갔다. 그때 이광의 옆을 걷던 사내가 말했다.

"전 CIA 암만 지점의 마이클입니다. 잘 부탁드립니다."

CIA다. 이광의 시선을 받은 마이클이 걸으면서 정중하게 머리를 숙여 보였다.

"밖에 퍼시픽사 사장 제럴드 씨와 부사장 톰슨 씨가 기다리고 있습니다."

미국 무기상이다. 무기상의 사장과 부사장이 요르단으로 날아와 이광을 영접 나온 것이다.

"어서 오십시오."

금발의 백인, 60대쯤으로 마른 몸매, 단정한 양복 차림, 그가 퍼시픽 사 사장 제럴드 모건이었다. 제럴드가 이광과 악수를 하더니 옆에 선 둥근 얼굴의 대머리 백인을 소개했다.

"우리 부사장 톰슨입니다."

악수를 나눈 이광이 제럴드가 안내한 리무진에 올라 나란히 앉았다. 마주보는 앞자리에는 톰슨과 기가 막히도록 아름다운 붉은 머리칼의 미녀가 탔다. 이곳은 입국장이 아니다. 마이클은 이광의 여권을 들고 앞장서 가더니 검색대 옆문으로 들어가 복도를 걸어 공항 옆쪽 출구로 나왔다. 이광은 그곳에서 기다리던 제럴드와 톰슨을 만난 것이다. 어느새 이광의 짐이 차에 실렸고 스탬프가 찍힌 여권이 건네졌다. 그리고 마이클은 인사를 하고 사라진 것이다. CIA 요원이 무기상의 심부름꾼 역할로, 그것도 대단히 기쁜 듯이 일하고는 사라졌다. 리무진이 출발했을 때 제럴드가 웃음 띤 얼굴로 이광을 보았다.

"이번에 5억 불이 넘는 오더를 하셨더군요. 리스타상사의 역량이 놀랍습니다."

"감사합니다."

오더 시트를 복사한 후에 원본을 이광에게 돌려주면서 제럴드가 정중하게 말했다. 이곳은 인터네셔널호텔 스위트룸, 제럴드가 투숙한 방이다. 공항에서 곧장 이곳으로 온 것이다. 오전 1시 반이었지만 방안 사람들은 활기 있게 움직였다.

"납기는 맞출 수 있습니다."

제럴드가 웃음 띤 얼굴로 이광을 보았다. 놀랍게도 납기일은 1주일 후인 것이다. 오더 시트를 받은 1주일 후였으니 번갯불에 콩 구워 먹는 식의 오더다. 그것도 5억 불이 넘는 오더인 것이다. 그때 제럴드가 지그시 이광을 보았다.

"강 부사장하고 이익 분배에 대해서 사전에 협의한 내용이 있습니다. 알고 계시지요?"

"예, 들었습니다."

"이번에 오더를 받았으니 내일 오후까지 계산해서 보내 드리겠습니다."

"뭘 말입니까?"

"리스타상사하고 '저쪽' 몫 말입니다."

'저쪽'이란 군부(軍部)다. 그것은 강인숙만 아는 일이어서 이광은 시선만 주었다. 그때 옆쪽에 앉아 있던 부사장 톰슨이 쪽지를 꺼내더니 읽었다.

"내일 리스타상사 몫으로 3,100만 불, '저쪽' 몫으로 4,700만 불의 수표를 가져오겠습니다."

이광의 시선을 받은 톰슨이 표정 없는 얼굴로 말을 이었다.

"'타운은행' 수표로 세계 어느 곳에서도 환전이 가능합니다, 사장님."

엄청난 거래다. 숙소로 돌아온 이광이 침대에 누웠지만 잠이 오지 않았다. 하룻밤 사이에 세상이 변한 것 같은 느낌이 들었고 지금까지 기를 쓰고 옷 한 박스라도 더 팔려고 했던 나날들이 허망하게도 느껴졌다. 그러나 이것이 시작일 뿐이다. 인간을 죽이기 위한 무기는 내일도,

그다음 날도 끊임없이 팔려나간다. 살상력이 클수록 더 많이, 더 비싼 값으로 팔리는 것이다. 그때 전화벨이 울렸다. 오전 3시가 되어가고 있다. 전화기를 든 이광이 귀에 붙였다.

"여보세요."

"응, 나야."

강인숙이다. 숨을 들이켠 이광이 목소리를 낮추고 물었다.

"거기 어디야?"

"바그다드."

"아직 일 안 끝났어?"

"아무래도 제품이 올 때까지 여기 있어야 될 것 같아. 제품 확인을 하고 나서 대금을 입금시켜 줘야 하니까."

"그렇군."

"내 걱정은 말고. 참, 제럴드 씨 만났지?"

"오늘 공항에 나왔더군."

"내가 연락했어."

"그리고 내일 수표를 가져온다는데."

"받아."

"알았어."

입맛을 다신 이광이 물었다.

"내가 내일 수표를 받고 할 일은 뭐야?"

"없어. 그러니까 파리 거쳐서 귀국해."

강인숙의 목소리에 웃음이 섞여졌다.

"내일 '저쪽' 분 수표 받으면 파리로 가서 파리은행 구좌로 입금시키고 귀국하란 말이야."

"구좌 번호는?"

"불러줄 테니까 적어."

"잠깐만."

펜과 종이를 준비한 이광에게 강인숙이 구좌 번호를 불러주더니 말했다.

"나도 여기 일 마치고 암만 거쳐서 서울로 들어갈 테니까 열흘쯤 후에는 만나게 되겠지."

"알았어."

"어때? 오더를 받은 감상이?"

"글쎄, 그건 나중에."

"그럼 잘 자."

통화가 끊겼을 때 이광은 어금니를 물었다. 그 순간 강인숙에게 몸조심하라는 인사를 하지 않았다는 것을 깨달았다. 당연한 일이었다. 후세인과 함께 있는 강인숙을 누가 건드리겠는가?

다음 날 오후, 이광은 안기부 담당이며 리스타 요르단지점의 과장인 김상표와 함께 파리행 비행기에 탑승하고 있다. 1등석에 나란히 앉은 김상표는 시간이 흐르자 스튜어디스에게 술을 주문했다. 금방 익숙해진 것이다. 김상표는 이광을 따라 며칠 만에 다시 귀국하게 되어서 들뜬 표정이다. 김상표는 이광이 해외를 다닐 때 분신처럼 경호하도록 지시를 받은 것이다.

"파리 공항에 CIA 요원이 나온다고 했습니다, 사장님."

김상표가 말했다.

"파리에서의 경호를 CIA가 맡을 것 같습니다."

이광은 머리만 끄덕였다. CIA로서는 그것도 국익을 위한 일일 것이었다. 리스타상사를 이용하여 수억 불의 오더와 이라크 군부 핵심의 정보를 빼낼 수 있을 테니까. 암만공항보다는 거창하지 않았지만 세련된 도시답게 파리 CIA 요원들의 이광을 맞아들이는 방법이 은근했다. 입국 심사대 앞으로 다가갔더니 세관원이 다가와 이광과 김상표를 정중히 옆쪽 사무실로 모셔간 것이다. 그 사무실에는 파리 CIA 책임자 모건과 CIA 부국장 요한슨이 기다리고 있었는데 이광과 셋이 독대를 했다. 요원 하나가 김상표를 데리고 나간 것이다. 인사를 마친 요한슨이 웃음 띤 얼굴로 이광을 보았다.

"파리은행까지 저희들이 모셔다 드리겠습니다. 그리고 호텔도 킹덤 호텔로 예약해 놓았는데 괜찮으십니까?"

"아, 예, 고맙습니다."

이광의 얼굴에도 쓴웃음이 번졌다.

"분에 넘치는 대접을 받습니다."

"아니, 천만에요."

정색한 요한슨이 푸른 눈동자로 이광을 보았다.

"저희들한테는 이 사장님이 VIP시지요."

"제가 아니라 강인숙이겠지요."

"그건 그렇습니다."

요한슨이 웃지도 않고 머리를 끄덕였다. 건장한 체격에 잘생긴 50대쯤의 백인이었지만 옷차림은 후줄근하다. 무기상들의 세련된 차림과 대조적이다. 요한슨이 말을 이었다.

"강인숙은 한국으로 넘어가기 전부터 후세인 대통령하고 깊은 관계였지요."

"……."

"아마 후세인한테도 이야기를 한 것 같습니다."

이광이 숨을 죽였다. 어느덧 입안에 침이 고이는 바람에 삼켰더니 물 한 잔이 넘어가는 소리가 났다. 당황한 이광이 숨을 들이켰다가 이번에는 재채기가 나왔다. 이광의 소동을 잠자코 지켜보던 요한슨이 말을 이었다.

"그래서 북한 측이 손을 못 쓰고 있는 겁니다. 만일 강인숙을 조금이라도 해코지했다가는 이라크에 와 있는 수백 명의 북한인이 몰살을 당할 테니까요."

"……."

"그리고 강인숙 씨가 미국 무기를 중개하는 역할보다 더 중요한 것이 있습니다."

이광의 시선을 받은 요한슨의 얼굴에 희미하게 웃음이 떠올랐다.

"후세인이 강인숙 씨를 통해 미국 측에 메시지를 보내고 있습니다. 우리는 후세인의 최측근에 있는 정보원 겸 연락원을 확보하게 된 셈이지요."

이광이 머리를 끄덕였다. 이제 의문이 풀린 것이다. 국정원에서 그렇게 VIP 대접을 해준 것도 이해가 간다. 별것도 아닌 북한제 무기를 팔다가 남으로 넘어왔다고 생각했더니 강인숙은 후세인의 애인이었던 것이다. 강인숙의 얼굴을 떠올린 이광이 심장 박동이 빨라졌다. 그렇다면 나는 시쳇말로 후세인과 '동서지간'인가? 그럼 후세인이 손위 동서인가?

"잘 알겠습니다."

정신을 차린 이광이 요한슨과 모건을 번갈아 보았다.

"강인숙이 내가 상상도 하지 못했던 거물이었군요."

"하지만 강인숙 씨가 한국으로 전향한 것은 이 사장님 때문인 것 같습니다."

요한슨이 이번에는 외면하고 말했다.

"우리가 여러 번 제의했는데도 한국행을 고집했거든요. 그 이유는 이 사장님뿐이었습니다."

이광은 시선을 내렸다. 요한슨과는 생각이 달랐기 때문이다. 이용해 먹기 쉬운 상대가 있었기 때문이 아닐까? 위장하기도 좋은 상대이기도 하다. 그때 모건이 손목시계를 보면서 말했다.

"이 사장님, 파리은행에 가실 시간입니다. 은행장이 기다리고 있습니다."

이번 무기 오더에서 이라크 군부(軍部) 몫인 4,700만 불을 입금시켜야 되는 것이다. 그 군부 몫이 후세인의 개인 자금인지 알 필요는 없다.

파리에서 하룻밤을 자고 이광은 서울로 돌아왔다. 그동안 김성규는 퇴사하고 국제통상 부사장으로 옮겨가서 회사는 뒤숭숭했다. 김성규가 데리고 있던 과장 1명, 대리 2명까지 빼내 갔기 때문이다. 윤지혜는 쿠웨이트 출장에서 돌아와 있었는데 이달 말에 사표를 낼 예정이어서 중동부도 어수선한 입장이었다. 윤지혜는 유학 간다고 미리 소문을 내놓았지만 의심하는 사람들이 많다고 했다. 그동안 이광의 최측근으로 근무했기 때문이다.

"소문이 난무해요."

퇴근 무렵에 열린 과장 회의 때 1과장 정현애가 이광에게 말했다.

"부장님도 곧 떠나신다는 소문요."

이광은 쓴웃음만 지었고 정현애가 말을 이었다.

"윤지혜 대리도 따라간다는 소문이 났어요. 유학은 꾸며낸 이야기고요."

"나아 참."

윤지혜가 외면한 채 투덜거렸다.

"실컷 떠들라고 해요. 난 상관 안 해."

그때 정현애가 이광에게 물었다.

"이런 소문도 났어요. 부장님하고 백 실장이 유성상사를 공동 경영한다고, 각각 50퍼센트 지분을 갖고요."

이광은 심호흡을 했다. 백영주가 소문을 냈을 것이다. 소문이 나도 손해 볼 일이 없는 백영주다. 그렇다면 곧 결단을 해야 되지 않을까?

"백 실장이 에이스무역과 부장님의 뒷조사를 하고 있습니다."

그날 저녁, 영등포의 돼지갈비 식당에서 저녁을 먹으면서 진남철이 말했다. 원탁에는 넷이 둘러앉았다. 에이스무역에서 온 정남희와 유성의 윤지혜, 진남철이다. 세 쌍의 시선을 받은 진남철이 말을 이었다.

"용역 회사에 시켰는데 에이스의 자금 입출 내역에서부터 부장님의 부동산, 통장 내역, 도청까지 한다고 합니다."

진남철이 식당 안을 둘러보는 시늉을 했다.

"여기 그 용역 회사 직원이 와 있는지도 모르겠어요."

정남희와 윤지혜가 픽픽 웃었지만 진남철은 웃지 않았다.

"그 용역 회사를 압니다. 불법적인 일도 거침없이 하는 회사지요. 제가 백 실장하고 같이 있을 때 자주 이용하던 회사였습니다."

"회사 이름은?"

"새한정보통신입니다."

머리를 끄덕인 이광이 윤지혜를 보았다.

"두바이 시장은 어때?"

"쿠웨이트보다 발전 가능성이 더 많습니다."

윤지혜가 바로 대답했다.

"시장이 훨씬 더 개방적이고 물류 이동이 늘어나 몇 년 만에 쿠웨이트를 능가할 것 같습니다, 보스."

이미 프라카시한테서도 보고를 받은 터라 이광이 얼굴을 펴고 웃었다.

"윤 실장의 눈이 틔었구나."

"보스, 지금 뭐라고 하셨어요?"

정남희가 물었다. 눈빛이 강해졌고 입술이 꾹 닫혀 있다. 이광이 정남희에게 되물었다.

"내가 뭘?"

"방금 윤 실장이라고 하셨잖아요."

"그랬구나."

소주잔을 든 이광이 셋을 번갈아 보았다.

"윤지혜 씨가 다음 달 초에 쿠웨이트의 리스타상사 기획실장으로 간다."

정남희가 숨을 들이켰지만 진남철은 머리를 연신 끄덕였다. 한 모금에 소주를 삼킨 이광이 말을 이었다.

"그리고 나서 두바이 매장이 설립되면 '리스타마켓' 두바이 지점장이 되는 거지."

"저는요?"

다시 정남희가 물었는데 목소리가 떨렸다. 어느덧 얼굴이 상기되었고 불빛을 받은 두 눈이 번들거리고 있다. 이광이 지그시 정남희를 보았다.

"넌 어디가 중심이라고 생각하니?"

눈만 크게 뜬 정남희를 향해 이광이 다시 물었다.

"말해, 정남희. 내 사업체 중 어디가 중심이냐?"

"리스타상사죠."

마침내 정남희가 대답했다. 얼굴이 굳어 있다. 윤지혜에 대한 경쟁심이 마침내 한계에 이른 것이다. 윤지혜가 유성을 그만두고 쿠웨이트의 리스타상사 기획실장으로 간다는 말에 충격을 받았다. 이성을 잃었다고 봐도 된다. 참지 못하고 이광의 말꼬리를 잡은 것이다. 이광이 의자에 등을 붙였다. 식당 안은 소란스러웠지만 이쪽 테이블에 잠깐 무거운 분위기가 덮였다. 이광의 사업체 중 중심은 바로 에이스무역이다. 에이스무역을 중심으로 유성에 오더를 주었고 리스타에서 오더를 받았다. 에이스무역이 있었기 때문에 리스타상사를 설립할 수 있었던 것이다. 그런데 그것을 알면서도 정남희는 이광의 사업체 중심이 리스타상사라고 했다. 감정이 이성을 덮는 케이스, 직장인으로서는 결격 사유다. 그때 윤지혜가 입을 열었다.

"보스, 정남희가 요즘 소외감을 좀 느끼게 된 것 같습니다. 저도 바빠서 신경을 못 썼어요."

정남희가 어깨를 부풀렸을 때 윤지혜가 말을 이었다.

"이해해주세요. 정남희가 보스 휘하의 최측근이었잖아요."

"그만."

정남희가 말을 잘랐다. 어느덧 얼굴은 더 붉어져 있다. 그때 이광이 쓴웃음을 짓고 말했다.

"감정을 절제하지 못하면 같이 일하지 못해. 더구나 내 앞에서 억지 소리를 하다니."

"보스, 화가 난 거죠. 이해해주세요."

다시 윤지혜가 말했을 때 이광이 술잔을 들고 말했다.

"정남희 너, 백영주한테 내가 에이스무역의 사주라고 말했지?"

"네?"

외마디 소리를 뱉은 것은 윤지혜다. 진남철도 숨을 들이켜면서 입을 딱 벌렸다. 이광의 시선을 받은 정남희의 눈동자가 흔들렸다. 얼굴이 이제는 하얗게 굳어지고 있다. 그때 이광이 말을 이었다.

"윤지혜에 대한 질투심이라고 해도 그렇게 배신을 하면 안 되지. 난 오후에 그 보고를 듣고 한동안 일을 못 했다."

그때 정남희가 자리에서 일어섰다.

"저 갈게요."

외면한 채 한마디 했을 때 이광이 말을 이었다.

"내일 경찰이 널 찾으러 갈 거다. 한 달 동안 2천만 원 가까운 돈을 업체에서 뜯어냈더군. 횡령과 사기, 공갈 혐의가 될 거야."

전화기를 귀에 붙인 백영주가 이맛살을 찌푸렸다.

"영등포 경찰서라고요?"

"예, 강력계 김재필 형사인데요."

사내의 목소리는 느긋했다.

"백영주 실장 맞습니까?"

"그런데요?"

벽시계가 오전 9시 40분을 가리키고 있다. 기조실장실에 혼자 앉아 있었기 때문에 표정 관리를 할 필요는 없다. 그때 사내가 한마디씩 천천히 말을 이었다.

"새한정보통신을 아시죠?"

순간 숨을 들이켠 백영주가 몸을 굳혔다. 불길한 예감이 머릿속에서부터 가슴까지 훑고 내려갔을 때 사내가 말을 이었다.

"조금 전에 새한정보통신 오석호 사장과 김시준 전무, 담당자 강민수 과장이 통신관리법 위반 등의 혐의로 구속되었습니다. 그 이유를 아시지요?"

"저는, 잘……."

"왜 이러십니까?"

사내의 목소리에 웃음기가 섞여졌다.

"오후 1시까지 영등포 경찰서 강력계 김재필 형사 앞으로 출두하시지요. 아마 한 시간쯤 후에는 소환장이 도착할 겁니다."

"……."

"변호사 대동하고 오세요. 참고로 말씀드리는데 바로 구속될 수도 있으니까요."

"……."

"새한의 오석호는 모두 자백했습니다. 백영주 씨가 모든 수단을 다 동원해서 이광이란 사람의 뒷조사를 하라고 했다면서요? 계약금 1백만 원, 중도금 2백만 원까지 지급하셨고……."

"……."

"어쨌든 오후 1시에 보십시다. 그런데, 참."

사내가 잊었다는 듯이 한마디 더 했다.

"이건 진짜 생각해서 말씀드리는데 무슨 꼼수를 썼다가는 최소한 5년은 감방에 계셔야 할 겁니다. 그러니까 그냥 변호사 대동하고 나와서 자백해요."

그러고는 통화가 끊겼지만 백영주는 한참 동안이나 전화기를 제자리에 내려놓지 못하고 굳어 있었다.

"아마 백영주는 구치소까지는 가야 될 겁니다."

그 시간에 이광도 상담실에서 혼자 전화를 받고 있다. 상대는 국정원의 오금봉 부장. 오금봉의 목소리에 웃음기가 섞여졌다.

"새한정보통신은 폐업 처분을 받을 것이고, 거기 사장, 전무, 담당들은 이번뿐만 아니라 수십 개의 불법 행위가 밝혀졌어요. 아마 형을 살게 될 겁니다."

"백영주 씨가 안됐군요."

전화기를 바꿔 쥔 이광이 길게 숨을 뱉었다.

"내 뒷조사를 해서 어쩌려고 했을까요?"

"뻔하지요. 협박용으로 썼을 겁니다."

전화기에서 오금봉의 입맛 다시는 소리가 났다.

"험한 세상이지요. 백영주는 그 세상에 맞춰 살려고 했지만 호랑이굴에 머리를 들이민 꼴이 되었습니다."

이광의 얼굴에 쓴웃음이 번졌다. 과연 그렇다. 백영주의 지시로 새한정보통신은 에이스무역부터 리스타상사, 리스타 요르단지점까지 파고들어갈 수도 있다. 안기부 입장에서 보면 벌레 한 마리가 몸 위로 기어오르는 느낌이 들었을 것이다. 오금봉이 말을 이었다.

"새한정보통신에서 수집한 자료는 다 폐기시켰습니다. 말씀해주시지 않았다면 우습게 될 뻔했습니다."

백영주는 임자를 잘못 만난 셈이었다. 이광의 배후가 뭔지 전혀 감도 못 잡고 일을 저질렀다가 벼락을 맞았다.

"보스, 정남희가 경찰서에 들어갔어요."

상담실로 들어선 윤지혜가 앞에 앉지도 않고 이광에게 말했다. 오금봉과 통화를 끝낸 지 30분밖에 되지 않았다. 이광의 시선을 받은 윤지혜가 말을 이었다.

"보스, 정남희가 백 실장 만났다는 거, 어떻게 아셨어요?"

"나도 용역회사를 고용했거든."

이광이 정색하고 윤지혜를 보았다.

"백 실장 주변을 조사시켰는데 정남희가 걸려든 것이지."

"보스, 정남희를 한 번만 봐주세요."

"안 돼."

머리를 저은 이광의 얼굴에 쓴웃음이 번졌다.

"너도 녹음된 정남희의 말을 들으면 생각이 달라질 거다."

"녹음했어요?"

"내 용역회사는 새한정보통신보다 나아."

"뭐라고 했는데요?"

"네가 내 정부라고 했어."

"뭐라고요?"

"네가 나하고 동거한다고 하더구나."

윤지혜의 얼굴이 붉어졌고 입은 꾹 다물려졌다. 이광이 길게 숨을 뱉었다.

"아마 우리 둘을 미행했던 것 같다. 소외감이나 배신감을 느꼈다고 하더라도 그렇게 악랄하게 모함할 줄은 예상 밖이다."

윤지혜가 길게 숨을 뱉었을 때 이광이 말을 이었다.

"경찰서에서는 풀려나오게 하겠지만 그것으로 정남희하고는 끝이야."

정남희의 빈자리가 유난히 크게 보이는 며칠이 지났다. 정남희는 유능한 간부였다. 성품은 부드러웠지만 업무에는 치밀했고 마무리가 확실했으며 준비성이 철저했다. 일을 맡기면 안심이 되는 스타일이었다. 그런데 약점이 있었다. 경쟁심이 강하다 보니 상대가 잘되는 것에 그냥 넘어가지 않았다. 정남희 앞에서 누구를 칭찬하기가 겁이 날 정도였다. 자제를 못 하고 얼굴이 굳어지는 모습을 보면 심하다는 생각이 들었던 것이다. 이광이 정남희하고 조금 거리를 둔 이유가 그것 때문일 것이다. 그러다가 마침내 사달이 났다. 시쳇말로 '열이 나면 눈에 보이는 것이 없다'라는 표현이 정남희에게 딱 맞는 이야기가 되었다. 이광과 윤지혜의 은밀한 관계를 알자 눈이 뒤집힌 정남희는 스스로 백영주를 찾아가 이광의 비밀을 폭로했고 '자폭'하는 심정으로 거래선을 불러 리베이트를 뜯은 것이다. 오더를 쥐고 있는 정남희인 터라 거래선은 말이 끝나기도 전에 리베이트를 갖다 바쳤을 것이다. 리베이트 1천만 원을 받으려면 거래선도 같은 금액의 보너스를 먹기 때문이다. 오더 가격을 2천만 원 올려주고 거래선과 절반씩 나눠 먹는 것이니 어느 놈이 마다하겠는가?

"면목이 없어."

에이스무역의 전무 유민우가 어깨를 늘어뜨리면서 말했다. 지금까지 비어 있던 에이스무역의 사장실에 이광이 들어와 있다. 앞쪽에는 유민우와 이광을 따라온 진남철이 앉아 있다. 유민우가 말을 이었다.

"모두 내 잘못이야. 내가 조금 더 체크를 했어야 되는데."

이광이 소리 죽여 숨을 뱉었다. 이런 도둑질은 눈 뜨고 코 베어가는 것보다 더 표시가 안 난다. 당사자가 자백을 하거나 이번 경우처럼 용역회사가 현장을 녹음하고 자료를 수집하는 경우뿐이다. 그때 이광이 물었다.

"유 전무님, 정남희 대신 일할 수 있는 직원이 있어요?"

유민우는 이광의 고등학교 1년 선배다. 이광의 시선을 받은 유민우가 머리를 저었다.

"직원이 14명이나 있지만 정남희 대신 일할 만한 인물은 없는 것 같아."

정남희가 2인자 역할을 했던 것이다. 그때 이광이 옆에 앉은 진남철을 눈으로 가리켰다.

"진 과장을 에이스무역부장으로 발령을 냅시다. 진 과장이 충분히 해낼 거요."

"어, 진 과장을?"

놀란 유민우가 숨까지 들이켜더니 곧 커다랗게 머리를 끄덕였다. 얼굴에 웃음이 떠올라 있다.

"그렇다면 전화위복이지."

"잘 부탁드립니다."

자리에서 일어선 진남철이 유민우를 향해 허리를 90도 꺾어 절을 했다.

"실망하시지 않도록 열심히 노력하겠습니다."

"진 과장, 아니 진 부장이면 내가 천군만마를 얻은 것 같네."

"아이고, 형, 계속 문자를 쓰시네."

이광이 마침내 얼굴을 펴고 웃었다.

"난 무식해서 형처럼 그런 문자가 금방 안 나와."

회사로 돌아가는 택시 안에서 이광이 진남철에게 말했다.

"윤지혜가 다음 주에 그만둘 테니까 진 과장, 넌 당분간 유성과 에이스 양쪽 일을 해야겠어."

"예. 아무래도 그렇게 해야 될 것 같습니다, 사장님."

"야, 회사가 가까워진다. 부장이다."

"예, 부장님."

진남철이 웃지도 않고 대답했다. 정남희 대신으로 생각해낸 카드가 진남철이었던 것이다. 진남철은 윤지혜를 도와 쿠웨이트에서 매장 설립 실무를 맡을 예정이었지만 에이스무역 일이 더 급했다. 그리고 매장 설립 건은 당분간 윤지혜와 프라카시가 진행해도 무리가 없다. 그래서 진남철의 의사를 물었더니 펄쩍 뛰듯이 반겼던 것이다. 이광이 웃음 띤 얼굴로 진남철을 보았다.

"그래, 양쪽 일을 하는 대신 양쪽에서 월급을 받게 될 거다. 에이스무역 부장 월급은 유성 과장 월급의 세 배는 될 거야."

"아이고, 전 괜찮습니다."

목을 움츠린 진남철이 사양했지만 얼굴이 금방 붉어졌다. 아마 4배가 된 월급봉투를 들고 갈 때의 와이프 얼굴을 떠올렸는지도 모른다. 인간은 그렇게 가끔 찾아오는 일상의 변화로 생활의 활력을 찾는 것이다.

회사로 들어갔더니 자리에 앉자마자 정현애가 말했다.

"부장님, 회장님이 세 번이나 찾으셨습니다."

정현애의 두 눈이 반짝였다.

"들어오시면 바로 회장실로 오시랍니다."

머리를 끄덕인 이광이 자리에서 일어섰다.

"무슨 일이죠?"

정현애가 묻자 옆쪽에 서 있던 진남철이 힐끗 시선을 주었다. 정현애는 백영주가 경찰에 소환된 것을 모르는 것이다. 알고 있는 사람은 이광과 진남철, 윤지혜, 그리고 회장 황학수뿐일 것이다. 이광이 회장실로 들어서자 황학수가 머리를 끄덕이며 맞았다. 차분한 표정이다.

"또 실패했다."

이광이 앞쪽 자리에 앉았을 때 황학수가 불쑥 말했다. 시선을 든 이광을 향해 황학수가 다시 말했다.

"아들놈에 이어서 딸놈까지……."

"……."

"내가 하지 말라고 했어. '이광이가 그렇게 해서 끌려올 놈도 아니고 네 운세는 이광이한테 비교가 안 된다.'라고."

외면한 황학수의 얼굴에 쓴웃음이 번졌다.

"그랬더니 뭐라고 했는지 아느냐?"

"……."

"둘 중 하나가 살아남게 될 것이라고 하더구나. 그래서 결국 이렇게 되었다."

유구무언(有口無言)이다. 이때 무식(?)한 이광의 머릿속에 떠오른 단어다. 유민우 같으면 더 어울리는 단어를 여러 개 찾아낼 수 있겠다는 생각을 했을 때 황학수가 눈동자의 초점을 잡고 이광을 보았다.

"내가 변호사한테서 연락을 받았는데 이번 사건에서 빠져나올 수가 없다고 하더군. 내 변호사도 거물 축에 드는데 손을 쓸 수가 없다는 거다."

"……."

"이런 경우는 보통 집행유예로 나오는데 최소한 2년은 살아야 되겠다는구나."

그때 황학수가 흐려진 눈으로 이광을 보았다.

"내가 짐작이 간다. 네가 정부 일을 하고 있는 거지? 영주는 그것도 모르고 널 파헤쳤고."

"……."

"그러다가 덥석 물린 것이지, 병신 같은 년."

이광이 심호흡을 했다. 그러자 시골로 황학수를 찾아갔던 때가 떠올랐다. 고추밭에서였던가? 황학수에게 회사 내막을 말해주던 때의 열정은 이제 사라졌다. 그것으로 아들 황근만이 구속되고 백영주 시대가 열리는가 했더니 결국 자신과의 싸움에서 난파선이 되었다. 이제 유성상사가 어떻게 되건 미련 없다. 나는 할 만큼 했다. 유성을 떠나더라도 내가 만들어준 오더는 굴러갈 테니까. 중동부가 6만 불에서 시작되어 올해는 6천만 불을 수출할 것이다. 나는 3년 반 만에 유성상사에 1천 배실적을 증가시켜주고 떠난다. 그럼 나는 '영웅' 아니냐? 그런 나를 뒷조사를 해서 고발을 하려고 했단 말이냐? 그때 황학수가 말했다.

"너, 유성을 맡아라."

"네?"

이광의 말문이 그때서야 터졌다. 놀랐기 때문이다. 길게 숨을 뱉은 황학수가 소파에 등을 붙였다.

"나, 네가 어떻게 네 사업을 만들어 왔는지를 영주한테서 들었다."

다시 외면한 황학수가 말을 이었다.

"영주가 그 구속된 정보회사 놈들한테서 들은 이야기를 내게 말해주었다."

"……."

"서울의 에이스무역, 쿠웨이트의 리스타상사, 그리고 에이스무역 계열사로 3개의 공장……."

"……."

"강남의 부동산이 2백만 평이 넘는다고 하더구나. 땅에 투자한 것은 잘한 거야. 그것이 나중에는 널 다른 세상 사람으로 만들어 줄 것이다."

"……."

"너처럼 멀리 내다보는 인간이 드물지. 나도 네가 땅을 소유하고 있다는 것을 안 순간에 느꼈다니까. 하지만 기다려야 되겠지."

황학수가 얼굴을 일그러뜨리며 웃었다.

"넌 젊으니까 기다릴 수 있을 거다."

"……."

"난 늙어서 안 돼."

"……."

"네 나이 대의 인물로 멀리 내다보고 부동산을 구입하는 인간은 너뿐일 거다."

"회장님."

마침내 이광이 똑바로 황학수를 보았다.

"저는 부장으로 유성을 그만두겠습니다. 그래서 유성을 대표할 생각은 없습니다.”

“너한테 바지저고리 사장을 하라는 말이 아니다.”

황학수가 흐린 눈으로 이광을 보았다. 주름살이 더 깊어진 것 같다.

“영주가 이야기했다던데, 유성과 네 사업체를 묶어 공동 경영을 하자고 했지?”

“예. 하지만 그럴 생각이 없습니다, 회장님.”

“이제 영주가 교도소에 들어가게 되었으니 너 혼자서 맡게 되는 거야.”

“그래도 사양하겠습니다, 회장님.”

“대표 이사 사장을 맡기겠고 주식 30퍼센트를 내놓겠다.”

“죄송합니다, 회장님.”

“주식 대금은 10년 안에 현 시가로 계산해서 갚는 조건으로 양도하겠다.”

“유성은 회장님이 주인이십니다. 그리고 회장님이 얼마든지 경영하실 수 있습니다.”

“살려다오.”

황학수가 똑바로 이광을 보았다. 그러고는 두 손을 모으더니 자리에서 일어나 이광 앞에 무릎을 꿇고 앉았다. 그때 이광이 숨을 들이켰다. 황학수의 주름진 눈에서 눈물이 흘러내리고 있다.

그날 저녁, 에이스무역의 회의실에 여섯 명이 둘러앉았다. 이광과 유민우, 진남철과 윤지혜 그리고 회계사 겸 기업진단사인 홍명철, 이제는 이광의 개인비서처럼 행동하는 김방현까지다. 오후 9시 반, 저녁을 중식당에서 배달시켜 먹었기 때문에 회의실 안에는 음식 냄새가 배어 있다. 테이블 위에 어지럽게 놓인 서류는 모두 유성상사의 영업과 손익에 대한 자료다. 홍명철은 48세, 이광이 안기부 오금봉의 소개로 모셔왔는데 기업진단의 전문가라고 했다. 이윽고 홍명철이 안경을 추켜올리면서 말했다.

"유성상사는 매출액이 빠른 속도로 증가해서 주가가 폭등했지만 매출액이 떨어지면 위험합니다."

홍명철의 얼굴에 쓴웃음이 번졌다.

"부동산이 모두 담보로 잡혀 있고 자산보다 채무가 55퍼센트나 많습니다. 이것을 빛 좋은 개살구라고 하는 거죠."

서류 한 장을 집어 든 홍명철이 흔들었다.

"황 회장이 제안한 유성상사와 에이스무역, 리스타상사와의 5 대 5 합병 제안은 일고의 가치도 없습니다. 황 회장이 유성상사를 과대평가했다고는 생각하지 않습니다. 그분쯤이면 계산이 정확할 테니까요……."

그때 유민우가 물었다.

"그럼 사기를 쳐서 우릴 끌어들이려고 했다는 겁니까?"

"아니, 그것도 아닐 겁니다. 흥정을 할 생각이었을 겁니다. 처음에는 높게 부르지요."

"그럼 황 회장은 얼마 정도에서 유성상사를 넘기는 게 정상이라고 보십니까?"

"글쎄요, 유성상사는 시장에서 지명도가 좀 있으니까요. 에이스무역과 20 대 80 정도면 적당하다고 생각합니다."

"그 20퍼센트의 가치는 얼마나 될까요?"

일성대 출신답게 유민우가 바로바로 질문을 한다. 홍명철이 다시 서류 한 장을 집어 들고 말했다. 이미 계산을 다 해놓은 것 같다.

"1백억 정도."

그 순간 유민우가 숨 들이켜는 소리를 내었다. 윤지혜와 진남철도 서로의 얼굴을 본다. 서울에서 아파트 붐이 일어나 20평대 아파트 1채 값이 1천만 원 정도로 치솟았다. 2년 전보다 2배 이상 뛴 것이다. 그런데 1백억이면 20평대 아파트 1천 채를 살 수 있는 돈이다. 그때 이광의 시선이 김방현에게로 옮겨졌다.

"황 회장, 백영주의 재산은?"

"예, 사장님."

김방현이 기다렸다는 듯이 앞에 놓인 서류를 읽었다.

"황 회장은 재산을 모두 백영주 앞으로 옮겼습니다. 그래서 백영주가 보유한 부동산 가격이 시가 38억쯤 됩니다."

김방현의 목소리가 방을 울렸다.

"그런데 백영주는 이 부동산을 다시 담보로 넣고 33억을 빌려 해외에 투자했습니다. 미국 주식에 투자한 것이라 본인 외에는 건드릴 수 없습니다."

그때 홍명철이 웃음 띤 얼굴로 말했다.

"최악의 경우에 대비한 생활 자금이지요. 영리한 분입니다. 회사가 망해도 평생 먹고살 자금은 예치시켰군요."

다음 날 오전 10시 반, 회장실로 들어선 이광을 황학수가 맞는다. 백영주는 지금 경찰서 유치장에서 사흘째를 맞고 있다. 오늘 오후에 구치소로 옮겨갈 예정이다.

"그래, 생각해 보았느냐?"

황학수가 그늘진 얼굴로 물었다. 어제는 체면 불고하고 눈물을 흘리면서 무릎을 꿇었던 황학수다. 오늘도 그럴 기색이 농후했다. 황학수의 시선을 받은 이광이 입을 열었다.

"두 가지를 말씀드리겠습니다."

황학수는 몸을 굳혔고 이광의 말이 이어졌다.

"백 실장은 제가 탄원서를 내든지 해서 빠른 시일 내에 풀려나도록 하겠습니다."

"……."

"하지만 회사로 복귀해서 저하고 같이 근무하기는 좀 어색하겠지요."

"……."

"그렇게 되면 제가 나가는 수밖에 없지 않겠습니까?"

"그건 그렇구나."

겨우 황학수가 말했을 때 이광이 말했다.

"제가 당분간 더 근무하겠습니다. 그래서 유성상사의 기반을 굳혀놓지요."

"……."

"지금 부채가 많고 부동산은 모두 담보로 잡혀 있어서 수출물량이 떨어지면 부채가 늘어나는 구조입니다."

"……."

"그래서 올해 수출량을 1억 불까지 올려서 이익금으로 부동산 담보를 풀고 새 부동산을 구입해서 회사 기반을 굳혀놓겠습니다."

"그러면 네가……."

"저는 부장으로 족합니다. 지분도 필요 없습니다."

이광이 번들거리는 눈으로 황학수를 보았다.

"유성상사가 제 첫 직장입니다. 그 유성상사의 기반을 굳혀놓고 나가겠다는 것입니다."

이광의 시선을 받은 황학수가 입을 벌렸다가 다물었다.

본부장(本部長)이다. 중동부장 겸 수출본부장, 수출부 전체를 장악하고 관리하는 직책이다. 다음 날 아침 황학수는 그렇게 발령을 내었다. 아직 공석인 미주부장을 임명할 권한도 주었다. 지금 구치소로 넘어간 백영주는 사퇴 처리를 했다. 백영주는 석방되더라도 복직은 하지 못하게 되었다. 이광에게 수출부를, 회사를 맡긴 것이다. 그러나 본부장은 위에 본(本) 자만 들어갔을 뿐 부장이다. 중역이 아니다. 등기 이사가 아니어서 언제든 사주가 퇴직시킬 수 있다. 다만 힘이 없을 때겠지. 본부장 발령장 받은 때가 10시, 사내 게시판에 발령 공고가 붙고 총무부에서 발령 회람이 각부서로 전달된 때가 10시 반. 11시 정각에 이광이 수출부 대리급 이상 전체 회의를 소집했다. 장소는 중동부 회의실, 이곳이 가장 넓기 때문이다. 참석 인원은 18명, 유럽과, 일본과, 동남아과까지 다 참석했다. 그중에는 이광보다 고참이 절반 이상이다. 지금까지 소가 닭 보듯 지나쳤던 고참들도 이제는 '딱' 걸렸다. 이광이 인사권을 쥔 '절대자'로 찾아왔기 때문이다. 둘러앉은 간부들은 처음에는 긴장했다가 제각기 둘러보더니 옆쪽과 수군거렸고 웃기도 했다. 이광이 자리에 앉았을 때 잠깐 조용해졌다가 다시 소음이 일어났다. 일부러 소음을 내는 인사도 있다. 바로 일본과장 정유택이다. 이광보다 3년 고참, 34세, 경력 6년 반, 일본어에 유창하지만 적극성 부족, 출장을 싫어해서 '내가 왜 비행기를 타고 가야만 하느냐, 바이어가 찾아오면 되지 않느냐?'라는 말로 유명해졌다. 일본과장을 맡은 지 2년 반, 실적 120만 불, 작년,

재작년도 비슷한 실적이다. 그때 이광이 정유택을 보았다.

"정 과장."

모두 조용해졌고 정유택이 시선만 주었다. 지금까지 이광과 말한 적이 두어 번뿐인 것 같다, 매번 정유택이 피했으니까. 지금도 '예' 하고 대답을 안 한다. 존댓말 쓰기가 싫은 것이다. 그때 이광의 얼굴에 웃음이 떠올랐다.

"정 과장."

두 번째 불렀을 때 정유택의 긴 얼굴이 긴장으로 굳어졌다. 일본말을 일본놈보다 더 잘한다고 소문이 난 정유택이다. 이성대 일본어과 졸업, 두 번째에도 정유택이 대답하지 않았을 때 이광이 말했다.

"3년째 100만 불에서 120만 불 실적을 올리는 일본과는 동남아과로 흡수시키고 정 과장은 오늘 자로 대기 발령을 낼 테니까 그렇게 알고 있도록."

그 순간 이곳저곳에서 숨 들이켜는 소리가 났다. 정유택이 입을 벌렸다가 금방 얼굴이 벌겋게 달아올랐다. 그때 이광이 시선을 돌리면서 말했다.

"내가 본부장이 된 건 이렇게 일을 시작한다는 회사의 방침이야. 싫으면 당장 일어나."

아무도 일어나지 않았다. 이광은 정유택을 희생양으로 삼아 단숨에 질서를 회복했고 힘을 보였다. 회의가 끝나자마자 이광의 지시를 받은 총무부장이 정유택의 '대기 발령' 공고를 붙였기 때문이다. 황학수에게는 사후 보고를 하면 된다.

"미주부 관리과장 곽영훈이 유능합니다."

진남철이 다가와 말했을 때는 퇴근 시간이 지난 오후 6시 반경이다. 수출부를 모두 맡았기 때문에 결재 서류를 읽다가 시간이 지난 것이다. 이광이 앞에 선 진남철을 보았다.

"곽영훈?"

곽영훈은 백영주가 진남철과 함께 대성 기조실에서 빼내온 심복들이다. 둘을 빼내어 각각 중동부와 미주부에 감시, 관리 역할로 투입시켰지만 몸통이 사라졌으니 허망한 신세가 되었다. 진남철과는 다른 처지인 것이다. 진남철이 바짝 다가섰다.

"부장님, 곽영훈이 저보다 더 유능한 친구입니다."

이광의 시선을 받은 진남철이 말을 이었다.

"사리 분별이 정확하고 의리가 있습니다. 저는 속물근성이 있지만 곽영훈은 다릅니다."

"나, 참."

쓴웃음을 지은 이광이 진남철을 보았다.

"네 속물근성이 날 끌어들였어, 아니 우리가 서로 맞은 거다. 하지만 곽영훈은 아닌 것 같구나."

"미주부장에 적격입니다."

진남철이 정색하고 말을 이었다.

"관리 능력, 적극성, 오더 수주 능력도 갖췄으니 김성규 씨가 빠진 미주부를 잘 수습할 수 있을 것 같습니다."

"백영주는 왜 곽영훈을 염두에 두지 않았지?"

"사람을 보는 한계가 있겠지요."

"그럼 오늘 저녁에 곽영훈을 데리고 나와."

이광이 말했다.

"아무 말 말고 술이나 한잔하자고 해."

그날 저녁 셋은 영등포의 미도클럽으로 들어섰다. 미도클럽은 룸살롱으로 카스파의 영역이다. 반색을 한 지배인이 셋을 VIP실로 모셨는데 진남철과 곽영훈은 시종 얼어붙어 있다. 거구의 사내들이 이광을 대통령처럼 모시는 것을 보고는 정신이 나간 것이다. 셋이 룸에 자리 잡고 앉았을 때 지배인이 영업부장과 함께 들어와 부동자세로 섰다. 지배인은 전(前)에 이광이 카스파 고문 역할을 했을 때 회장 고성규의 경호원이었던 인물이다. 그때보다 더 굳어져 있는 것이 이광이 사회에서 더 출세했다는 소문을 듣고 있기 때문이다.

"회장님한테는 보고하지 마라."

이광이 자르듯 말했다.

"그리고 난 돈 내고 술 먹는다."

허리를 꺾어 인사를 한 지배인과 영업부장이 나가고 술과 안주가 들어왔다.

"아가씨는 조금 있다가."

다시 따라 들어온 지배인에게 이광이 말했다.

"예, 형님."

그 순간 진남철과 곽영훈이 일제히 몸을 굳혔다. 지금까지 지배인은 '형님' 호칭을 삼가고 있었던 것이다. 그러다가 '실수'로 뱉어버렸다. 당황한 지배인이 거구를 움츠렸을 때 이광이 빙긋 웃었다.

"괜찮다. 여기 얘들도 내 동생이나 마찬가지다."

"죄송합니다, 형님."

지배인은 몸무게가 130 정도는 될 것이다. 그러나 장신이어서 위압

적이다. 그런데 그 거구가 허리를 기역 자로 꺾으면서 절을 했다.

"무의식중에 말이 나왔습니다."

"괜찮다니까. 얘들도 회사에서 내 심복이니까 여기 데려온 거야."

"예, 형님."

"나가 봐."

지배인이 방을 나갔을 때 이광이 술병을 들면서 말했다.

"묻지 마라. 내가 회사 들어오기 전에는 본부장보다 더 센 위치였다는 것만 알면 된다."

이것이 곽영훈에 대한 이광의 '자기소개'가 되었을 것이다. 30분쯤이 지났을 때 술잔을 주고받던 이광이 머리를 들고 곽영훈을 보았다. 지금까지 셋은 미주부와 중동부의 내년 수출 물량에 대한 의논을 했다. 이광의 시선을 받은 곽영훈이 몸을 굳혔다. 그때 이광이 말했다.

"너, 미주부장직대를 해라."

곽영훈이 숨을 죽였고 이광이 말을 이었다.

"진남철이가 추천했다. 네가 저보다 낫다고."

"아, 아닙니다, 본부장님."

"네가 맡아."

"본부장님."

"능력을 발휘해봐. 미주부는 유성에서 가장 가능성이 큰 부서야."

이광이 정색하고 곽영훈을 보았다.

"내가 회장님한테 약속했어. 유성상사의 기반을 굳히고 나서 나가겠다고 말이다. 그것이 날 키워준 유성상사에 대한 도리고 보답이라고도 말씀드렸다. 그리고 그것이 내 진심이야."

곽영훈은 물론 진남철도 숨을 죽였고 이광의 목소리가 방을 울렸다.

"중동부도 올해 매출을 적극적으로 늘려 유성상사 실적을 1억 불 이상으로 끌어올릴 거다. 그리고 난 유성을 떠나도 오더는 계속 유성에 넣을 거야."

"……."

"유성은 기반이 약해. 난 유성에 있는 동안 기반을 굳히도록 최선을 다할 거다. 네가 미주부장으로 도와줘야겠다."

이광이 손을 내밀었다.

"잘 해보자."

곽영훈이 끌린 듯이 두 손을 내밀어 이광의 손을 잡았다. 두 눈이 번들거리고 있다.

"최선을 다하겠습니다, 본부장님."

"네가 유성의 기둥이 돼."

이광이 곽영훈을 향해 빙그레 웃었다.

다음 날 오전 11시에 다시 인사 공고가 붙었다. 미주부장 직무대리에 미주부 관리과장 곽영훈이 임명된 것이다. 그 밑에 중동부 제2과장 윤지혜가 퇴사했다는 공고는 조그맣게 났다. 오후 3시 반, 이광이 직통 전화를 받는다.

"나야."

이광이 응답했을 때 대번에 이렇게 말한 여자, 강인숙이다. 미처 이광이 입을 열기도 전에 강인숙이 쏟아 붓듯 말했다.

"나, 어젯밤에 왔어. 오늘 저녁에 만날 수 있지?"

"아, 그럼."

"지금까지 안기부에 있었어. 오늘 어디서 만날까? 내 숙소로 올 거야?"

"좋아."

"그럼 8시 어때? 내 숙소에서 저녁밥 먹고 술 한잔해."

"그러지."

그때 강인숙이 짧게 웃었다.

"자기는 내 고향이……, 알아? 내가 돌아갈 집이라고."

그날 밤 남산 근처의 2층 양옥집 응접실에서 이광과 강인숙이 소파에 마주앉아 있다. 강인숙이 차려준 저녁을 먹고 나서 둘은 커피를 마시는 중이다. 한 모금 커피를 삼킨 강인숙이 웃음 띤 얼굴로 이광을 보았다.

"놀랐어?"

이광의 얼굴에 쓴웃음이 번졌다.

"아니."

"알고 있었던 거야?"

"그것도 아냐."

이광이 이제는 정색했다.

"바로 이해가 갔을 뿐이야."

"실망했겠구나."

"아, 당연히."

"지금은?"

"아냐."

"하긴 기대가 크지 않았을 테니까."

그러자 이광이 머리를 저었다.

"천만에. 네가 더 소중하게 느껴졌어. 그리고 그것이 현실이야."

거친 숨소리가 가라앉으면서 방안의 열기가 식고 있다. 반쯤 열린 침실의 창밖으로 둥근 달이 떠 있다. 보름달이다. 달구경 한 지가 오래 되어서 이광이 강인숙의 어깨를 감싸 안은 채 홀린 듯이 시선을 주었다. 침대에 누워 이 각도에서 보름달을 보게 된 것도 행운처럼 느껴졌다. 강인숙은 이광의 가슴에 볼을 붙인 채 아직도 더운 숨을 뱉는 중이다. 벽시계가 밤 12시 40분을 가리키고 있다.

"다 이용하고 이용당하는 관계야."

강인숙이 불쑥 말하더니 이광의 허리를 감아 안았다. 젖가슴이 딱 붙으면서 따스한 체온과 함께 탄력 있는 몸이 느껴졌다. 방금 정사를 마친 후여서 둘의 알몸은 끈적이고 있다. 강인숙이 말을 이었다.

"그것이 인간사(人間事)지. 이용 가치가 없으면 만날 기회도 없는 거야."

이광이 잠자코 강인숙의 엉덩이를 움켜쥐었다. 말을 거들 필요도 없고 공감하지도 않았기 때문이다. 다만 인간은 제 입장에 따라 세상을 판단한다는 것을 안다. 그때 강인숙이 이광에게 물었다.

"거기, 우리 몫 갖고 있어?"

"응, 수표로 갖고 있어."

이광이 강인숙의 엉덩이를 부드럽게 쓸었다. 간지러운지 강인숙이 엉덩이를 비틀더니 말했다.

"자기가 갖고 있어."

"엄청난 돈이야."

"그건 자기 몫이야."

"무슨 말이야?"

"내 몫은 이미 받았어."

숨을 죽인 이광의 젖꼭지를 입술로 물면서 강인숙이 웃었다.

"4,700만 불."

"그, 그것은 저쪽 리베이트인데……."

"후세인의 몫이지, 사담 후세인."

"……."

"후세인이 4,700만 불 따위를 챙길 인간인가?"

머리를 든 강인숙이 이광을 보았다.

"안 그래?"

"그, 그렇지."

"기름 판 돈이 매달 몇십억 불씩 들어와. 그리고 내가 판 무기는 10 분의 1도 안 돼."

"……."

"후세인이 그랬어. 내가 판 무기의 리베이트는 내 몫이라고. 그 구좌 의 비밀번호는 내가 갖고 있어."

"……."

"그러니까 리스타상사의 몫은 네가 가져."

이광이 입안에 고인 침을 삼켰다. 그때 강인숙이 이광의 남성을 감 싸쥐더니 말했다.

"이봐, 또 성났다. 한 번 더 하자."

그렇다. 강인숙은 리스타상사를 이용해서 공식적으로 후세인 리베 이트를 받아 챙기는 것이다. 리스타상사를 이용하는 셈이다. 이광으로 서는 강인숙과의 '인연'을 조상의 음덕을 받은 것으로 여기기만 하면 된다. 다시 강인숙의 몸 위로 오른 이광은 자신이 '창남'이 된 기분을 언뜻 느꼈지만 곧 잊었다. 3,100만 불을 위해서는 '창남'을 1만 번 하라고 해도 감수하겠다.

3장 새로운 지도자

"좋아. 두바이, 제다 두 곳에도 대형 매장을 세우도록 하자."

다음 날 아침, 먼저 리스타상사로 출근한 이광이 쿠웨이트에 가 있는 윤지혜에게 지시했다. 쿠웨이트 매장까지 포함해서 3곳의 매장을 건설하려는 것이다. 에이스무역은 며칠 전 리스타상사로 상호를 바꿨다. 상호를 통일한 것이다. '리스타상사 서울지점'이 된다. 본점은 쿠웨이트다.

"곧 진 부장을 보낼 테니까 같이 상의하도록."

이광의 활기 띤 목소리에 잠에서 깬 윤지혜도 밝은 목소리로 대답했다.

"네, 보스. 근데 보스는 언제 오세요?"

목소리 끝에 교태가 섞여 있다.

오전 11시쯤 유성상사에 출근한 이광에게 이제는 비서 역을 자임한 중동1과장 정현애가 다가와 섰다.

"본부장님, 두 군데서 전화가 왔습니다. 9시 반쯤 최국진 씨 전처 유소영 씨한테서 연락이 왔고요."

이광의 시선을 받은 정현애가 쓴웃음을 지었다.

"제가 처리했습니다. 한 번만 더 연락한다면 업무 방해, 공갈, 협박 등의 혐의로 경찰에 고발할 것이라고 했습니다. 괜찮죠?"

"야, 너무 심한 것 아냐?"

이광이 이맛살을 찌푸렸을 때 정현애도 따라서 눈썹을 모았다.

"저는 본부장님 이해를 못 하겠어요. 그런 사기꾼하고 엮인 전처가 도대체 본부장님을 자꾸 찾는 이유가 뭡니까?"

주위에 사람이 없었지만 정현애가 바짝 다가서더니 목소리를 낮췄다.

"본부장님, 그 여자하고 무슨 일 있으세요?"

"있었다면 그 여자가 만나자고만 하고 이러고 있을까?"

"그렇죠."

커다랗게 머리를 끄덕인 정현애가 말을 이었다.

"그래서 제가 식겁을 하게 말하고 끊었습니다. 그리고 또 하나는……."

정현애가 말을 이었다.

"강은서라는 여자분인데요."

강은서라니, 정현애가 자리로 돌아간 후에 이광은 의자에 등을 붙이고는 한동안 멍한 상태로 앉아 있었다. 아무 생각도 떠오르지 않는 몇 분이 지나자 곧 어떻게, 왜 돌아왔는가가 궁금해졌다. 강은서는 '월북자'다. 베를린에서 넘어갔더라도 북한으로 넘어간 월북자인 것이다. 반공(反共)을 국시로 삼고 있는 대한민국에서는 바로 역적, 매국노 소리를 듣는 인물이다. 이광이 정현애가 건네준 전화번호를 내려다보았다. 강

114

은서가 남겨준 전화번호다. 자, 이것을 어떻게 할 것인가? 한동안 쪽지를 바라보던 이광이 전화기를 들고 버튼을 눌렀다.

"여보세요."

신호음이 두 번 울리고 나서 곧 응답 소리가 났다. 안기부 오금봉 부장이다.

"접니다, 부장님."

이광이 말하자 오금봉의 목소리에 웃음기가 섞여졌다.

"아이구, 무슨 일이십니까?"

오금봉은 어젯밤 이광이 강인숙하고 잤다는 것을 알 것이다. 숨을 고른 이광이 입을 열었다.

"오전에 강은서한테서 연락이 왔다고 해서요."

오금봉은 대답하지 않았고 이광이 말을 이었다.

"강은서, 아시죠?"

"그럼요."

"저한테 전화를 했답니다. 그리고 전번을 남겨 놓았는데요."

"……."

"부장님, 듣고 계십니까?"

"예, 듣고 있습니다."

"이거, 어떻게 된 거지요?"

"다시 넘어온 겁니다."

"예?"

"다시 돌아왔다고 해야 할까요?"

"어, 어떻게요?"

"……."

"맞지는 않았겠지요? 그, 그렇다면……."

"저희가 베를린에서 데려왔습니다."

이광이 입을 다물었고 오금봉의 말이 이어졌다.

"부장님한테 전화를 했군요."

"……."

"저한테 부장님 안부를 물어보더라고요."

"……."

"그래서 내가 연락을 해드릴까 하고 물었더니 본인이 한다고 해서 놔뒀더니……."

"……."

"넘어온 지 2주일쯤 되었습니다. 그런데……."

잠깐 망설이던 오금봉이 물었다.

"아직 전화 안 하셨지요?"

"예, 먼저 부장님한테 연락한 겁니다."

"강은서 씨가 혼자 돌아온 것이 아닙니다. 둘이 왔습니다."

"둘이요? 누구하고……."

"아이하고요."

"아이요?"

"예, 돌이 막 지난 사내아이하고……."

"……."

"강은서 씨가 평양에서 결혼했습니다. 거기 당 요직에 있는 사내인데……."

"……."

"당에서 결혼시켰겠지요."

"......."

"이번에 남편 되는 놈이 베를린에 공무로 오게 되었는데 아이를 데리고 따라온 겁니다. 다시 돌아오려고 결심한 것이지요. 그래서 남편이 방심한 사이에 아이를 데리고 한국 대사관으로 넘어온 것이지요."

"......."

"참 극적인 여자예요, 강은서 씨는."

오금봉의 목소리에 웃음기가 띠어졌다.

"남들은 한 번도 어려운 일을 두 번이나 해치웠단 말입니다. 그것도 목숨을 걸고요."

이광이 길게 숨을 뱉었다. 그리고 얼마나 기구한 인생이냐? 도대체 왜 그렇게 사는가?

오후 7시 반, 소공동의 일식집 동경의 방안, 이광과 강은서가 마주보고 앉아 있다. 그리고 또 한 사람이 있다, 두 살짜리 사내아이. 이름이 김상철, 똘망똘망한 눈, 잘생긴 사내아이이다. 강은서의 아들이다. 이광이 강은서를 보았다. 머리는 뒤로 묶었고 얼굴에 화장기도 없었지만 여자 분위기는 더 짙어졌다. 아이 어머니가 되어서 그런지 몸에서 젖 냄새가 나는 것 같기도 하다. 이광의 시선을 받은 강은서가 눈을 흘겼다.

"왜 자꾸 그렇게 봐?"

"보지도 못 하나?"

이맛살을 찌푸린 이광이 강은서를 노려보았다.

"북에서는 만나서 눈감고 이야기해?"

"슬쩍슬쩍 보는 시선이 좀 이상해서 그래."

"잘 봤군."

어깨를 부풀렸다가 내린 이광이 이제는 눈을 가늘게 떴다.

"네가 더 섹시해져서 그래."

"역시 옛날 그대로구만."

강은서가 이맛살을 찌푸렸다.

"하나도 변하지 않았어."

"쟤, 상철이 아빠, 섹스 잘했어?"

그때 강은서가 숨을 들이켜더니 풀썩 웃었다. 이광이 머리를 끄덕였다.

"잘했으면 네가 돌아왔을 리가 있나? 뻔하지."

"내가 생각하던 세상이 아니었어."

자꾸 돌아다니려는 아이를 끌어안으면서 강은서가 말했다. 어느덧 눈이 흐려졌고 얼굴에 수심이 덮였다.

"가자마자 안정된 환경이 필요하다면서 당에 있는 남자를 소개시켜 주며 결혼하게 했어."

"그놈 물건이 크대?"

"착한 사람이었어. 날 위해서 많이 애써줬고……."

"그놈은 어떤 자세를 좋아해? 뒤에서?"

"당에서 아파트도 줬고 승용차도 내줬어. 매달 쌀을 50킬로씩 줘서 쌀이 남았지. 나름대로 풍족하게 살았어."

"그놈이 가장 길게 한 건 몇 분이야? 5분 30초?"

"그런데 1년쯤 지나니까 이렇게 사는 건 사는 게 아니라는 것을 깨닫게 되었어."

"이제야 알겠다."

이광이 커다랗게 머리를 끄덕였다.

"그놈이 널 만족시켜주지 못했구나."

"보고 싶었어."

아이를 다시 끌어안으면서 강은서가 이광을 보았다.

"자꾸 생각이 났어."

"당연하지."

다시 이광이 머리를 끄덕였다.

"그놈의 번데기가 들어올 때마다 내 것을 떠올렸을 테니까."

"벌써 본부장이 되었다면서? 회사를 두 개나 차렸고?"

"여자도 많아."

"많겠지."

이제야 말을 맞춘 둘의 시선이 부딪쳤다. 그때 강은서가 말했다.

"오빠를 사랑했어."

"알아."

대번에 대답한 이광이 정색하고 머리를 끄덕였다.

"넣어보면 알지. 사랑하고 있는지 아닌지를."

"고마웠어."

"고맙긴 뭘, 서로 좋았는데. 네 건 나하고 딱 맞았어, 사이즈가."

"오빠, 미안해."

"괜찮아. 그동안 나도 수없이 여자 만났으니까."

"상철이는 여기서 키울 거야."

이 대목에서 이광이 주둥이를 다물었고 강은서의 말이 이어졌다.

"내가 한마디만 해주려고 오빠 만나자고 했어."

"나, 어제도 여자하고 자서 오늘은 좀 힘들다."

"오빠를 존경해."

그러고는 강은서가 아이를 끌어안고 자리에서 일어섰다. 놓인 회에는 젓가락도 대지 않았다.

권위라는 것은 본인이 의식하지 않는 사이에 쌓이는 법이지, 목표를 세우고 만드는 것이 아니다. 혹자는 상급자가 또는 고위층으로 올라갈수록 권위가 세어지는 것으로 의식하지만 천만의 말씀이다. 권위(權威), 즉 권세와 위엄, 사회에서 인정받고 영향을 주는 위신, 또는 능력은 존경을 바탕으로 한다. 이광이 중동부 사무실로 들어가면서 느낀 감정이 그렇다. 전에는 무심히 넘겼는데 오늘 오후 2시 반, 사무실로 들어선 순간 '권위'라는 것을 의식하게 된 것이다. 1백 명 가깝게 근무하는 넓은 사무실이 갑자기 조용해지면서 뒤쪽 자리에 앉아 있던 과장들이 분분히 일어섰다. 2시 반에 과장 회의가 있는 것이다. 맨 끝 쪽 본부장 테이블 옆에는 손님용 소파가 놓여 있다. 그곳에는 본부장 손님이나 본부장이 불러야 과장들이 앉는다. 과장들이 제멋대로 앉지 못하는 곳이다. 누가 시키지 않았어도 그렇게 본부장의 권위가 세워지고 영역이 만들어지는 것이다. 이광은 비서를 두라는 황학수의 권고를 사양했더니 과장들이 회의를 해서 각 과에서 여직원 1명씩을 차출, 1주일마다 교대로 본부장 비서 역할을 하도록 했다. 오늘은 미주부 3과의 배선희가 당번이다. 입사 3년 차, 알 건 다 아는 여우 수준, 늘씬한 키에 미인, 애인이 있다는 소문이 났다. 이광이 시키지 않았어도 앞에 블랙커피를 갖다놓은 배선희가 물었다.

"회의는 바로 시작하시겠어요?"

과장들에게 통보하려는 것이다. 배선희의 검은 눈동자가 이광의 시선을 받더니 희미하게 흔들렸다. 이성대 영문과 졸업, 이광의 당번이

10명 가깝게 바뀌고 있지만 미모나 매너, 모든 부분에서 가장 뛰어나다. 그리고 이 눈빛, 바로 이광의 권위에 순종하고 있다는 것을 드러내 주고 있다. 본인이 의도적으로 발산하는 것이 아니다. 자연스럽게 무의식중에 뿜어지는 것이다. 이것이 순수한 권위다. 이광은 순간 가슴이 벅차오르는 것을 느꼈다.

"조금 있다가."

이광이 시선을 잡은 채 말했다. 배선희는 25세, 다음 달에 과장대리 충원 케이스가 3곳이나 있으니 그것을 노리고 있을 것이다. 급성장하는 회사는 그만큼 중간 간부가 필요하고 진급이 빨리 이루어진다. 그래서 활력이 넘치는 것이다. 이광이 몸을 돌리려는 배선희에게 물었다.

"미주부에서 김성규 씨 영향력은 얼마나 남아 있지?"

어려운 질문이다. 배선희의 눈동자가 커진 것 같더니 얇은 입술이 꾹 닫혀졌다. 차가운 인상이 되었지만 요염하다. 그래서 배선희를 미주부 퀸이라고 부르는가 보다. 이광이 잠자코 배선희를 보았다. 시선이 마주친 순간은 2, 3초밖에 되지 않았지만 수만 가지 상념이 스치고 지나간다. 이것이 인간의 뇌는 엄청난 잠재력을 보유하고 있다는 증거다. 김성규가 건드렸을까? 애인이 있다는 소문이 난 것은 김성규 때문일까? 배선희는 지금 두 번째 본부장 당번을 한다. 한 달 반 동안 두 번이다. 당번 순서는 알 수 없지만 배선희가 접근하려고 의도적으로 조작하지 않았을까? 근무 평가를 보면 1등급이다. 이번 대리 진급에서 경쟁률이 3 대 1인데 인사권은 이광이 쥐고 있다. 그것 때문일까? 그때 배선희가 대답했다.

"네, 지금도 남아 있습니다. 오더가 걸려 있어서 김 부장님이 원격 조정을 하고 있다고 해도 과언이 아닙니다."

이광이 이를 드러내고 웃었다. 미주부장 대리인 곽영훈도 같은 말을 했기 때문이다.

"근데, 배선희 씨, 내 당번을 자주 하는 것 같다?"

이광이 바로 물었을 때 대답도 곧 돌아왔다.

"네, 제가 3과 당번하고 바꿨습니다."

"왜?"

"본부장님하고 접촉할 기회를 더 만들려고요."

"접촉?"

"이런 대화라고 해도 됩니다."

"왜?"

"제 피알이죠."

"왜?"

"대리 진급이 며칠 남지 않았잖아요? 한 번이라도 더 본부장님께 얼굴 보이는 게 낫죠. 그것도 있고요."

"그렇군."

지금 둘은 시선을 마주친 채 대화를 주고받는 중이다. 이광이 커피잔을 들고 한 모금을 삼켰다.

"네 꿈이 뭐야?"

커피잔을 내려놓으면서 물었더니 배선희가 바로 대답했다.

"해외에서 영업하고 싶어요."

"구체적으로 말해봐."

"외국에서 직접 영업을 하고 싶습니다, 리스타상사 같은 곳에서요."

그 순간 이광이 숨을 들이켰다. 저절로 얼굴이 굳어졌고 눈빛이 강해졌다. 지금 이광은 소파에 앉아 있고 배선희는 옆쪽에 비스듬히 서 있다. 대화가 순식간에 진행되어서 시간은 얼마 되지 않았다. 이광이 눈으로 옆쪽 자리를 가리켰다.

"거기 앉아."

배선희가 두 무릎을 붙이고 자리에 앉았다. 과장 회의가 늦어지고 있었지만 아무도 물어보지 않는다. 다시 이광이 물었다.

"리스타상사라고 했어?"

"예, 본부장님."

이광이 배선희의 눈동자 속으로 빨려드는 느낌을 받는다. 검은 눈동자다. 배선희 또한 이광의 눈 속으로 들어가는 느낌을 받는지도 모른다. 이광의 리스타상사는 이제 공공연한 사실이 되었다. 이광이 리스타상사의 소유주이며 쿠웨이트 본사와 요르단지사까지 운영하고 있다는 것도 모두가 안다. 그러나 이렇게 유성상사 안에서 대놓고 리스타상사를 말한 사원은 배선희가 처음이다. 물론 진남철은 제외다.

"그게 네 꿈이라고?"

"네, 본부장님."

"네 꿈을 이루기 위해서 지금 어떤 노력을 하고 있어?"

그러자 배선희의 눈동자가 흔들렸다. 그러고는 잠깐 망설이던 배선희가 다시 똑바로 이광을 보았다.

"저, 이번 리스타상사 경력 사원 모집에 입사 원서를 냈습니다."

"응?"

놀란 이광이 숨을 들이켰다. 그렇다. 리스타상사 서울지점에서 경력 사원 모집 공고를 낸 것이다. 신문 광고를 냈기 때문에 10명 모집에 지원자가 500여 명이나 되었다. 경쟁률이 50 대 1이 넘는 것이다.

"원서를 냈어?"

이광이 되묻자 배선희가 그때서야 시선을 내렸다.

"네, 본부장님."

"합격하면 여기 그만둘 작정이냐?"

"네."

다시 머리를 든 배선희가 이광을 보았다. 얼굴이 조금 상기되었고 두 눈이 반짝였다.

"본부장님 따라가려고요."

이광은 반쯤 입을 벌렸다가 닫았다. '왜?'라고 물으려다가 만 것이다. 물었다가 어떤 대답이 나올지 불안해졌기 때문이다.

"알았어, 가봐."

이광이 말하자 배선희는 자리에서 일어서더니 두 손을 모으고 공손히 절을 했다. 그것을 뒤쪽 옆에 앉아 있던 과장들이 보았다. 아마 주의를 받은 것으로 아는 사람들이 많을 것이다.

조금 늦게 열린 과장 회의에서 이광이 말했다.

"올해 말까지 중동부는 유성상사에 8천5백만 불 오더를 할 것이고 마진은 1천만 불이 될 거다."

과장들 사이에서 숨 들이켜는 소리가 들렸고 이광이 말을 이었다.

"난 그 이익금으로 유성상사 재산을 늘릴 거다. 그것이 내 의무이고 날 키워준 회사에 대한 보답이다."

백영주가 구치소에서 나왔을 때는 오후 4시쯤 되었다. 미리 연락을 받은 가족들은 무더기로 모여 있다가 제각기 기다렸던 석방자를 향해 몰려갔다. 그러나 대부분의 분위기는 가라앉아 있다. 공항의 입국 대합실 분위기가 아니다. 간혹 눈물을 짓는 사람들도 있었고 두부를 움켜쥐고 먹고 나서 웃는 사람도 있었지만 만나자마자 서둘러 구치소 앞을 떠난다. 백영주가 나왔을 때 다가간 사람이 황학수 회장이다.

"아버지!"

황학수를 본 백영주가 왈칵 눈물을 쏟았다. 그러자 황학수가 표정 없는 얼굴로 머리를 끄덕였다.

"응, 가자."

"아버지, 죄송해요."

손등으로 눈물을 닦은 백영주가 다가와 섰다.

"전 결심했어요."

황학수의 시선을 받은 백영주가 말을 이었다.

"저, 다 손 떼고 미국으로 가겠어요."

"자, 내 차로 가자."

몸을 돌린 황학수가 말했다.

"기다리는 사람이 있다."

한 시간쯤이 지난 오후 5시경에 이태원의 중식당 '북경'의 방안에 셋이 둘러앉았다. 황학수와 백영주 그리고 이광이다. 백영주는 이광을 본 순간부터 외면했는데 인사도 하지 않았다. 굳어진 표정으로 이광을 투명인간 취급했다. 억지를 썼지만 허세임이 훤하게 드러났고 본인도 그것을 안다. 음식을 주문한 황학수가 백영주에게 말했다.

"이 본부장이 너한테 할 이야기가 있다니 먼저 듣기로 하자."

백영주는 옆쪽만 보았고 황학수의 말이 이어졌다.

"네가 거기 있는 동안 이 본부장이 중동 오더 3,800만 불을 받아왔어.

이것으로 유성상사는 올해 채무를 다 상환하고 부동산 담보도 다 풀 수 있다."

"……."

"주가가 두 배 정도 뛸 테니 회사 자산이 3배로 늘어나는 셈이지."

황학수가 자신의 잔에 소주를 채우더니 긴 숨을 뱉었다.

"자, 이 본부장, 이야기해라."

그때 이광이 백영주를 보았다.

"백영주 씨, 난 올해 말에 유성을 떠납니다."

백영주는 침묵했다.

"회장님께서 아직 건강하시니까 유성은 성장을 계속하게 될 겁니다."

이광의 시선이 황학수에게로 옮겨졌다.

"회장님께 제가 회사에 있는 동안은 백영주 씨하고 함께 근무하기는 힘들지 않겠느냐고 말씀을 드렸습니다만……."

호흡을 조정한 이광이 말을 이었다.

"제가 떠나면 다시 백영주 씨한테 회사를 맡기실 수도 있겠지요. 저는 백영주 씨가 회사를 맡게 되더라도 리스타상사의 섬유류 오더는 모두 유성상사에 넣겠습니다."

"……."

"저는 두 분 앞에 그 약속을 해드리려고 합니다."

그때 황학수가 소주를 한 모금 삼키고 나서 말했다.

"영주는 미국에 간다는군."

이광이 숨을 들이켰고 황학수가 말을 이었다.

"구치소에서 미국으로 떠날 결심을 했다는구나."

"……."

126

"미국에 주식 투자도 해 놓았으니 평생 먹고살 걱정은 없겠지."

"……."

"나도 반대하지 않겠다."

머리를 든 황학수가 이광과 백영주를 번갈아 보았다.

"너희들 둘의 의견을 다 들었다. 이광이는 내년이면 유성을 떠날 테니 떠나고 나서 영주가 돌아와도 되지 않겠느냐는 생각이고, 영주는 미국으로 떠난다는 것 아니냐?"

둘은 입을 다물었고 황학수는 긴 숨을 뱉었다.

"좋아, 영주는 금방 떠날 수는 없을 테니 당분간 쉬어라. 이광이도 앞으로 몇 달은 시간이 남아 있구나."

에티오피아 바이어 윌리스는 조각상처럼 미끈한 용모의 흑인이다. 에티오피아에는 흑인도 아니고 아랍인도 아닌 독특한 용모의 남녀가 많다. 혼혈도 섞여 있겠지만 흑인과는 다르다. 오전 11시 반, 윌리스가 유성상사에 들러 이광의 환대를 받는다. 윌리스는 45세, 에티오피아에 거대한 커피 농장과 아디스아바바 시내에 20층짜리 빌딩을 소유한 거부다. 쿠웨이트의 리스타상사에서 만나 작년 말에 1백만 불 정도의 오더를 했는데 이번에는 생산국인 한국을 직접 찾아온 것이다. 물론 윌리스는 이광이 유성상사와 리스타상사에 같이 '적'을 두고 있는 것을 안다.

"리, 에티오피아 의류 시장은 1년에 1천만 불 규모요. 그리고 5년쯤 후까지 그 정도일 겁니다."

소파에 앉은 윌리스가 불쑥 말했다. 윌리스의 무역회사는 잡화상이다. 깡통에서 자동차까지 다 수입하고 수출한다. 제 커피 농장에서 수출하는 커피 물량이 연 1억 불이 된다고 했다. 다시 윌리스가 말을 이었다.

"난 인력 수출을 하고 있어요, 리, 특히 여자를."

"여자를 수출해요?"

이광이 되묻자 윌리스는 고른 이를 드러내며 웃었다.

"예, 마진이 많습니다. 보통 두(頭)당 1천 불 정도. 품질에 따라서는 1만 불이 남기도 하지요."

숨을 들이켠 이광을 향해 윌리스가 말을 이었다.

"고객은 주로 요즘 신흥 부자가 많아진 아랍왕실, 부유층 그리고 유럽 국가들입니다."

"……."

"아시아 지역에서는 인도네시아, 태국의 부유층에서 수요가 늘어났는데 내가 요즘 일본과 대만 시장 개척에 주력하고 있습니다."

"그러면……."

입안의 침을 삼킨 이광이 윌리스를 보았다. 이놈이 소문으로만 듣던 '여자 장사'를 하는 놈이 아닌가? 여자를 납치, 매음굴에 팔아먹는 범죄 조직 이야기는 영화에서도 자주 등장한다. 이광의 머릿속에 오금봉의 얼굴이 떠올랐다. 전화 한 통이면 이놈은 한국 교도소에서 10년쯤을 보내게 될 것이다.

"여자를 어떻게 조달합니까?"

자, 듣자. 네 한마디 대답으로 네 운명이 결정될 것이다. 그때 윌리스가 대답했다.

"엄격한 선발 기준에 따라서 채용하고 다시 교육을 시키지요. 경쟁률이 10 대 1이 넘습니다."

"……."

"정부에서도 적극 장려하고 있지요. 제가 지난달에는 인력 수출에 대한 공로를 인정받아 대통령 표창을 받았습니다."

이건 이야기가 달라진다. 그때 배선희가 다가와 둘 앞에 커피잔을 내려놓았다. 윌리스의 눈빛이 강해졌고 배선희의 몸매를 여러 번 훑고 지나갔다. 윌리스가 이광의 표정을 보더니 빙그레 웃었다.

"여자 수출이라고 하면 오해하시는 분들이 많지요. 이것은 인력 수출이나 같습니다."

"……."

"다만 조건을 세분화시켜서 각 분야별로 집중적인 전문 교육을 시켜 수출하는 것입니다."

"아아."

숨을 들이켠 이광에게 윌리스의 말이 이어졌다.

"중동의 왕가(王家)나 부호들에게는 가정교사, 통역, 간호사, 관리인이 주로 수출되고 동남아에는 비서, 가정부, 안내원이 잘 나갑니다."

이광이 머리를 끄덕였다. 인력 수출이다. 그러나 남자들이 꿈에 그리는 미녀들의 시중을 받는 다른 목적은 비슷하다.

"지금까지 얼마나 수출했습니까?"

"올해부터는 한 달에 3백 명 정도를 수출하지요. 지금까지 2년 동안 2천 명 가깝게 수출했습니다."

윌리스가 다시 이를 드러내고 웃었다.

"아마 내년부터는 한 달에 5백 명 수준이 될 것입니다. 수요가 폭발적으로 늘어나고 있어서 경쟁사가 생기고 있는 실정이지요."

"네 생각은 어떠냐?"

월리스를 배웅하고 자리로 돌아왔을 때 이광이 탁자 위의 커피잔을 치우는 배선희에게 물었다. 배선희가 비서 역할로 상담 사항을 메모했기 때문이다. 배선희가 정색하고 이광을 보았다.

"월리스는 에티오피아에 리스타상사 지점을 세우는 것이 어떠냐고 권하더군요."

그랬다. 자신이 생산해내는 커피 제품과 에티오피아 특산품을 수출하라고 했던 것이다. 월리스는 섬유류를 수입만 해가는 것이 아니라 농산물과 인력까지 수출하는 무역상이다. 배선희가 말을 이었다.

"시장 조사를 철저히 하고 나서 검토해야 될 것 같습니다, 본부장님."

"넌 월리스의 사업을 부정적으로 보는 것 같구나, 그렇지?"

"네, 여자 장사를 같이하자는 제의를 농담식으로 했는데 저는 그것이 월리스가 찾아온 주(主)목적이라고 생각합니다."

이광이 숨을 들이켰다. 자신도 같은 생각을 하고 있었던 것이다. 월리스는 인력 시장 이야기를 하다가 오더 이야기로 돌렸는데 여운을 많이 남겼다. 그리고 '여자 인력 시장' 이야기는 이광의 머릿속에 '선명하게' 주입되고 있는 것이다. 월리스는 노련한 장사꾼이다. 그때 배선희가 말을 이었다.

"저를 보는 월리스의 시선이 끈적거렸습니다. 그것은 정상적인 인력 시장 '상인'의 눈빛이 아니었습니다."

이광이 풀썩 웃었다.

"그럼 뭐냐?"

"포주의 시선이 그와 비슷할 것 같습니다. 저는 직접 보지는 않았지만요."

쓴웃음을 지은 이광이 머리를 돌렸다. 사무실 뒤쪽 본부장의 소파에 둘이 마주앉아 있다. 방금 윌리스와의 상담이 끝났지만 주위의 시선을 의식해야 한다. 이광이 머리를 끄덕이며 말했다.

"내 오더야. 윌리스를 조사해봐."

"예, 본부장님."

본부장의 오더를 직접 받은 것이다. 배선희의 눈빛이 강해졌고 어깨가 부풀려졌다가 내려갔다. 이광이 말을 이었다.

"미주 3과장한테도 내가 말해놓을 테니까."

"나, 바그다드에 가야 돼."

강인숙의 목소리가 수화구에서 울렸다.

"오더 때문은 아냐."

그렇다면 정부(情夫)의 호출인가? 이광의 머릿속을 스치고 간 생각이다. 그러나 말은 생각하고 다르게 나갔다.

"회사 일이야?"

회사란 정보기관, CIA 또는 안기부를 말한다.

"그래, 어쩔 수 없어. 내일 출국이야."

"나도 다음 주에는 쿠웨이트에 가. 그때 암만에서 보든지."

"알았어, 연락할게."

강인숙이 웃음 띤 목소리로 말을 이었다.

"암만에서는 자기 만나기가 좀 그래, 저쪽 정보원들이 많아서."

"그렇군, 조심해야지."

이라크 정보원들을 말한다. 그들은 강인숙을 보호해주는 역할도 하고 있는 것이다. 통화를 끝낸 이광이 자리에서 일어섰을 때 유민우가 방으로 들어섰다. 이곳은 리스타상사다. 오후 5시, 오늘은 이곳에서 업무를 보고 퇴근하려는 참이다.

"사장님, 이번에 경력 사원 합격자 명단입니다."

유민우가 이광에게 서류를 내밀었다. 합격자가 결정된 것이다. 선 채로 합격자 10명의 명단을 본 이광의 얼굴에 웃음이 떠올랐다. 배선희가 끼어 있었기 때문이다. 이광은 전혀 합격자 채용에 관여하지 않았다. 심사위원장인 유민우와 총무부장이 면접자 필기시험을 치르고 평가를 한 것이다.

"여기 배선희, 어때요?"

이광이 배선희 이름을 손으로 짚으며 묻자 유민우가 빙그레 웃었다.

"뛰어납니다. 사장님께도 이곳에 입사 지원서를 냈다고 말씀드렸다던데요."

다음 날 오전, 유성상사에 출근한 이광에게 배선희가 보고서를 제출했다. 과장, 부장을 거치지 않고 바로 제출한 보고서는 '월리스에 대한 정보 보고'다. 이광 앞에 선 배선희가 말했다.

"월리스는 에티오피아 거상으로 알려져 있습니다. 작년에 한국에서 수입해간 금액은 약 7백만 불, 의류와 신발, 봉제용 기계, 액세서리 등이고 수출한 금액은 8백만 불, 커피와 식용유, 광석이 대부분입니다."

시선을 든 배선희가 이광을 보았다.

"거부 행세를 하지만 물량은 적은 편입니다."

이광이 머리를 끄덕였다.

"월리스는 대기업에서 VIP 대접을 받고 있어. 특히 에티오피아에 지사를 둔 대기업들은 월리스가 정부 고위층과 밀착되어 있다고 믿고

132

있지.”

배선희가 숨을 죽였고 이광이 말을 이었다.

“윌리스는 지사에서 그런 보고가 본사로 들어가도록 유도한 거야. 지사원부터 속인 것이지, 교활한 작자야.”

이광의 얼굴에 웃음이 떠올랐다.

“우리처럼 현지 정보가 없는 중소기업은 수출입 실적만 계산하니까 그런 농간에 넘어가지 않았어.”

“그런데 본부장님은 윌리스가 대기업의 VIP라는 것은 어떻게 아셨습니까?”

“그렇지, 잘 지적했다.”

이광이 배선희를 칭찬했다.

“그냥 넘어가지 않았구나. 내가 어떻게 윌리스가 대기업의 VIP가 되었다는 것을 알게 되었는지를 말이야.”

“네, 본부장님.”

이광의 얼굴에 웃음이 떠올랐다. 안기부 해외 사업단의 정보를 얻게 되었다고 말할 수는 없는 것이다. 정색한 이광이 배선희를 보았다.

“배선희, 이번에 리스타상사 경력 사원 모집에서 합격했다.”

“네?”

배선희의 얼굴이 금방 굳어졌다. 숨을 들이켠 배선희가 잠깐 주춤했다. 이곳은 유성상사다. 본부장 자리가 맨 뒤쪽에 있지만 배선희는 목소리를 낮췄다.

“감사합니다, 본부장님.”

“내가 합격시킨 게 아냐. 심사위원장은 유민우 전무다.”

“네, 본부장님.”

"하지만 넌 내가 입사 보류시켰어. 그렇게 알고 있도록."

이제는 눈만 크게 뜬 배선희를 향해 이광이 말을 이었다.

"올해까지 나하고 같이 유성에서 일하도록 하자."

배선희가 그때서야 어깨를 늘어뜨렸고 이광의 말이 이어졌다.

"나하고 같이 완전히 리스타로 옮기잔 말이야. 무슨 말인지 이해가 가나?"

"네, 본부장님."

"내가 지금 양쪽 일을 하고 있어. 회장님한테도 허락을 받은 상황이지."

"알고 있습니다, 본부장님."

"너도 그렇게 하는 거야."

"네, 본부장님."

"여기서는 진급시키지 않겠다. 리스타로 옮기면 과장이 될 거다."

"감사합니다, 본부장님."

시선을 받은 배선희의 얼굴이 빨개졌다. 이광이 머리를 끄덕이며 외면하자 배선희는 몸을 돌렸다. 기업은 결국 인재의 싸움이다. 좋은 인재를 얼마나 고용하느냐에 따라서 승부가 난다. 그러나 그 좋은 인재를 채용하는 조건이 또한 좋아야 한다. 또 좋은 조건을 만들려면 그 기반이 좋아야 하는 것이다. 그렇다면 그 기반은 무엇인가?

다음 날 오전 황학수의 호출을 받은 이광이 회장실로 들어섰다.

"응, 거기 앉아라."

황학수는 이광에게 '해라'를 하는 것이 자연스럽다. 이광도 그것을 당연한 것처럼 받아들이고 있다. 앞쪽에 앉은 이광에게 황학수가 말했다.

"지난번에 리스타와 유성의 합작을 상의했지 않느냐?"

"……."

"네 조건을 듣고 싶구나."

"전 조건이 없습니다."

이광이 정색하고 황학수를 보았다.

"유성은 창업자이고 사주이신 회장님이 소유하고 계셔야 합니다. 저는 유성에 신입 사원으로 입사해서 이만큼 성장한 인간입니다."

이광의 목소리에 점점 열기가 띠어졌다.

"조건보다도 제가 그러면 안 된다는 생각이 들었습니다. 그래서 이렇게 본부장으로 올해 말까지 남아서 일하고 있는 것입니다."

황학수는 이광의 시선을 받은 채 눈도 깜박이지 않았다. 눈동자의 초점도 고정되어 있었지만 흐렸다. 입은 꾹 다물렸고 턱은 조금 들린 자세다. 그때 황학수의 입이 열렸다.

"영주가 다음 주에 미국으로 떠난다."

"……."

"미국에 꽤 많은 주식을 보유하고 있어. 그것으로 풍족하게 먹고살겠지."

"……."

"이곳 유성의 지분은 내가 다 환수했다."

황학수의 얼굴에 쓴웃음이 번졌다.

"원점으로 다시 돌아온 것이지. 아들한테서 딸로 그리고 다시 나한테."

"……."

"네가 이번에 유성의 담보를 풀어주고 주가를 두 배로 올려주는 바람에 내 주식 가치가 두 배로 뛰었다."

소파에 등을 붙인 황학수가 지그시 이광을 보았다.

"네가 유성을 떠난다고 해도 리스타상사의 오더는 유성상사 생산량의 절반 이상을 차지하는 실정이야. 물량은 더 늘어나게 되겠지."

"……."

"그것은 곧 유성상사는 리스타상사의 계열 공장이나 마찬가지라는 말이다."

그렇다. 만일 리스타상사에서 오더를 밀어주지 않는다면 유성의 공장은 놀게 된다. 이광이 유성을 떠나도 원격 조정을 할 수가 있는 것이다. 그때 황학수가 말을 이었다.

"내 지분의 절반인 25.5퍼센트를 너한테 액면가로 양도하겠다. 그러면 너는 나하고 공동 대주주가 될 것이고 대표이사 사장이 된다."

"회장님."

머리를 든 이광을 향해 황학수가 손을 들어 말을 막았다. 그러고는 긴 숨을 뱉고 나서 말을 이었다.

"이건 리스타상사 오더를 받는 유성상사 입장에서는 어쩔 수 없는 제의이기도 하다. 네가 유성상사를 생각한다면 그렇게 해주는 것이 도리가 아니겠느냐?"

황학수의 말끝이 떨렸고 표정은 절실했다. 숨을 고른 황학수가 말을 이었다.

"검토해주기 바란다. 내가 아무 사심이 없다는 것을 네가 잘 알 것이다."

그렇다. 현재 액면가 5천 원의 유성상사 주식은 5만5천 원으로 뛰었

136

다. 무려 11배다. 황학수는 수십억 원 차액을 무시하고 이광에게 주식을 양도한다는 것이다. 이광이 황학수의 시선을 받고는 자리에서 일어나 허리를 굽혀 절을 했다.

"알고 있습니다, 회장님."

갑자기 목이 멘 것은 황학수의 입장을 생각했기 때문인 것 같다.

지난주 인사 때 미주 3과 배선희가 본부장 비서 역으로 전출되었다. 사원 간 수평 이동처럼 보였지만 본부장 책상 바로 위쪽에 배치되어서 과장급과 비슷한 위치다. 그리고 실제로 영향력이 과장급 이상이다. 오늘도 배선희가 미주부장 곽영훈과 중동부 관리과장 진남철을 호출했다. 본부장이 회의실에서 부른다는 것이다. 서둘러 둘이 회의실로 들어섰을 때 이광이 먼저와 기다리고 있었다. 오늘은 테이블 위쪽에 배선희까지 앉아 있다. 노트를 펴놓고 필기 준비를 해놓고 있는 것이 지시 사항을 말하려는 것 같다. 긴장한 둘이 자리에 앉았을 때 이광이 입을 열었다.

"내가 또 중동에 가야 되겠는데 중동부장 업무를 대신할 사람이 필요해."

진남철과 곽영훈이 시선만 주었고 이광의 말이 이어졌다.

"미주부는 곽 부장이 잘하고 있지만 중동부는 부장이 본부장까지 맡은 데다 다른 회사 업무까지 하느라 엉망이야."

이광의 시선이 진남철에게로 옮겨졌다.

"진 과장, 네가 내일부터 중동부장대리를 맡아라. 물론 네가 진행하고 있는 업무는 계속해야겠지."

숨만 들이켠 진남철을 향해 이광이 쓴웃음을 지었다.

"나도 오늘 오전에 회장님한테서 대표 이사를 맡으라는 말씀을 들었다. 하지만 중동부가 급해."

이광이 이제는 배선희를 보았다.

"총무부장한테 연락해서 진 과장을 중동부장직대로 발령을 내라고 해. 내가 회장님께는 허락을 받았다."

이광이 쿠웨이트에 도착한 것은 그로부터 사흘 후다. 공항에는 윤지혜가 마중 나와 있었는데 이광을 보더니 활짝 웃었다. 웃음 띤 모습에 교태가 철철 넘치고 있다.

"왜 네가 나왔어?"

정색한 이광이 꾸짖듯 물었더니 윤지혜가 그대로 눈을 흘겼다. 누가 보면 그렇고 그런 관계라는 것이 대번에 드러날 만큼 노골적인 자세다.

"제가 나오면 안 돼요? 프라카시도 내가 모시고 오는 것이 낫다고 했는데."

"프라카시가 능구렁이다."

입맛을 다신 이광이 윤지혜에게 다가가 위아래를 훑어보는 시늉을 했다.

"섹시하구나."

"고맙습니다."

잠깐 새침해졌던 윤지혜가 다시 활짝 웃었다. 공항 건물 앞에 대기시킨 리무진의 뒷좌석에 나란히 앉았을 때 윤지혜가 웃음 띤 얼굴로 이광을 보았다.

"감개무량해요."

"뭐가?"

"여기서 보스를 만난다는 현실이 말이에요."

"나도 그렇다."

"정말이세요?"

눈을 크게 뜬 윤지혜가 이광을 보았다. 리무진의 뒷좌석은 넓다. 앞쪽 좌석과 마주보는 좌석 배치였는데 앞쪽은 비었다. 더구나 운전석과 칸막이가 되어 있어서 말을 하려면 좌석 옆 버튼을 눌러야 한다. 그러면 앞쪽 칸막이가 열리는 것이다.

"너, 리무진을 가져온 이유가 있지?"

이광이 묻자 윤지혜가 눈을 흘겼다.

"짐이 많으실지 모른다고 프라카시가 내주었어요."

"또 프라카시."

"리무진이 어때서요?"

"여기서 섹스하기가 좋거든."

그 순간 숨을 들이켠 윤지혜의 얼굴이 금방 붉어졌다. 그러더니 번들거리는 눈으로 이광을 보았다.

"해보셨어요?"

"아니."

"그런데 어떻게 아세요?"

"앞쪽 의자를 당기면 침대가 돼."

"어머나."

"방음 장치가 되어 있어서 소리를 질러도 운전석에선 안 들려."

"……"

"하긴 들려도 어쩌겠나?"

그때 입안의 침을 삼킨 윤지혜가 이광을 보았다.

"보스, 하고 싶으세요?"

이광이 시선만 주었고 윤지혜가 갈라진 목소리로 말을 이었다.

"전 하고 싶어요."

당연히 안 했다. 이광을 만나 들떠 있던 윤지혜도 10분쯤이 지났을 때는 이성을 찾았다. 윤지혜는 그동안 두바이를 3번 다녀왔고 사우디 제다에 2번, 바레인까지 시장 조사를 하고 왔다. 두바이에는 사무실까지 오픈한 데다 직원 2명을 채용해놓았다. 쿠웨이트에 온 지 한 달 반 동안 중동을 동분서주하면서 그야말로 정열적으로 일한 것이다. 차 안에서 보고를 들은 이광이 머리를 끄덕이며 웃었다.

"네 능력이 이곳에서 발휘되는구나."

"그럴 기회를 주신 보스 덕분이죠."

"너 같은 인재가 드물지."

"그걸 발굴해주신 보스 덕분이라니까요."

"말대답 마라."

"예, 보스."

"두바이 매장 건립 자금은 얼마나 들 것 같아?"

"1,500만 불로 예상했는데 2천만 불 정도가 될 것 같습니다. 그건 전문가가 계산해야죠."

윤지혜, 프라카시 그리고 진남철은 매장의 시장성, 운용 방법, 향후 계획에 대한 설계를 맡고 있는 것이다. 자금과 매장 규모, 건설 비용, 운용비는 전문가 그룹에 의뢰해서 진행하고 있다. 그때 이광이 입을 열었다.

"자금 걱정은 말고 올해 안에 건설에 들어가도록 네가 주도해서 진행시켜."

"예, 보스."

윤지혜가 반짝이는 눈으로 이광을 보았다. 입술이 꾹 닫힌 모습을 보자 이광이 숨을 들이켰다. 강한 성욕을 느꼈기 때문이다. 그러나 당연히 이번에도 어깨를 부풀렸다가 내리면서 참았다.

'쿠웨이트 리스타상사'는 리스타상사의 본점 역할이다. 매장도 2개 층을 사용했고 사무실은 3층 그리고 종업원은 매장에 17명, 사무실에 12명이 근무하는 대형 무역상사로 부상했다. 쿠웨이트 시장 안에서 5위권에 드는 대형 도매상이기도 하다. 하사드는 이제 매장의 자금부장으로 승진해서 프라카시 다음 서열이다. 영리하고 성실한 데다 친화력이 좋아서 나이는 어리지만 직원들의 신뢰를 받고 있기도 하다.

"보고드릴 일이 있습니다."

오후 11시 반, 한창 바쁜 시간이어서 대낮같이 불을 밝힌 매장의 소음이 3층 사무실까지 들려오고 있다. 그때 사무실로 들어선 하사드가 말했다. 문을 닫자 소음이 뚝 끊겼고 방안에 이광과 하사드 둘이 남았다. 하사드한테서 이미 자금 보고를 들은 터라 이광이 눈을 가늘게 떴다. 그때 하사드가 정색하고 말했다.

"매장에서 부정행위가 있습니다."

"부정행위?"

긴장한 이광이 하사드를 보았다. 하사드는 순수하다. 매장 직원들은 모두 고졸 출신으로 시장에서 부대낀 지 최소한 5년 이상이다. 그러니 산전수전 다 겪은 여우, 이리저리 빠져 나가는 데는 능구렁이 수준이다. 입안의 침을 삼킨 하사드가 한 걸음 다가와 섰다.

"직원들은 사장님과 제 누나하고의 사이를 다 압니다."

"그래서?"

"모두 저한테 깊은 이야기를 하지 않지요. 하지만 직원들과의 분위기는 좋습니다."

"알고 있다."

"제 회계 보조가 되어 있는 무함마드가 도매상 입금액 18만5천 불을 횡령했다가 며칠 전에 채워 넣었습니다."

"……."

"현재로서는 은행 잔고가 다 맞는데 그동안 수없이 돈을 빼냈다가 다시 입금시킨 것 같습니다."

"어떻게 알게 된 거야?"

"은행 담당자하고 결탁한 것인데 은행에 마침 바그다드 출신 매니저가 있습니다. 그 사람한테 들었습니다."

"돈을 빼내서 뭘 한 거야?"

"급전이 필요한 상인에게 빌려주고 이자를 받은 것이죠. 금액이 큰데다 이자가 많아서 몇십만 불을 모았을 것이라고 합니다."

"현재 은행 잔고는 맞아?"

"예. 매니저 이야기가 사장님 오실 때쯤이면 자금을 채워 넣는다고 합니다."

"그 매니저가 고맙군."

"저하고 친합니다. 그 사람도 후세인이 싫어서 고향을 떠났다고 합니다."

이광이 입맛을 다셨다. 리스타상사는 후세인의 덕을 보고 있기 때문이다.

"알았다. 그 증거를 볼 수 있나?"

"은행 내부 거래 내역이 있는데 매니저가 필요하다면 제공하겠다고 합니다."

"수고했어."

머리를 끄덕인 이광이 말을 이었다.

"지금 그 증거를 작성해 달라고 해. 내가 사례를 하겠다고."

"그 사람은 사례를 바라지 않습니다."

하사드가 어깨를 부풀리며 말했다.

"의리가 있는 사람이거든요."

몸을 돌린 하사드가 사무실을 나가자 이광이 어금니를 물었다. 구더기는 어디에나 있다.

다음 날 오후, 이광은 쿠웨이트 정보국 대위 하다드와 마주앉아 있다. 이곳은 이광이 숙소로 사용하는 아파트 안, 바닷가에 세워진 고급 아파트에서 바다가 내려다보인다. 필리핀계 중년 하녀가 둘 앞에 커피 잔을 내려놓고 나갔을 때 이광이 하다드 앞에 서류를 내려놓았다.

"무함마드가 은행 내부에서 입출금한 자금 내역입니다. 한번 보시지요."

이미 무함마드의 이야기는 한 터라 하다드가 잠자코 서류를 보았다. 하다드는 이라크 동부군사령관 카심 대장의 협조 요청을 받은 쿠웨이트 정보국이 담당자로 내세운 인물이다. 리스타상사를 설립하는 데 하다드가 앞장서 나서주었던 것이다. 서류를 훑어본 하다드가 쓴웃음을 짓고 말했다.

"이놈들한테 충성심 또는 애사심, 의리 따위를 기대하는 건 사막에 눈이 내리기를 기대하는 것과 같지요."

하다드의 잘생긴 얼굴이 이제는 굳어졌다.

"내 생각입니다만 이놈 혼자서 장난을 친 것 같지 않습니다. 윗선의 보호를 받았을 것 같아요."

이광이 숨을 들이켰다. 무함마드는 6개월간에 걸쳐 1천5백만 불의 자금을 회전시켰다. 짧게는 1주일에서 길게는 2달, 그 이자만 해도 수십만 불이 넘을 것이다. 무함마드의 감독자는 프라카시 하나뿐이다. 그러나 프라카시는 매일 구두로 은행 잔고를 체크해 왔기 때문에 증거가 남지 않는다.

"상급자는 프라카시 하나뿐입니다, 하다드 대위."

"나한테 사흘만 시간을 주시지요."

하다드가 정색하고 이광을 보았다.

"내가 둘의 뒷조사를 하겠습니다. 설령 둘이 차명으로 투자를 했건 어쨌건 간에 다 찾아낼 수 있습니다."

하다드는 이제 '둘'이라고 한다. 프라카시도 공범에 포함시킨 것이다.

그날 저녁, 이광은 윤지혜, 프라카시와 함께 시내 중식당에서 저녁 식사를 했다. 중식당의 원탁에 둘러앉아 요리를 먹던 프라카시가 문득 머리를 들고 이광을 보았다.

"사장님께 보고드릴 일이 있습니다."

"뭔데?"

이광의 시선을 받은 프라카시가 힐끗 윤지혜를 보고 나서 말을 이었다.

"무함마드의 뒷조사를 해 주시지요. 아무래도 무함마드가 회사 자금을 유용하는 것 같습니다.”

이광은 눈만 크게 떴고 윤지혜는 움직임을 멈추고 있다. 그때 프라카시가 말을 이었다.

“제가 우연히 보았는데 무함마드가 금팔찌를 갖고 있었습니다. 그놈이 금을 좋아한다는 건 알고 있지만 그 금팔찌는 반년 분 월급을 타야 살 수 있는 물건이었습니다.”

이광이 길게 숨을 뱉었다.

“제 책임입니다.”

프라카시가 똑바로 이광을 응시하며 말을 이었다.

“제가 수시로 은행에 잔고 체크를 해야 했습니다. 그런데 그것을 하사드와 무함마드에게 맡기고 하지 않았습니다. 하사드는 제가 체크하는 줄 알고 있었을 것입니다.”

하사드가 결국 무함마드의 부정을 알게 된 것이다. 그것도 바그다드 동향인 매니저가 도와주지 않았다면 밝혀내지 못했다.

“현재 은행 잔고는 어때?”

다 알면서 이광이 묻자 프라카시가 대답했다.

“다 맞습니다. 하지만 그동안의 자금 입출 내역은 확인이 안 됩니다. 은행 담당자인 무함마드가 직접 관리했기 때문에…….”

“앞으로는 은행 측에 통보해서 자금 입출은 모두 회사에 알려주도록 해.”

“사장님께서 정식 의뢰를 해주시면 은행 측에서 내부 자료를 보내준다고 했습니다.”

“그러지. 내일 정식 의뢰를 하도록.”

이미 하사드를 통해서 무함마드의 입출금 내역을 다 받아본 이광이

다. 그 내역은 이제 하다드 대위의 손에 넘어가 있다. 이광이 프라카시를 똑바로 보았다. 무함마드는 프라카시가 데려온 경리 사원이다. 이집트 카이로 출신으로 27세, 6년 경력자다.

"부정행위는 본인의 잘못도 크지만 허술한 시스템을 만든 관리자와 회사의 책임이 더 커."

이광이 말을 이었다.

"회사가 커지면 관리자의 행동이나 생각도 달려져야 돼, 프라카시."

"예, 사장님."

이광의 시선을 받은 프라카시가 상반신을 똑바로 세웠다.

"저도 책임을 지겠습니다, 사장님."

"난 프라카시도 연루된 줄 알았다."

저녁 식사를 마치고 중식당 앞에서 프라카시와 헤어졌을 때 이광이 윤지혜에게 말했다. 윤지혜에게 그동안의 상황을 설명해준 이광이 쓴웃음을 지었다.

"지금 수사 중이니까 곧 내막이 밝혀지겠지."

"여기선 부정 액수가 크네요."

눈썹을 모은 윤지혜가 이광을 보았다. 윤지혜는 자금 업무에 간여하지 않고 있는 것이다.

"하사드는 믿을 만한가요?"

"그래."

이광이 머리를 끄덕였다. 윤지혜는 아직 하사드와 이광과의 관계를 모르고 있는 눈치였다. 누가 말해줄 사람도 없었을 것이다. 이광이 덧붙였다.

"내가 바그다드에서 데려왔어. 바그다드 대학을 다녔는데 여기서 의지할 사람은 나 하나뿐이야."

"그렇군요."

"자, 그럼 난 매장으로 가겠다."

밤 10시 반이 되어가고 있었지만 매장과 사무실은 한창 일을 할 때다. 그러나 윤지혜의 업무는 끝난 시간이다. 이광이 발을 떼었을 때 윤지혜가 불렀다.

"보스, 제 숙소로 가서 커피 한 잔 하시고 가요. 숙소 구경도 하시고요."

윤지혜는 시내에 40평형 맨션에 입주했는데 물론 회사에서 임대해 준 것이다. 이광의 시선을 받은 윤지혜가 눈을 가늘게 뜨고 웃었다.

"첫 손님은 보스가 되셔야죠."

맨션은 24층 위치여서 쿠웨이트 시내와 바다까지 보였다. 신축 건물로 테라스도 넓었고 유리 벽 안의 거실은 영화에서 보던 아라비아 왕궁처럼 꾸며놓았다. 방이 2개, 욕실이 컸고 테라스에 작은 정원까지 만들어졌다.

"내 꿈의 일부분이 이루어진 셈이죠."

창가에 선 이광의 옆으로 다가온 윤지혜가 말했다. 방에 들어가 옷을 갈아입은 윤지혜는 가운 차림이다. 숨을 들이켜자 향내가 맡아졌다. 이광의 시선을 받은 윤지혜가 말을 이었다.

"이런 집에서 살고 싶었거든요."

이광은 윤지혜가 가운 밑에 아무것도 걸치지 않은 것을 알 수 있었다. 가운 깃 사이로 솟아오른 젖가슴이 드러났다. 미끈한 종아리 밑의 맨발이 보였다. 이광의 시선 끝을 좇던 윤지혜의 발가락이 꼼지락거렸다. 그때 이광이 윤지혜의 두 뺨을 두 손으로 감싸 안았다. 그러고는 입술을 붙이자 윤지혜가 두 팔로 이광의 목을 둘러 감았다. 곧 윤지혜의 입이 열리더니 달콤한 젤리 같은 혀가 나왔다. 이광이 젤리를 빨아들이자 윤지혜가 하반신을 딱 붙였다. 가쁜 숨소리에 섞여 윤지혜의 신음이 울렸다. 이광의 목에서 손을 뗀 윤지혜가 허리띠를 풀기 시작했다. 금방 바지와 팬티가 내려가자 곧 단단해진 남성이 드러났다. 윤지혜가 남성을 두 손으로 감싸쥐고는 헐떡이며 말했다.

"보스, 사랑해요."

폭풍이 휩쓸고 간 방 같다. 이곳저곳에 흩어져 있는 옷, 밀린 의자, 소파 한쪽은 비틀어졌고 양탄자는 밀려 올라갔다. 지금 두 알몸은 소파 위에 엉킨 채 나란히 누워 있다. 빈틈없이 딱 붙여진 채 이광의 다리 한쪽이 윤지혜의 하반신을 감아 안은 형태다. 윤지혜가 상기된 얼굴로 가쁜 숨을 뱉고 있다. 아직 여운이 가시지 않아서 숨소리에 신음이 섞여 있다. 그때 이광이 윤지혜의 입술에 가볍게 입을 맞췄다.

하다드 대위의 잘생긴 얼굴에 웃음이 떠올라 있다.

"프라카시가 네이단이란 여행사 대표한테 3차례에 걸쳐서 10만5천 불을 건네주었습니다."

이광의 저택 안, 오전 11시, 저택을 방문한 하다드가 조사 결과를 말하고 있다.

"네이단은 이곳에서 달러를 받아서 뭄바이의 프라카시 어머니한테 돈을 전달해 주었지요. 수수료는 5퍼센트 떼었습니다."

이광이 앞에 놓인 서류를 보았다. 쿠웨이트 정보국에서 작성한 서류다. 네이단의 거래 내역에 프라카시의 이름이 붉은색 선으로 구분되어 있다. 머리를 든 이광에게 하다드가 말을 이었다.

"프라카시는 하사드가 은행에 체크한 것을 알았을 겁니다. 은행 담당자가 바로 프라카시에게 알려주었을 테니까요. 위기감을 느낀 프라카시가 먼저 무함마드를 고발해서 발을 빼려는 시도를 한 것 같습니다."

"……."

"우리가 네이단까지 체크했을 줄은 아직 모르고 있을 겁니다. 네이단에게 입을 다물지 않으면 30년 형을 받게 하겠다고 했으니까요."

이광이 길게 숨을 뱉었다. 또 한 가지 교훈을 얻었다. 아무리 신임하더라도 돈 앞에서는 그 신임이 맥없이 무너진다는 사실이다. 프라카시는 말끝마다 이광이 '은인'이며 죽을 때까지 '충성'을 바칠 것이고 '신의'를 지키겠다고 약속했다. 그러나 그 모든 것이 '돈'의 위력 앞에서는 추풍낙엽이 되었다.

"어떻게 하시겠습니까?"

하다드가 어느덧 굳어진 얼굴로 이광을 보았다.

"프라카시를 공금 횡령으로 수사 의뢰를 하시면 외국인이기 때문에 우리 정보부에서 넘겨받게 됩니다. 그럼 당장 구속시키고 지금까지 횡령한 금액을 모두 토해내게 만들 수 있지요."

"……."

"그런 예가 많습니다. 프라카시의 재산을 추적하면 인도에 얼마나 많이 숨겨 놓았는지도 알 수 있지요."

이윽고 이광이 머리를 끄덕였다. 인과응보다. 이미 매장의 인도인 종업원들 사이에서는 프라카시와 무함마드의 횡령이 알려져 있을 가능성이 많은 것이다. 부패한 조직에서는 당사자만 알고 있는 것 같아도 썩은 냄새가 다 맡아지는 법이다. 이광이 겪어봤기 때문이다. 그것을 내버려둔다면 회사의 질서가 무너진다.

"둘을 고발하지요. 오늘 저녁에 신고하겠습니다."

"알겠습니다. 신고 즉시 둘을 체포하지요."

가볍게 대답한 하다드가 자리에서 일어섰다.

"리스타상사는 남의 회사 같지가 않습니다. 창업하실 때 저도 거들어 드렸지 않습니까?"

다음 날 오후, 이광과 윤지혜가 쿠웨이트발 두바이행 비행기 일등석에 나란히 앉아 있다. 창밖은 구름 한 점 없는 푸른 하늘이고 비행기는 허공에 정지되어 있는 것처럼 느껴졌다.

"우샴이 잘 할까요?"

문득 윤지혜가 묻자 이광이 창에서 시선을 떼었다.

"앞으로는 조직으로 일을 할 테니까."

정색한 이광이 말을 이었다.

"초창기에는 개인의 능력이 큰 비중을 차지했지만 지금은 아냐."

오전에 정보부는 외국인 취업자인 프라카시와 무함마드를 사기, 횡령 혐의로 구속시킨 것이다. 리스타상사의 지배인 프라카시와 경리부 부책임자 무함마드가 동시에 구속되자 이광은 지배인 대리로 우샴을 임명했다. 우샴도 뭄바이 출신으로 프라카시와 동향이었지만 성품이 다르다. 과묵하고 책임감이 강했는데 눈에 띄게 행동하지 않았다. 매장에서도 중고품과 재고 처리를 맡아서 두각을 나타내지 못했다. 윤지혜가 다시 물었다.

"보스, 이번에도 허점을 보인 보스의 책임이 크다고 생각하세요?"

"견제 장치가 많을수록 조직은 활력을 잃게 돼."

이광이 윤지혜를 똑바로 보았다.

"그리고 부정은 없앨 수가 없어. 아무리 청소를 해도 먼지는 내려앉는 법이야."

"그럼 어떻게 해야죠?"

"적당한 선에서 놔두는 게 나아."

"어떻게요?"

"책임자에게 책임 한계를 분명히 해두고 일임하는 것이지."

"그리고 그 선을 벗어나면 책임자까지 처벌하는 것인가요?"

"그렇다."

"결국 깨끗한 물에서는 고기가 못 산다는 등소평의 말이 진리인 셈이군요."

"중국이 앞으로 크게 성장할 거야."

길게 숨을 뱉은 이광이 의자에 등을 붙였을 때 윤지혜가 손을 뻗어 이광의 허벅지를 쓸었다. 기습적이다.

두바이(Dubai), 이광과 윤지혜가 두바이의 사막에 서 있다. 두바이는 아랍 토후국 연방의 7개 토후국 중 하나로 상업이 가장 발달되었다. 토후국 연방의 수도는 아부다비, 아랍 토후국 연방(UAE)은 세계 8위의 원유 매장량을 바탕으로 급격하게 발전하는 중이다. 둘의 시선이 향한 곳은 사막에 꽂혀 있는 깃대다. 높이 5미터 정도의 깃대가 꽂혀 있고 위에 푸른색 삼각기가 달려 있었는데 이곳이 두바이 뉴타운의 건설지라는 표시다. 사막 한가운데에 깃대 하나만 덜렁 꽂혀 있는 것이다. 둘의 뒤쪽에 사막용 지프 한 대가 서 있었는데 섭씨 40도를 웃도는 날씨여서 운전사는 에어컨을 켠 차 밖으로 나오지도 않았다.

"공사는 다음 달부터 시작될 거예요."

윤지혜가 선글라스를 낀 얼굴로 이광을 보았다. 윤지혜는 헐렁한 긴 소매, 작업복에 바지 차림으로 머리에는 챙이 넓은 모자를 썼다. 선글라스까지 끼어서 영락없는 남자다. 수려한 용모의 미남인 것이다.

"도시 계획 사무실에 걸린 설계도를 보았는데 이곳이 두바이의 상업 지구 중심이 됩니다."

윤지혜가 손으로 사막을 가리켰다.

"엄청난 투자비가 들어갈 예정입니다. 미국의 라스베이거스 건설비의 2배가 될 것이라고 하더군요."

이광이 머리를 돌려 뒤쪽을 보았다. 이곳은 길도 나 있지 않은 사막이다. 뒤쪽 사막에 두 줄기의 지프 바퀴 자국이 나 있을 뿐이다. 두바이 시내는 이곳에서 20킬로 뒤쪽 바닷가인 것이다. 두바이 정부는 이곳에 초대형 상업 타운을 건설할 예정이었다.

"좋아."

마침내 이광이 손등으로 이마의 땀을 닦으며 말했다.

"우리도 이곳에 투자하자. 두바이 정부의 정책에 동조하는 거야."

그러면 두바이 정부는 투자 기업에 여러 가지 혜택을 줄 것이다. 투자비가 많을수록 특별한 혜택이 따르는 법이다. 윤지혜가 머리를 끄덕였다.

"그렇게 되면 한국 기업으로는 우리가 1번이에요."

이광으로서는 리스타상사가 두바이 기존 바닷가 상업지구에 '대형 아웃렛'과 지점을 운영하는 것과는 별도로 사막에 세우는 신시가지에도 투자를 결정한 셈이었다.

　오후 4시에 이광과 윤지혜는 두바이 바닷가에 위치한 사무실로 돌아와 있다. 사무실에는 인도인 직원 두 명과 이집트 여직원 하나가 근무하고 있었는데 모두 윤지혜가 채용했다. 이제 윤지혜는 '리스타상사 두바이지점'의 지점장 겸 유통사업본부장을 맡고 있는 것이다. 커피잔을 든 이광이 윤지혜를 보았다.

　"아웃렛 매장이 확보되면 관리자와 팀장급 인력부터 채용해야 돼. 내가 진남철을 보낼 테니까 상의해서 결정해라."

　"네, 보스."

　어깨를 움츠리는 시늉을 하면서 윤지혜가 웃었다.

　"가끔 계단 꼭대기에 서 있는 느낌이 들어요. 제가 잘해낼까 불안해지기도 하고요."

　"넌 나보다 더 나아."

　정색한 이광이 말을 이었다.

　"나는 가끔 주관에 빠지지만 넌 그런 게 없어. 일을 할 때는 이성적이고 빠르다."

　"경험이 부족해요, 보스."

　"그 경험은 다른 사람한테서 빌려라."

　이광이 외면한 채 말을 이었다.

　"난 프라카시한테서 국제적인 비즈니스를, 김성규한테서는 인간 관리와 정보의 중요성을, 그리고 또 누구한테서는 인간을 이용하는 방법을 배웠다."

윤지혜가 시선만 준 채 그것이 무슨 말인가는 묻지 않았다. 프라카시와 김성규의 예는 짐작할지도 모른다. 마지막 예는 백영주를 빗댄 말이다. 어쨌든 셋은 모두 이광을 이용하려고 했지만 결국 껍질이 벗겨진 채 결별했다. 이광으로서는 그들로부터 공부를 한 셈이 되었다. 그때 윤지혜가 말했다.

"보스, 유성을 인수하시지요."

머리를 든 이광을 향해 윤지혜가 정색했다.

"전 보스가 유성에 대한 의리, 보은 따위의 말씀을 하시는 게 못마땅해요."

"……."

"유성을 진정으로 위하신다면 그 잘난 이름에 연연하시지 말고 2천명이 넘는 임직원을 위하셔야죠."

"……."

"본사 사무직원만 3백 명이 넘고 본 공장과 계열 공장 임직원이 1천 8백이더군요."

"……."

"그 회사를 지금 보스가 살려놓고 있어요, 다 쓰러졌던 회사를요. 그런데 나가서도 오더는 계속 넣어야 유성이 지탱할 수 있지요?"

"넌 두바이에서 한국 생각만 했니? 지금 무슨 소리를 하는 거냐?"

마침내 이맛살을 찌푸린 이광이 말하자 윤지혜가 눈을 흘겼다. 둘이 있을 때에나 가능한 몸짓이다.

"인력 부족을 생각하다가 그 생각을 하게 된 거예요, 보스."

"……."

"매너리즘에 젖어서 무기력해져 있는 유성의 인물 중에도 인재가 있을 것 같다는 생각이 들거든요, 보스나 저처럼요."

윤지혜가 엄지를 구부려 제 얼굴을 가리키고는 수줍게 웃었다.

두바이에서 암만(Amman)으로 날아가는 비행기 안에서 이광이 윤지혜가 한 말을 떠올리고 있다. 그러고는 스스로에게 하나씩 반문(反問)한다.

"내가 유성상사를 위한다고 했지만 과연 그것이 내 희생을 전제로 하는 것인가?"

"기업 진단을 했을 때 유성상사를 끼고 가는 것이 불리하다는 평가를 받은 것에 영향을 받은 것이 아닌가?"

"유성은 나 없이도 잘 될 것인가?"

"내가 유성을 소유하면 어떤 이익이 올 것인가?"

"불이익은?"

"다 제쳐 두고 내 본심(本心)이 무언가?"

그때 옆으로 스튜어디스가 다가와 섰다.

"미스터 리, 술 드릴까요?"

일등석이어서 스튜어디스들은 손님 이름을 다 외우고 있다. 이광이 스튜어디스가 내민 메뉴판을 받고 위스키 한 병을 시켰다. 비행기는 에어프랑스, 옆에 선 스튜어디스는 검은 머리에 갈색 눈동자의 미인이다. 그때 시선이 마주친 스튜어디스가 이를 드러내고 웃었다.

"며칠 전에 방콕에서 쿠웨이트로 가실 때 제가 1등석 당번이었었죠. 그때도 미스터 리를 뵈었습니다."

"그렇군. 내가 당신 같은 미인을 먼저 알아봤어야 했는데 미안하군."

"전 소피라고 해요."

"반가워요, 소피."

몸을 돌린 소피가 잠시 후에 술병과 안주를 가져오더니 앞에 술상을 차려놓는다. 1등석은 방처럼 구분해 놓아서 옆 좌석도 보이지 않는다. 소피가 잔에 얼음을 채우면서 소곤대듯 말했다.

"암만에서 어느 호텔에 투숙하세요?"

"그건 왜 묻지?"

이광의 시선을 받은 소피가 눈웃음을 쳤다.

"암만에서 이박 삼일 휴가를 낼 수 있거든요, 미스터 리."

"날 유혹하는 건가?"

"그럴 자격이 있으신 것 같으니까요."

이광이 소피의 솔직한 대답에 호감이 갔다. 아담하고 날씬한 체격에 젖가슴의 볼륨이 크다. 볼수록 귀엽고 성적 매력이 풍기는 여자였다. 이광이 머리를 끄덕였다.

"인터콘티넨탈."

"오늘 오후 5시에 가도 돼요?"

암만에는 강인숙이 먼저와 기다리고 있었지만 저녁 시간에는 함께 있지 못할 것이다. 강인숙을 보호하고 있는 이라크 정보 요원들 때문이다. 만일 강인숙과 함께 있는 것을 후세인한테 보고한다면 최악의 상황이 벌어질 수 있다. 그렇게 되면 이광 본인은 물론이고 안기부, 나아가 CIA, 군수 업체까지 피해를 입는다. 이광이 손을 뻗어 소피의 엉덩이를 움켜쥐었다가 놓으며 말했다.

"기다릴게, 소피."

사무실에서 기다리던 강인숙이 문을 닫자마자 이광의 목을 껴안고 키스했다. 젤리처럼 말랑하고 달콤한 혀가 이광의 입안에서 뜨거운 뱀이 되어 꿈틀거렸다. 하반신을 딱 붙인 강인숙이 거칠게 문지르면서 입을 떼었다.

"나, 또 오더 했어."

"또?"

겨우 강인숙의 팔을 풀어낸 이광이 머리를 젖히고 시선을 맞췄다. 그동안 강인숙은 바그다드에 들어갔다 온 것이다.

"얼마나?"

"미사일로만 6억 불."

"어이쿠."

"이번 오더의 마진은 1억 불이야."

"숨이 막히는군."

몸을 뗀 둘은 소파에 마주보고 앉았다. 강인숙이 서류 한 장을 이광에게 내밀었다.

"미사일은 3일 후에 바그다드로 공수되어 올 거야. 그럼 자기는 4일 후에 파리에서 1억 불을 받아."

서류를 받은 이광이 여러 군데로 나누어진 자금을 보았다. 옆에는 구좌 번호가 적혀 있다.

"6천만 불은 후세인의 비밀 구좌에 넣어. 그리고 내 몫은 2천만 불, 자기 몫은 1천만 불이야."

그리고 5백만 불짜리 구좌가 2개 더 있다. 그것까지는 말해주지 않은 강인숙이 말을 이었다.

"내 몫 수표는 받아서 나한테 줘, 나중에."

"알았어. 난 돈만 받는 역할인데도 보수가 엄청나군."

"리스타상사가 무기 수출 대행업체이기 때문이지. 그것을 이름값이라고 해."

"내 무기가 잘 맞아야 할 텐데."

이광이 웃음 띤 얼굴로 말했을 때 강인숙이 외면하고 말했다.

"후세인이 나하고 같이 있자고 했어."

숨을 들이켠 이광은 잠자코 말을 듣는다.

"그래서 내일 다시 바그다드로 들어가야 돼. 거기서 좀 있어야 할 것 같아."

그러더니 덧붙였다.

"하지만 자주 연락할 테니까, 오더 문제로."

"오, 마이 갓."

방으로 들어선 소피가 활짝 웃었다. 눈이 초승달처럼 가늘어졌고 입은 딱 벌어져 있다. 꾸밈없는 모습, 지금 소피는 이광의 호텔방에 들어온 것이다. 소피는 1등석 당번 스튜어디스였으니 고급 취향이다. 자연히 환경의 영향을 받는다. 만나는 인사들도 고급이고 그 분위기에 익숙해지기 때문이다. 그런데도 놀라고 있다.

"어휴, 궁전 같아요."

소피가 방을 둘러보며 감탄했다. 지금 소피는 인터콘티넨탈호텔의 스위트룸을 둘러보는 중이다. 이광의 숙소인 것이다. 호텔에 5개밖에 없는 특실이다. 1백 평쯤 되는 면적에 침실이 2개, 커다란 욕조가 딸린 세면장, 응접실과 회의실, 테라스에는 정원까지 꾸며 놓았다.

"소피, 침실에서 옷 갈아입고 나와, 거기 가운이 있을 거야."

이광이 이제는 거침없이 말했다.

"욕실에서 씻고 나와도 돼. 룸서비스로 뭘 먹고 싶어?"

"아무거나, 다 잘 먹어요."

아직도 방 구경을 하면서 소피가 대답했다. 욕실로 머리를 들이민 소피의 탄성이 욕실을 울리고 있다. 다가간 이광이 소피를 뒤에서 안았다. 그때 소피가 몸을 돌리더니 이광의 목을 두 팔로 감고 몸을 붙인다. 그러고는 눈을 감고 얼굴을 내민다. 벌써 입은 반쯤 벌어져 있다.

깊은 밤, 방안에는 이제 소피의 가쁜 숨소리만 울리고 있다. 침실 창문을 열어놓아서 밤바람에 커튼이 부드럽게 출렁거렸다. 맑고 서늘한 대기가 밀려왔지만 아직 방안의 열기는 식지 않았다. 이광이 소피의 알몸을 껴안은 채 창밖을 본다. 어둠에 덮인 창밖으로 무수한 별 무리가 드러났다. 이곳의 별 무리는 한국에서 볼 때보다 더 밝다. 더 가까운 것 같다. 어디선가 자동차의 타이어 마찰음이 울렸다가 사라졌다. 그때 소피가 이광의 가슴에 볼을 붙이면서 물었다.

"리, 나, 좋았어?"

"응, 세계 최고였어."

이광이 소피의 엉덩이를 움켜쥐고 더 바짝 끌어안았다. 짧게 웃은 소피가 몸을 더 붙였다. 이광의 한쪽 다리가 소피의 하반신을 감아 안는다. 소피의 알몸은 부드럽고 탄력이 강했다. 겉으로는 가냘파 보였지만 알몸이 드러났을 때는 풍만한 젖가슴과 엉덩이, 강하고 탄력이 넘치는 허벅지, 미끈한 종아리를 갖춘 완벽한 체격이다.

"나도 당신 같은 남자, 처음이야."

소피가 입술로 이광의 젖꼭지를 물면서 말했다.

"강하고 단단해 그리고 끈질겨, 자기는."

"넌 뜨겁고 탄력이 넘쳤어, 소피."

"리, 당신을 사랑해."

소피가 얼굴을 들어 키스해달라는 시늉을 했다. 눈을 감은 소피의 입이 반쯤 벌어졌고 얼굴은 다시 상기되었다. 방안의 불은 환하게 켜놓아서 소피의 이마에 맺힌 작은 땀방울도 보인다.

오전 9시가 되었을 때 이광이 전화기를 들었다. 서울은 오후 3시일 것이다. 버튼을 누르자 곧 황학수가 연결되었다. 황학수의 회사 직통전화인 것이다. 황학수의 조금 느린 응답 소리를 들었을 때 이광은 먼저 심호흡부터 했다.

20분쯤 후에 이광이 이제는 소파에 등을 붙인 자세로 다시 전화기의 버튼을 눌렀다.

"예, 박명준입니다."

오금봉이 소개해준 검찰총장 출신의 거물 변호사다. 직통전화 번호를 알고 있는 인사는 몇 명 되지 않을 것이다.

"박 변호사님, 저 이광입니다."

"아이구, 웬일이십니까?"

서른을 갓 넘은 이광에게 50대 후반의 아버지뻘 되는 데다 거물급 인사가 깜짝 놀라면서 반겼다.

"예, 조금 급한 일이 생겨서요. 저 지금 요르단 암만에 있습니다."

"아, 거기 계시군요. 애쓰십니다."

박명준은 이광이 무기 거래를 하는 것까지는 안다, 그것도 국익을 위해서. 그때 이광이 말을 이었다.

"지난번 말씀드린 적이 있는데요, 제가 유성상사를 인수하기로 조금 전에 황학수 회장님하고 합의했습니다. 그 수속을 변호사님께 맡기고 싶어서요."

"아, 제가 해드려야죠."

박명준의 목소리에 생기가 솟아났다.

"제가 당장 협상팀을 구성해서 작업을 시작하겠습니다."

"조건은 팩스로 보내겠습니다."

"알겠습니다. 맡겨 주십시오."

전화기를 내려놓은 이광은 다시 심호흡을 했다. 이것은 돈의 위력이다. 이 위력을 적절하게 사용하면 천하무적이 된다.

이틀 휴가를 낸 소피는 아쉬워했지만 다음 날 오후에 이광은 밤에 떠나는 홍콩행 비행기를 예약했다.

"미안해, 소피, 일이 생겼어."

가방을 꾸린 이광이 미리 준비한 봉투를 소피에게 내밀었다.

"이거, 너한테 주는 용돈이야, 받아."

"난 창녀가 아냐."

눈을 흘긴 소피가 머리까지 저었지만 다가간 이광이 손에 쥐어주었다.

"사랑하는 사람이 주는 선물이라고 생각해, 소피. 3천 불이야."

소피가 숨을 들이켰다. 거금이다. 당시의 소피 석 달분 월급인 것이다.

"리, 너무 많아."

"넌 받을 가치가 있어."

소피가 이제는 봉투를 두 손으로 쥐더니 얼굴이 빨개졌다.

"고마워, 리."

"다음에 다시 만나, 소피."

"내 전번 적어줄게, 회사 전번하고 내 집까지. 회사에 연락하면 내가 어디 있는지 알려줄 거야. 난 다른 사람한테 전번 알려주지 않았으니까."

소피가 메모지에 전번을 적으면서 말했다. 돈은 가장 빨리 사람을 감동시키는 수단도 된다.

홍콩에 도착했을 때는 오전 8시 반이다. 입국장으로 들어선 이광을 린린이 맞았다. 미리 연락을 한 것이다. 웃음 띤 얼굴로 다가온 린린이 손을 내밀었다. 악수를 하자는 것이다.

"리, 11시에 만나 뵙자고 합니다, 괜찮겠지요?"

"좋아요."

린린의 부드럽고 말랑한 손을 쥐면서 이광이 따라 웃었다. 부딪는 시선이 은근했다. 푸저우시 부시장 왕군이 이광을 만나려고 홍콩으로 온 것이다. 린린이 리무진을 대기시켜서 둘은 뒷좌석에 나란히 앉았다. 차가 호텔로 출발했을 때 린린이 슬그머니 손을 뻗어 이광의 손을 잡았다. 이광이 린린의 손을 깍지 껴 쥐고는 심호흡을 했다. 그러자 린린의 향내가 맡아졌다. 어젯밤에 뒹굴었던 소피와는 다른 향내다. 눈을 감은 이광이 린린의 향내를 감상했다. 백옥 같은 린린의 알몸이 눈앞에 떠올랐고 신음이 귀를 울렸다. 탄력이 강한 몸의 움직임도 느껴졌다. 그때 깍지 낀 손을 뺀 린린이 이광의 사타구니를 움켜쥐었다. 꽤 강한 힘이어서 이광이 눈을 떴다. 어느새 바지 속의 남성이 단단해져 있었기 때문이다. 머리를 돌린 이광이 린린을 보았다. 그러나 린린은 앞쪽에 시선을 준 채 차분한 표정이다. 그때 이광도 손을 뻗어 린린의 허벅지를 쓸었다. 그러자 린린이 앉은 채로 다리를 벌렸다. 여전히 표정은 차분해서 차갑게까지 느껴졌고 시선도 앞쪽을 향한 채다.

"리스타상사가 투자해주신다면 푸저우시는 모든 것을 제공하겠습니다."

왕군의 목소리에 열기가 띠어졌다. 오전 11시 반, 해성호텔의 회의실에서 푸저우시 부시장 왕군과 간부 5명 그리고 이쪽은 이광 혼자서 투자 상담을 하는 중이다. 끝 쪽에 앉은 린린은 메모지를 펴놓고 기록을 한다. 왕군이 말을 이었다.

"리스타상사 푸저우 공장을 운영해 주신다면 우리들이 공장 대지는 물론, 건물, 전력과 물, 도로까지 건설해 드릴 것이며 공장 가동 후 10년까지 세금을 면제해 드릴 것입니다."

엄청난 특혜다. 메모를 멈춘 이광이 한국 정부가 기업가들에게 이런 조건을 내건다면 3천만이 모두 공장을 세울 것이라는 생각을 했다. 그러나 중국은 이제 시작이다. 투자하는 외국계 회사가 거의 없는 실정이다. 이 약속이 지켜질 것인지도 확신할 수 없는 것이다. 그때 왕군이 이광을 보았다.

"푸저우시가 이 조건을 지킨다는 각서를 써 드릴 것입니다. 거기에다……."

어깨를 부풀린 왕군의 두 눈이 번들거렸다.

"리스타상사는 사업 계획만 만들어 주시면 됩니다. 중국에서 얼마나 근로자를 고용할 것인지 그것이 중요하니까요. 고용 인원이 많을수록 특전이 증가할 것입니다. 우리가 공장의 기계까지 임대해 드릴 수가 있습니다, 이 사장님."

세상에, 기계까지 빌려준다니. 그렇다면 오더만 가져오면 된다는 말이었다. 이광의 표정을 본 왕군이 빙그레 웃었다.

"또 있습니다. 오더만 가져오시면 중국 정부에서 리스타상사의 6개월분 운영 자금을 빌려 드릴 수 있습니다. 그것은 은행과 상의해야겠지만 3년 거치 분할 상환까지는 될 것입니다."

이광이 다시 숨을 들이켰다. 관리들의 시선이 이광에게 모여졌다. 린린도 숨을 죽이고 있다. 그때 이광이 입을 열었다.

"긍정적으로 검토하겠습니다."

다시 서울행 저녁 비행기를 타려고 호텔을 나왔으니 무박 2일의 고된 일정이다. 이번에도 리무진 옆자리에 타고 배웅 나온 린린은 공항에 도착할 때까지 손장난은 하지 않았다. 입도 열지 않아서 이광이 여러 번 곁눈으로 보았지만 화난 것 같지는 않았다. 그러나 짐을 보내고 출국장으로 다가갈 때 린린이 입을 열었다.

"정부는 준비가 되었지만 인민이 아직 깨우치지 못했어요."

걸음을 늦춘 이광이 숨도 죽였고 린린의 목소리가 낮아졌다.

"인민이 아직 경쟁 사회, 자본주의 체제의 습성에 익숙지 않아요. 경쟁을 시켜 성과가 좋은 사람에게 상을 주는 것이 정상이 되어야 하는데 대부분의 하급 관리까지 그것에 거부감을 느끼고 있거든요."

"그럼 생산량이 안 나오겠군."

이광이 마침내 가슴속에 품고 있던 우려를 입 밖으로 뱉었다. 회의석상에서 묻고 싶어서 입이 근질거리던 말이었다. 생산량이 안 나오면

164

온갖 혜택도 무용지물이 된다. 공장은 왕궁처럼 지어놓고 오더를 쏟아붓는다고 해도 생산량이 안 나오면 도로아미타불이다. 100명 공장에서 10만 개가 나오는데 이곳의 1,000명 공장에서 10만 개를 뽑는다면? 걸음을 멈춘 이광이 린린을 보았다.

"린린, 나한테 그런 말을 해주는 이유는?"

그러자 린린이 바로 대답했다.

"당신과 오래 사귀고 싶어서죠."

"당신 같은 사람이 중국에 있어서 다행이야, 린린."

"이것도 중국을 위해서 하는 말이에요, 리."

정색한 린린이 말을 이었다.

"어느 정도 여건이 되면 당신은 중국에 투자를 해야 돼요, 리."

"당연히."

"그러면 당신도 대만족하게 될 테니까. 그때까지 기다리라는 말이죠."

"다음에 만날 때는 회의 시간 여유를 좀 길게 잡도록 해, 린린."

이광이 은근한 시선으로 린린을 보았다.

"당신의 신음이 귓속에서 여명처럼 울릴 때가 많아, 린린."

"나도 그래요, 리."

린린이 다시 차분해진 얼굴로 이광을 응시한 채 말했다.

"당신의 뜨거운 기둥이 내 몸에 들어올 때의 느낌이 항상 생생해요, 리."

서울에는 밤 11시 반에 도착했다. 김포공항은 밤 12시 이후에는 비행기 소음 때문에 이착륙을 금지시켜서 마지막 비행기다. 공항에는 진남철과 곽영훈, 둘이 마중 나와 있었는데 유성의 수출부장 둘이 다 나온 셈이었다.

"어? 왜 나왔어?"

놀란 이광이 눈을 크게 떴다. 비행기 스케줄을 비서 격인 배선희한테만 알려 주었기 때문이다.

"아니, 너도."

둘의 뒤쪽에 서 있는 배선희를 본 이광이 다시 놀랐다. 배선희가 서 있었기 때문이다. 가방을 둘에게 넘겨준 이광이 배선희를 노려보았다.

"너, 집에서 뭐라고 안 해?"

"그럼요. 좋아서 하는 일인데 누가 뭐라고 해요?"

배선희가 웃음 띤 얼굴로 말하더니 이광의 손가방을 빼앗듯이 들었다. 입국장을 나가면서 진남철이 말했다.

"박 변호사가 오후에 만나자고 했습니다. 서류 준비는 다 되었고 본부장님 사인만 받으면 된다고 합니다."

머리만 끄덕인 이광에게 진남철이 말을 이었다.

"회장님이 기조실 직원들에게 다 말씀을 하셔서 회사에 소문이 쫙 퍼졌습니다."

그때 곽영훈이 말을 받았다.

"계열 공장들도 모두 압니다. 언제 사장 취임을 하시냐고 물어보는 사람들이 많습니다."

"그건 내년에."

자르듯 말한 이광이 둘을 보았다.

"내년 초에 한다고 해. 어차피 지금 이대로 일하는 건데 그런 거 신경 쓸 시간 없다."

"어디서 소문을 들었는지 신문사에서도 연락이 왔습니다. 30대 초반에 기업가로 성공하신 것을 취재하고 싶다면서요."

진남철이 말하자 이광이 혀를 찼다.

"난 절대로 인터뷰 안 한다. 그건 너희들이 알아서 막아."

공항 앞에 대기시킨 차는 리스타상사의 손님 접대용 밴이다. 8인승이어서 넉넉하게 뒷좌석에 앉은 이광에게 옆에 앉은 배선희가 음료수병을 건네주며 웃었다.

"피곤하시죠?"

배선희의 웃는 모습을 본 이광의 목구멍이 좁아졌다. 유혹적인 웃음이었기 때문이다.

다음 날 오후 3시, 유성상사 주식 양도 계약 및 법인 대표 등록, 대표이사 변경 신고까지 일사불란하게 처리되었다. 서초동의 박명준 변호사 사무실에서 황학수와 이광이 마주앉아 작업을 끝낸 것이다. 오전부터 작업을 손수 지휘했던 박명준이 웃음 띤 얼굴로 황학수에게 물었다.

"45년간 키운 회사인데 감회가 새로우시겠습니다, 그렇지요?"

"아닙니다. 시원합니다."

"가업을 대를 잇게 하는 것이 참 어려운 일입니다. 간혹 창업자보다 잘난 자식이 있기는 하지만 말입니다."

"그렇죠."

박명준이 머리를 끄덕였다.

"가업을 이어받아 성공한 경우는 대개 전문 경영인에게 일임하여 조직으로 일하도록 하더군요."

"바로 그렇습니다."

황학수의 얼굴에 쓴웃음이 번졌다.

"저는 중소기업이지만 자식들에게 그렇게 가르치지 못했습니다."

"이 사장이 대를 잇는다고 생각하시지요."

"아, 그럼요."

황학수의 시선이 이광에게 옮겨졌다.

"이 사장은 내 아들 같습니다, 아니 아들 이상이지요."

"기대에 어긋나지 않도록 노력하겠습니다."

마침내 이광은 황학수를 향해 머리를 숙여 사례를 했다. 황학수가 번들거리는 눈으로 이광을 보았다.

"난 당분간 시골로 내려가서 쉬겠네. 그동안 자네가 잘해왔으니 내가 자리에 없어도 지장 없을 거야."

"보고는 받으셔야 합니다."

이광이 정색하고 머리를 저었다.

"저 혼자서는 안 됩니다."

"이 사람아, 대표 이사도 넘겨주었는데 내가 무슨 보고를 받는단 말인가?"

"아닙니다. 그건 약속과 다릅니다."

이광이 완강하게 말을 이었다. 물론 구두 약속이다. 회사 대표 이사와 주식을 이전하더라도 황학수는 회장으로 결재권을 유지한다는 조건이다. 이것을 이광이 제의했던 것이다. 황학수는 이광이 미안하니까 예의상 그렇게 말한 것으로 아는 것 같다. 그때 이광이 말을 이었다.

"저는 아직도 부족합니다. 회장님이 최소한 3년은 계셔주셔야 합니다."

"허, 3년?"

기가 막힌다는 듯이 입을 쩍 벌렸던 황학수의 시선이 박명준에게로 옮겨졌다. 이걸 어쩌면 좋겠느냐는 표정이다. 그때 박명준이 웃음 띤 얼굴로 말했다.

"회장님 주식이 아직 20퍼센트나 되지 않습니까? 그럴 자격이 충분히 계십니다. 이 사장 말씀대로 하시지요."

그러자 이광이 머리를 저었다.

"저는 본부장 그대로 있을 겁니다. 내년쯤 되고 나서 사장이 될 겁니다. 그러니까 회장님께서는 자리를 지켜주셔야 합니다."

다음 날 아침, 회사로 출근한 이광은 자신의 자리가 바뀐 것을 보았다. 중동부장 뒤쪽의 샘플실 칸막이를 떼어내고 전시물품을 다 치운 다음 본부장 자리를 만든 것이다. 그래서 사무실이 더 넓어졌고 이광의 자리는 맨 뒤쪽이다. 또 책상 오른쪽에 본부장 비서 책상 2개가 세로로 놓였다. 이번에 대리로 진급한 배선희와 국내영업본부에서 차출된 민영주의 자리다. 둘이 본부장 비서실로 발령이 난 것이다. 중동부장 진남철이 다가왔을 때 이광은 국정원 오금봉의 축하 전화를 받고 난 참이었다. 진남철이 이광에게 물었다.

"본부장님, 간부 사원들의 인사라도 받으셔야 되지 않겠습니까?"

"쓸데없는 소리 마."

일언지하에 말을 자른 이광이 진남철을 흘겨보았다.

"그냥 일이나 해."

"축하받을 건 받아야 합니다. 그래야 질서가 잡히는 법입니다."

진남철도 물러나지 않았다. 이광의 시선을 받은 진남철이 말을 이었다.

"형식 같지만 회사는 형식으로 이루어진 것입니다. 과장급까지 모이는 것이 많다고 생각하시면 부장급이라도 모으시지요. 부장급은 8명입니다."

"놔둬."

"구내식당에서 점심이라도 같이하시는 것이……."

"싫다."

"모두 기다리고 있습니다, 본부장님."

"네가 주동한 거냐?"

"예, 총무부장의 부탁을 받았습니다."

"좋아, 저녁을 먹지, 업무 끝나고."

"예, 총무부장 시켜서 식당 예약을 해놓겠습니다."

어깨를 편 진남철이 몸을 돌렸을 때 이광이 말했다.

"아니, 대리급 이상으로 해라. 식당은 큰 곳을 빌려야겠구먼. 경비는 많이 쓰면 안 돼."

"유성의 새로운 지도자를 위하여!"

진남철이 그렇게 소리쳤다. 소주를 몇 잔 마신 진남철의 얼굴도 붉다. 그러나 술기운을 빌려서 그렇게 소리친 것 같지가 않다. 눈을 크게 치켜떴고 턱을 내민 데다 어깨를 편 자세, 손에 든 소주잔을 높게 치켜들었다. 실로 당당한 모습, 진심이 충만하지 않으면 이런 모양이 안 나온다. 그때 식당 안에 둘러앉은 1백 명 가까운 남녀가 일제히 소리쳤다.

"위하여!"

한식당 '우정'의 유리창이 떠르르 울렸다. 식당을 전세 낸 터라 외부 손님이 없다. 이광이 치켜든 1백여 개의 술잔과 얼굴을 본다. 모두의 시선이 이광에게 쏠려 있다. 자리에서 일어선 이광이 들고 있던 소주잔을 한 모금에 삼켰다. 그러자 모두 술을 삼킨다. 원 샷. 술잔을 입에서 뗀 이광이 선 채로 대리급 이상 간부들을 둘러보았다. 정현애가 이광의 시선을 받더니 활짝 웃는다. 정현애는 과장이다. 서영미, 장태호, 박형우, 가까운 상석에는 진남철, 곽영훈, 총무부장 정수일까지 훑어본 이광이 심호흡을 했다. 50평쯤 되는 식당 안은 조용해졌다.

종업원들도 오락가락하지 않는다. 그때 이광이 입을 열었다.

"내가 가장 중요하게 생각하는 것은 미래입니다. 즉 여러분의 미래라고 봐도 되겠지요."

어깨를 편 이광이 말을 이었다.

"나는 여러분이 미래에 희망을 갖도록 노력하겠다고 약속드립니다. 미래의 희망이 있어야 활력이 일어나게 될 테니까요."

이광의 목소리에 열기가 띠어졌다.

"여러분도 아시다시피 유성상사는 리스타상사와 연합함으로써 세계로 뻗어 나갈 기반을 갖추게 되었습니다. 유성의 인재는 이제 리스타상사의 세계 각국의 영업장으로 진출하게 됩니다. 회사가 성장하면 여러분도 함께 성장하게 될 것입니다."

주위를 둘러본 이광이 심호흡을 했다. 모두의 눈이 번들거리고 있는 것이다. 이만하면 됐다.

4장 중국의 개혁에 동참하다

다음 날 아침, 리스타상사로 출근한 이광이 이제는 거침없이 사장실로 들어가 앉는다. 뒤를 따라 들어 온 유민우 전무와 사장 비서 안학태가 자리에 앉자 이광이 말했다.

"앞으로 유성에서 차출된 직원을 이곳에서 교육시킨 다음 외국 현장으로 보내도록 합시다. 그래서 인재를 균등하게 이용하고 능력대로 배분시키자는 겁니다."

"알겠습니다."

유민우가 메모를 하더니 이광을 보았다.

"정남희가 대기실에서 기다리고 있습니다."

유민우의 시선을 받은 이광이 물었다.

"유 전무 생각은 어때요?"

"저는 정남희를 부르신 의도를 아직 모르겠습니다, 사장님."

"도둑질을 한 건 나한테도 절반의 책임이 있기 때문이오."

"제게 절반 책임이 있지요."

유민우가 정색하고 말을 받았다.

"사장님 책임이 아닙니다."

"정남희한테 기조실 업무를 맡깁시다."

"잘 생각하셨습니다, 사장님."

유민우의 얼굴이 붉어졌다.

"저는 사장님이 대범하신 것에 번번이 감동을 받습니다."

"유 전무는 아부가 서툴러요, 말도 어색하고."

"익숙하지 않아서 그럽니다."

다시 얼굴이 붉어진 유민우가 말을 이었다.

"제가 관리를 잘하겠습니다. 이번에는 제가 틀림없이 책임을 질 것입니다."

정남희가 방으로 들어섰을 때 방에는 이광이 혼자 앉아 있었다. 문앞에 선 정남희가 머리를 숙여 인사를 했지만 입을 열지는 않았다. 시선도 마주치지 않았다. 정남희는 횡령, 사기 혐의로 고발되어 구치소에서 1주일간을 지낸 다음 풀려 나왔다. 횡령한 금액 중 3천만 원은 변상했다. 이광이 조사한 바에 의하면 정남희는 그동안 도서관에 다니면서 유학 공부를 했다는 것이다.

"거기 앉아."

이광이 앞쪽 자리를 눈으로 가리키며 말했다.

무릎을 모으고 앉은 정남희는 이광 옆쪽에 시선을 준 채 굳어져 있다. 두 손은 가지런히 무릎 위에 놓았는데 진남색 투피스 정장 차림이다. 화장기가 없는 창백한 얼굴, 그때 이광이 입을 열었다.

"넌 영리해서 짐작하고 있을 거야. 내가 부른 이유를 알지?"

정남희의 시선이 조금 더 내려갔고 이광이 말을 이었다.

"네가 그렇게 된 거, 내 잘못도 크다."

"……."

"네가 여기 온 건 다시 일하고 싶다는 것으로 짐작해. 그래, 한번 만회해 봐라."

"……."

"너도 들었겠지만 내가 유성을 인수했어. 그만큼 이곳 리스타상사의 중요성이 커졌다. 이곳이 중심이야."

이광이 정남희의 얼굴이 조금 상기되어 있는 것을 보았다. 그러나 시선은 들지 않는다. 이광의 얼굴에 쓴웃음이 떠올랐다.

"오늘 저녁에 나하고 술 한잔하자."

"너, 술 잘 마시잖아?"

술잔을 든 이광이 정남희를 보았다. 정남희는 이제 시선을 들고 얼굴도 조금 풀렸지만 아직도 몸이 굳어 있다.

"자, 들자."

이광이 한 모금에 위스키를 삼켰다. 시청 앞 소공동의 카페, 칸막이가 있는 방안에서 둘이 마주보고 앉아 있다. 오후 7시 반, 회사 끝나고 다시 이곳에서 만난 것이다. 정남희도 잠자코 술을 비우더니 이광의 잔부터 술을 채웠다. 칸막이는 윗부분만 쳐 놓아서 밖의 소음은 여과 없이 다 들린다. 그런데 오히려 소음이 방탄 막을 친 것처럼 안정감을 준다. 그때 정남희가 입을 열었다.

"잘할게요."

시선이 마주친 순간 정남희의 눈에서 주르르 눈물이 흘러내렸다. 정남희가 그 얼굴 그대로 이광을 보았다. 눈물에 젖은 두 눈이 번들거리고 있다.

"너무 내 인생이 허무했어요."

정남희의 눈에서 줄줄 눈물이 흘러내리고 있다.

"후회했어요. 시간을 되돌리고 싶었어요. 너무 경솔했고 무책임했고 미친년 같았어요."

"그만."

"용서해주세요."

"됐어. 다 잊었어."

"이렇게 기회를 주셔서 고맙습니다."

"잘해 봐라."

"잘할게요."

"넌 재능이 있어. 잘할 거야."

"다른 욕심 버릴게요."

"넌 나를 과대평가한 거야. 난 남자로서는 실패자다."

마침내 이광이 가슴속에 품은 말을 뱉어내었다. 이 말은 누구한테도 하지 않았다. 처음 뱉는다. 정남희의 라이벌이었던 윤지혜, 강인숙, 강은서는 말할 것도 없고 마르카, 린린도 마찬가지다. 그들 모두는 겉만 보았다. 정남희가 이제는 시선만 주었고 이광이 말을 이었다.

"난 삭막해. 난 여자를 보면 색욕부터 느껴지고 욕망을 채우면 잊어. 그래서 한 여자에 집착하지 않아. 그러니까 항상 갈증이 나고 가슴이 말라 있어."

정남희가 물끄러미 시선만 주었고 이광이 얼굴을 일그러뜨리며 웃었다.

"네가 윤지혜에 대한 시기, 질투심으로 그런 일을 했다는 것을 알았을 때 이해가 가지 않았던 것도 그것 때문이야."

"……."

"그리고 지금도 마찬가지다."

"저, 행복해요."

불쑥 말한 정남희의 눈에서 다시 눈물이 주르르 흘러내렸다. 그러더니 정남희가 손끝으로 눈물을 닦고 나서 환하게 웃었다. 흰 이가 드러났다.

"그런 말 들어서요."

"얘가 또 이상해졌군."

"앞으로 질대로 그렇게 이상해지지 않을 거예요, 사장님."

"그럼 됐다."

이광이 잔을 들고 한 모금에 위스키를 삼켰을 때 정남희가 불쑥 물었다.

"오늘 같이 자도 돼요?"

그때 목구멍 안까지 들어갔던 위스키가 입 밖으로 뿜어졌다. 다행히 머리를 돌려서 정남희한테는 뱉어지지 않았다. 뿜고 나서 이광이 재채기를 다섯 번이나 했을 때 정남희가 잠자코 손수건을 내밀었다. 손수건을 받은 이광이 입을 닦고 코까지 풀고 나서 정남희에게 던졌다.

다음 날 아침, 유성으로 출근한 이광이 회장실로 들어섰다. 오전 9시, 신문을 보고 있던 황학수가 이광의 인사를 받고는 이맛살부터 찌푸렸다.

"바쁠 텐데 일부러 인사 올 것 없다. 내가 보고 싶으면 부를 테니까 네 일이나 해."

"말씀드릴 것이 있습니다."

앞쪽에 앉은 이광이 정색하고 황학수를 보았다.

"회장님은 유성, 리스타상사의 회장님이십니다."

"내가 왜?"

"그래서 제가 계획을 세워 놓았습니다."

"무슨 말이냐?"

"회장님이 리스타 해외 영업장과 건설 예정 중인 매장을 시찰하시는 것입니다. 제가 회장님을 수행할 계획입니다."

이광이 황학수 앞에 서류를 내밀었다. 해외 시찰 계획이다. 쿠웨이트, 두바이, 사우디, 그리고 오는 길에 홍콩을 거쳐 푸저우 공장도 둘러볼 계획안이다. 이광이 말을 이었다.

"그리고 유성상사와 리스타상사가 합작한 이상 상호도 통일시켜야 할 것 같습니다. 그래서 '유스타상사'라고 고치려는데 회장님 생각은 어떠신지요?"

"유스타?"

황학수의 목소리가 떨렸다. '유성상사'가 바로 '유스타'인 것이다. '성'이 별 성(星) 자이기 때문이다. 결국 '리스타'는 '유성상사'로 흡수되는 것이나 마찬가지다. 그때 황학수가 길게 숨을 뱉었다.

"넌 나보다 낫다."

이광에게 리스타나 유스타는 큰 의미가 없다. 리스타는 이광의 성을 땄지만 유스타라고 해서 회사 주인이 바뀌는 것도 아니다. 그러나 그것이 황학수를 감동시켰다. 회장실에서 나온 이광이 중동부장 진남철을 불렀다.

"출장 준비되었어?"

"예, 내일 출발할 수 있습니다."

진남철은 쿠웨이트를 거쳐 두바이까지 다녀올 예정이다. 두바이 매장과 신시가지 투자 관계를 체크하려는 것이다. 진남철이 말을 이었다.

"인원이 저까지 다섯입니다, 본부장님."

머리를 끄덕인 이광이 진남철이 내민 결재 서류에 사인을 했다. 진남철은 매장 건설과 신시가지 투자 계획 전문가 넷을 인솔하고 떠나는 것이다. 물론 전문 회사에서 파견된 인원들이다. 넷은 당분간 두바이의 사무실에서 윤지혜를 모시고 일하게 될 것이다.

"지난번 쿠웨이트 리스타에서 사건이 생겼어, 알고 있지?"

이광이 묻자 진남철이 조심스럽게 대답했다.

"예, 우샴이 지배인이 되었기에 이상해서 윤지혜 씨한테 물어보았습니다."

"쿠웨이트 리스타상사가 영업의 핵심인데 아직 주먹구구식 체제로 운영되고 있어. 네가 쿠웨이트 조직의 재정비 계획을 세워봐."

"예, 본부장님."

"출장 경비는 유 전무한테 말해 놓았으니까 오늘 오후에 가서 받아."

"예, 본부장님."

머리를 숙여 보인 진남철이 몸을 돌렸을 때 이광이 손짓으로 배선희를 불렀다. 배선희가 다가오자 이광이 자리에서 일어서며 말했다.

"나, 손님 만나고 올 테니까 급한 일 있으면 리스타로 연락해."

아직 리스타다. 내년에 정식 사장 취임을 할 때 변경시킬 것이었다.

사당동 사거리 근처의 일식당 방안, 오후 12시 40분. 방안에 셋이 앉아 있다.

자세히 말하면 둘은 마주보고 앉았지만 하나는 잠시도 가만있지 않고 이쪽저쪽으로 돌아다닌다. 강은서의 두 살짜리 아들이다. 식탁 위에는 회가 먹음직스럽게 놓였지만 몇 점밖에 축나지 않았다. 이광이 아예 젓가락을 내려놓고 강은서를 보았다.

"앞으로 뭐 할래?"

"아직 생각 없어."

강은서가 돌아다니는 아이의 손을 잡아 옆에 앉히면서 말했다.

"애도 봐야 하고."

"아이는 어머니한테 맡기면 되지."

며칠 전에 강은서의 어머니가 다녀간 것이다. 머리를 든 강은서가 이맛살을 찌푸렸다.

"그걸 어떻게 알아?"

"오빠한테 들었어."

트리톤의 전무 강기창이다. 이광은 강기창한테도 들었지만 안기부 오금봉한테서 더 자세히 들었다. 강은서는 오금봉이 제의한 직업을 모두 사양한 것이다. 당분간 쉬겠다면서 집에서 애하고만 논다고 했다. 이광이 아이한테서 시선을 떼고 다시 물었다.

"아이 아빠 생각 나냐?"

"내가 미쳤어?"

"착한 남자라면서?"

"다 그놈이 그놈이지."

"나까지 포함해서?"

"누가 오빠가 그렇대?"

"내가 오늘 네 집에 갈까?"

"왜?"

"애 재우고 너하고 자려고."

"자다니?"

"섹스."

"똑같군. 하나도 안 변했어."

"맞아."

이광이 머리를 끄덕였다.

"난 안 변했다."

"난 변했어. 예전의 내가 아냐."

"그건 해봐야지."

"뭘?"

했다가 강은서가 앞에 놓인 젓가락을 던졌다. 젓가락이 이광의 가슴에 맞고 떨어졌다. 그것을 본 아이가 깔깔 웃었다.

"저질."

"김일성대 나온 놈하고 비교한 거냐?"

"시끄러. 나, 갈래."

"내가 저녁에 네 집에 들를게."

"미쳤어? 집도 모르면서?"

"오후 3시쯤 네 집에 TV 큰 놈 하나가 갈 거다. 내가 미제 하나를 샀어."

이광이 말을 이었다.

"그냥 받기만 해. 오늘 밤에 너하고 TV나 보면서 옛날이야기 하자."

오후 8시 반, 이광과 강은서가 응접실의 소파에 나란히 앉아 TV를 보고 있다. 시중에서 보기 드문 칼라 TV, 그것도 미국산 TV다. 이광이 수입품 전시장에서 거금을 주고 산 것이다. 칼라 TV 가격이 시골의 집 한 채 가격이라고 소문이 난 적도 있다. 물론 칼라 TV 가격을 모르는 사람들이 무조건 비싸다는 생각에 지어낸 말이다. 아이는 TV에 넋을 잃고 보다가 잠이 들었다. 둘은 뉴스를 보고 있었지만 음량을 줄여서 숨소리도 들린다. 이광은 6시 반에 강은서의 28평형 아파트에 찾아와 저녁밥까지 얻어먹고 뭉그적거리는 중이다. 갈아입을 옷이 없었기 때문에 바지만 입고 상의는 셔츠 차림이다. 양말은 벗어서 맨발이다.

"돈 많이 벌었어?"

불쑥 강은서가 물었기 때문에 이광이 TV에서 시선을 떼었다. 강은서가 차분한 얼굴로 이광을 쳐다보고 있다. 강은서는 소매 없는 원피스 차림이다. 날씬한 팔과 무릎 밑의 맨다리가 드러났다. 이광이 머리를 끄덕였다.

"번 돈은 끊임없이 투자하고 있어."

"돈 벌어서 뭐 할 거야?"

"잘 써야지."

이광이 팔을 뻗어 강은서의 어깨를 끌어안았다. 강은서가 몸을 비틀더니 떨어져 앉는다. 입맛을 다신 이광이 말을 이었다.

"잘 쓰는 것이 중요해."

"어떻게?"

"국가와 국민을 위해서."

그때 강은서가 눈을 가늘게 떴다.

"정말이야?"

"뭐가?"

"지금 한 말."

"내가 왜 거짓말을 하겠니?"

"언제부터 그런 생각 했는데?"

"좀 됐어."

그것이 이라크 오더를 시작하면서부터라는 말을 할 필요는 없다. 그때 이광이 엉덩이를 움직여 강은서의 옆에 다시 붙었다. 다시 팔을 뻗어 강은서의 어깨를 안았지만 이번에는 어깨만 비틀 뿐 피하지 않는다. 이광이 다른 손을 뻗어 강은서의 턱을 치켜들었다. 그러고는 입을 붙였다. 강은서의 굳게 닫혔던 입이 열린 것은 잠시 후다. 강은서가 더운 숨을 뱉으면서 말했다.

"방으로 가."

다음 날 아침, 눈을 뜬 이광이 먼저 팔을 뻗어 강은서를 허리를 당겨 안았다. 강은서는 알몸이다. 창밖은 아직 어둡다. 벽시계의 야광침이 4시 반을 가리키고 있다. 이광의 가슴에 볼을 붙인 강은서가 더운 숨을 뱉으며 물었다.

"왜 이렇게 일찍 일어나?"

"너하고 같이 있는 것이 꿈같아서."

"그동안 많이 늘었어."

"넌 그대로야."

"뭐가?"

"네 섹스가."

"또."

강은서가 몸을 떼려는 시늉을 해서 이광이 허리를 당겨 안았다. 강은서도 다리로 이광의 하반신을 감아 안는다. 이광이 강은서의 목에 입을 맞췄다. 집 안은 조용하다. 아이는 깊게 잠이 들었다. 이광이 입을 열었다.

"내가 도와줄 테니까 네가 하고 싶은 일을 해."

이광이 강은서의 부드럽고 탄력이 강한 엉덩이를 움켜쥐었다.

"오 국장 이야기를 들었더니 넌 교직자가 되려고 했었다면서?"

"오 국장 만났어?"

"나하고 친해."

"그렇구나."

"그러니까 학원을 하나 만드는 것이 어때? 내가 자금은 댈 테니까. 오 국장도 도와주겠지."

"생각해보고."

그때 이광이 강은서의 몸 위로 오르면서 말했다

"그럼 앞으로 30분 동안만 생각해봐."

회사로 출근한 이광에게 배선희가 다가와 보고했다.

"어제 퇴근하시고 나서 전화 온 곳이 있었습니다."

배선희가 메모지를 이광 앞에 놓았다.

"홍콩에서 린린이라는 여자분이 전화했습니다. 출근하시면 전화 부탁한다고 하셨습니다."

머리를 끄덕인 이광이 메모지에 적힌 전번을 보았다. 홍콩의 호텔이다. 린린이 무슨 일인가? 돌아선 배선희의 등을 보면서 이광의 머리가 기울어졌다. 급한 일인 것 같다. 심호흡을 한 이광이 전화기를 들었다.

홍콩과의 시차는 1시간이다.

"린린, 무슨 일이야?"

린린의 목소리를 들은 이광이 대뜸 물었다. 지금 이광은 탁 트인 본부장 자리를 떠나 회의실에 혼자 앉아 있다. 그때 린린이 대답했다.

"리, 변혁이 일어났어요."

"응? 변혁?"

못 알아들은 이광이 전화기를 귀에 바짝 붙였다. 그러나 뭔가 일어난 것은 분명하다. 소리쳐 물었다.

"린린, 무슨 일이야?"

"우창이 체포되었어요."

그 순간 숨을 들이켠 이광의 말문이 막혔다. 푸저우의 동남협영공장 총경리 우창이 체포되었다는 것이다. 우창이 누구인가? 지금 또다시 아프리카 쓰레기 수입상 구위마의 4백만 불 오더를 받아 열심히 한쪽 소매가 없는 옷을 만들고 있는 중이다. 이번 오더가 선적되면 우창은 40만 불을 챙기게 될 것이다. 이광이 겨우 물었다.

"어떻게 된 거야?"

"부패한 관리로 고발당했습니다. 그 증거도 확실했기 때문에 곧 처벌을 받게 될 것입니다."

"……."

"그리고 푸저우 부시장 왕군도 우창과 결탁한 혐의로 같이 체포되었어요."

"으음."

이광이 저도 모르게 신음했다. 자신도 연루되었기 때문이다. 우창에게 돈을 준 것은 죄질이 더 나쁘다. 부패의 원흉이라고 해도 할 말이 없는 것이다. 정신을 차린 이광이 헛기침을 했다.

"린린, 그 사실을 알려주려고 홍콩에 와서 전화한 거야?"

"네, 미스터 리."

"고맙군."

"그런데요, 미스터 리."

"왜?"

물었던 이광의 가슴이 철렁 내려앉았다. 린린이 홍콩으로 도망쳐 나왔을지도 모른다는 생각이 든 것이다.

"린린, 넌 괜찮아?"

"네, 난 괜찮아요."

"나하고 친하다고 누가 고발하지 않았을까?"

"그건 다 알아요."

"다 알아?"

입안이 바짝 마른 느낌이 든 이광이 심호흡을 했다.

"하긴 그럴 만도 하지."

이제 푸저우 공장에서 작업 중인 4백만 불 오더는 끝났다. 오더 선금으로 120만 불을 송금시켰으니 그 돈은 날린 것으로 쳐야 될 것이다. 그 4백만 불짜리 쓰레기를 받으면 구위마한테서 8백만 불을 받기로 했던 것이다. 이광의 머릿속 계산기가 빠른 속도로 두들겨졌다. 좋다. 120만 불 날린 셈으로 치고 중국 공장은 끝내기로 하자. 그리고 린린은 홍콩으로 도망쳐 나온 것 같으니 살길을 만들어 주면 되겠지. '홍콩연락사무소'를 차릴까? 여기까지 이광의 머릿속에서 빛의 속도로 생각이 이어졌다. 그때 린린이 말했다.

"리, 푸저우에 저하고 같이 가요."

"뭐?"

이광이 외침처럼 물었다. 눈이 저절로 부릅떠졌고 어깨가 올라갔다. 나를 자수시키려고? 그래서 전화한 거냐? 이런 개떡 같은. 그때 린린이 말을 이었다.

"푸저우에 개혁 간부들이 취임했어요. 시장, 부시장이 모두 개혁 동지들이고 동남협영공장 총경리도 순수하고 열정이 있는 사람입니다."

이광이 눈썹만 찌푸렸고 린린의 목소리에 열기가 띠어졌다.

"그들이 모두 당신을 만나고 싶어 해요. 당신이 공장을 자본주의 경쟁 체제로 이끌어 주기를 바라고 있어요."

"……."

"그때 내가 말한 그 기회가 우리한테 온 거예요, 리. 그것도 빨리요."

"……."

"당신이 한국에서의 10분의 1 임금으로 생산량도 더 올릴 수 있을 거예요. 당신한테 모든 권한을 드릴 테니까요."

"잠깐만."

린린의 말을 막은 이광이 긴 숨부터 뱉고 나서 물었다.

"나, 잡아가지 않겠다는 거야?"

"누가요?"

린린의 목소리에 웃음기가 띠어졌다.

"당신이 우리한테는 보물인데 누가 잡아가요? 우리를 이끌어줄 사람인데."

"나 잡으려고 함정 파는 거 아니지?"

"아이고, 참."

그 순간 이광의 머릿속 계산기가 다시 빛의 속도로 두들겨졌다. 중국 대륙에 황금이 덮여 있는 장면도 떠올랐다.

"중국이 변하고 있습니다."

정색한 오금봉이 이광을 보았다. 오후 2시, 이광이 소공동 안가에서 오금봉과 담당 과장 하동일을 만나고 있다. 린린한테서 들은 이야기를 모두 해준 것이다. 오금봉이 말을 이었다.

"이런 시기에 이 사장님이 아주 중요한 역할을 맡게 되신 것 같습니다."

이광이 머리만 끄덕였다. 안기부 입장에서는 이광만 한 중국통이 없는 것이다. 중국 정부는 이광을 보물처럼 여긴다고 했다지 않은가? 지금 푸저우시에서는 이광을 학수고대하고 있다는 것이다. 이광을 이용해서 중국과의 관계 개선은 물론 죽(竹)의 장막 안 정보를 송두리째 빼낼 수가 있다. 심호흡을 한 오금봉이 말을 이었다.

"지금 이 사장님만큼 중국 측의 신임을 받고 있는 외국 인사가 없습니다. 우리가 적극 지원해 드릴 테니까 중국에 들어가 보시지요."

바로 이것이다. 오금봉과는 여러 번 얽혔고 그것이 서로에게 도움을 주고받게 되었다. 강은서 관계에서부터 강인숙, 그리고 이제는 중국이다. 중국에는 린린이 매개체가 되었는가? 쓴웃음을 지은 이광이 오금봉을 보았다.

"아무래도 안기부에서는 나한테 명예 간부직이라도 줘야 하는 것 아닙니까? 계속 인연이 얽히네요."

"우리가 세계로 뻗어 나가는 초창기라 그렇습니다. 이 사장님이 그 첨병 역할을 하시는 터라 우리하고 자꾸 얽히게 되는 것이지요."

오금봉의 얼굴에도 웃음이 떠올랐다.

"후발 주자들은 이 사장님이 닦아 놓으신 길을 걷게 되겠지요."

"그럼 내일 출발해야겠습니다."

마침내 이광이 결심하고 말했다.

"결국 중국에 공장을 세워야 될 것 같네요. 도와주셔야겠습니다."

"당연히 그래야지요."

오금봉이 활짝 웃는 얼굴로 손을 내밀었다.

"저도 지금 보고하러 가야겠습니다."

"내일 오후에 홍콩으로 갈 거다."

회사로 돌아온 이광이 배선희에게 말했다.

"홍콩에서 푸저우로 들어갈 거야."

"혼자 가세요?"

메모지를 든 배선희가 묻자 이광이 머리를 저었다.

"그러고 싶지만 이제는 안 되겠어. 리스타 직원들을 데려간다."

메모지에서 시선을 뗀 배선희가 낮게 물었다.

"저는 언제 데려가세요?"

이광이 숨을 들이켰다. 배선희의 시선에서 교태를 느꼈기 때문이다. 스물다섯, 미주부 퀸, 리스타에 합격해서 과장으로 가게 되었다가 유성과 리스타가 합병하는 바람에 유성 대리로 진급, 이광의 비서가 되었다. 당돌하고 영리한 미인.

"다음에."

시선을 내린 이광의 얼굴에 쓴웃음이 떠올랐다. 배선희는 자신과 윤지혜와의 관계도 알 것 같다는 생각이 들었기 때문이다. 권력과 돈 앞에는 여자가 꼬인다. 이광은 요즘 실감하고 있다. 지금 배선희는 어떤 것에 끌렸을까? 이광 본인 자체는 분명히 아닐 것이다. 유성 신입 때 정현애한테서 무시당했던 때를 생각하면 답이 나온다.

다음 날 오후 3시 반. 이광이 홍콩행 캐세이퍼시픽 비즈니스석에 앉아 있다. 비행기는 지금 서해 상공을 나는 중이다. 이광이 머리를 돌려 옆에 앉은 정남희를 보았다. 앞쪽을 보던 정남희가 시선이 닿자마자 시선을 마주친다. 이쪽을 의식하고 있었기 때문이다.

"푸저우 공장을 늘려도 돼. 지금 근로자가 3천 명이라고 했는데 중동 오더는 얼마든지 있으니까."

"예, 사장님."

"자본주의 경쟁 체제로 변화시키는 데 시간이 좀 걸릴 거야."

"예상하고 있습니다."

"실제로 겪어보면 더해."

이광이 정색하고 정남희를 보았다. 정남희가 푸저우 공장의 현대화, 즉 생산 체제 전환 및 운영을 책임지게 된 것이다. 어제 이광의 말을 들은 정남희는 눈물까지 글썽였다. 지금 비행기 안에는 정남희와 과장급 남자 직원 둘이 더 탑승하고 있다. 정남희가 팀장이 되어서 푸저우 합작 공장 체제를 만들려는 것이다.

"중국 정부에서 적극적으로 도와준다고 했으니까 받아낼 건 다 받아내."

이광이 다시 한 번 당부했다.

"그리고 한국 정부도 도와줄 테니까."

"네, 사장님."

정남희도 내막을 아는 터라 대답이 확실하다.

홍콩공항으로 마중 나온 린린은 두 사내와 함께 이광에게 다가왔다.

"이쪽은 푸저우시 경제국장 주엽 씨."

린린이 40대 사내를 소개하더니 옆에 선 사내를 손으로 가리켰다.

"이분은 푸저우시 당에서 이 사장님을 수행하도록 배치한 김달삼 동무입니다."

둘과 인사를 나눈 이광이 정남희와 두 과장을 소개했다. 린린이 정남희와 악수를 하면서 웃었다.

"한국 미인을 만나는군요."

지금 린린은 유창한 영어를 쓴다.

"아유, 저는 중국 미인을 봅니다."

정남희 또한 보통내기가 아니다. 영어로 맞받아치더니 힐끗 이광을 보았다. 김 동무란 사내는 조선족이었다. 말쑥한 양복 차림에 싹싹해서 정남희와 수행원인 두 과장한테까지 말을 붙이면서 심부름을 다 했다. 푸저우시 당국은 홍콩까지 고급간부인 경제국장을 보내 이광을 맞은 것이다. 환승 게이트에서 한 시간 반을 기다린 후에 그들은 오후 6시경에 푸저우에 도착했다. 푸저우공항에 도착한 그들은 일사천리로 건물을 빠져나와 호텔에 투숙했다.

"굉장하네요."

린린이 잠깐 자리를 비웠을 때 호텔 로비에 선 정남희가 놀란 얼굴로 이광에게 말했다.

"저, 이렇게 융숭한 대접은 처음 받아요. 사장님 덕분이겠죠?"

"아니, 대한민국 덕분이다."

이광이 정색하고 말했다.

"나라가 있어야 우리도 있는 거다."

오후 8시 반, 호텔 중식당에서 푸저우 시장과 당비서, 부시장, 공안부장까지 모인 환영식이 열렸다. 푸저우의 최고 간부 인사들이 모두 출동한 것이다. 시장 장윤은 40대 중반으로 유창한 영어를 구사했는데 영국에서 박사 학위를 받았다고 했다. 당비서와 부시장도 모두 새 얼굴이다. 이번에는 식사와 함께 술도 권하지 않았다. 전에는 50도짜리 백주를 술잔에 붓고 10번쯤은 건배를 해야 넘어갔던 것이다. 식사가 끝났을 때 장윤이 정색하고 이광에게 말했다.

"이곳에 투자만 해주신다면 가능한 모든 편의를 제공해 드리지요. 현재 가동 중인 동남협영공장도 리스타상사에 맡기겠습니다."

옆에 앉은 정남희가 숨을 들이켰다. 거대한 공장을 통째로 준다는 것이다. 그러나 오더를 내놓아야 할 것이고 임직원에게 보수를 줘야만 한다. 그때 이광이 입을 열었다.

"그래서 저희들이 왔습니다. 내일부터 함께 상의하지요."

식사가 끝나고 이광의 호텔 방안에 넷이 모였다. 이광과 정남희, 김선호, 양문철이다. 오후 10시 반. 김선호, 양문철은 아직 흥분이 가시지 않은 얼굴이다. 그들로서는 이런 귀빈 대우가 처음인 것이다. 정남희도 마찬가지였지만 애써 자제하고 있다. 이광이 소파에 둘러앉은 셋을 차례로 보았다.

"너희들은 대한민국을 대표하고 있는 거야. 명심하도록 해."

이광이 말을 이었다.

"먼저 공장 상황을 철저히 분석하고 대비책을 세워야 돼. 계획을 세워서 생산량, 업무 상황, 업무 개선책을 세워 보도록 해."

푸저우 당국에서 별 특전을 다 준다고 해도 생산 능률이 오르지 않으면 도로아미타불인 것이다. 이광의 시선이 정남희에게 옮겨졌다.

"정 부장이 수시로 푸저우에 들러야 될 거야. 내가 김달삼 씨한테 이야기해서 이곳에 사무실 하나를 얻도록 할 테니까."

"알겠습니다."

정남희의 목소리에 생기가 띠어졌다. 지금 윤지혜는 두바이에서 매장과 신시가지 건설에 참여하고 있는 것이다. 이제 자신은 거대한 대륙 중국에서 새 사업을 시작한 셈이다. 정남희의 시선을 받은 이광이 심호흡을 했다. 경쟁은 인간을 발전시키는 촉매제 역할을 한다. 유능한 경영자는 선의의 경쟁을 유발시켜 그 성과를 공유하게 만드는 것이다. 이것은 이광이 스스로 터득한 지도자의 비결이다.

다음 날 오전 이광은 푸저우 공장 운영에 대한 협의를 정남희와 김선호, 양문철에게 맡기고 다시 홍콩행 비행기에 올랐다. 이번에는 두바이로 날아가 신시가지와 매장 건물을 체크해야만 한다. 이광이 홍콩에 도착했을 때는 오후 1시, 입국장 앞에 서 있던 린린이 웃음 띤 얼굴로 맞는다. 린린은 먼저 와서 기다리고 있었던 것이다.

"정 부장이 미인이더군요."

공항에서 택시를 탔을 때 운전사에게 행선지를 알려준 린린이 말했다.

"당신 주위에는 미인이 많아요."

"맞아."

이광이 손을 뻗어 린린의 손을 쥐었다. 린린은 바로 이광의 손을 깍지 끼었다.

"당국은 내가 당신을 만나고 있다는 것을 알 거예요."

"그래서 다른 호텔로 가는 거야?"

린린이 이광이 예약한 호텔로 가지 않고 운전사에게 다른 호텔을 말해준 것이다. 이광의 시선을 받은 린린이 눈웃음을 쳤다.

"우리가 같이 있다는 것을 짐작하겠지만 현장을 들키고 싶지는 않아요."

"무슨 현장?"

그때 린린이 잡고 있던 이광의 손가락 하나를 비틀었다. 눈을 흘긴 린린을 본 순간 이광은 숨을 들이켰다. 욕정이 솟아올랐기 때문이다. 얼굴이 뜨거워지면서 하반신이 불끈거렸다. 그것을 느꼈는지 린린이 어깨를 붙여왔다.

린린의 몸은 뜨겁다. 뜨거운 뱀이다. 감겼다가 풀리면서 뜨거운 뱀이 노래를 부른다. 뜻도 없는 노래에 맞춰 이광이 격렬하게 춤을 춘다. 침대 옆 탁자에 놓인 시계가 오후 3시 반을 가리키고 있다. 아직 한낮이다. 환한 방안에서 두 알몸이 꿈틀거리고 있다.

방안에서 룸서비스로 저녁을 시켜먹으면서 린린이 말했다.

"리, 당신과 난 이제 공동운명체가 되었어요. 무슨 말인지 알죠?"

"알지."

스테이크를 삼킨 이광이 쓴웃음을 지었다.

"중국 사업이 잘되면 네가 인정을 받는다는 말이겠지."

"실패하면 같이 망하는 거죠."

"노골적인 미인계군."

"같이 전력투구를 해야 돼요."

린린은 가운 차림이다. 가운 밑에는 아무것도 걸치지 않았다. 조금 벌어진 가운 깃 사이로 젖가슴이 드러났다. 그야말로 흰 대리석 같은 피부, 저 대리석이 뜨겁게 달구어진 채 꿈틀거리는 것이다. 시선을 내린 이광이 다시 포크를 쥐었다. 같이 전력투구를 해야 된다지만 뛰는 방향이 같아야 한다. 그때 린린이 말했다.

"리, 시장님은 당신이 얼마나 투자할 것인가를 알고 싶어 해요."

바로 이것을 알려고 린린이 홍콩에서 기다리고 있었던 것이다. 린린의 시선을 받은 이광이 입을 열었다.

"검토를 해야겠지만 아프리카 지역 오더는 모두 푸저우 공장으로 옮길 예정이야."

"그럼 물량이 얼마나 되죠?"

"지금까지 푸저우의 동남협영공장은 연간 내 오더를 6백만 불 정도 소진시켰지."

"그래요."

"3천 명 규모의 공장은 연간 3천만 불 이상을 생산해야 돼. 고가품이라면 5천만 불 정도."

"……."

"푸저우 당국이 고용 인원을 더 늘리기를 바라지만 일단 노동자의 생산성을 향상시켜야 수지가 맞아."

이광의 얼굴에 웃음이 떠올랐다.

"아마 시장은 이해할 거야. 3천 명을 고용해서 6백만 불을 수출하는 것이 장래에 이득인가 아니면 3천만 불, 5천만 불을 하는 것이 나은가?"

"그렇군요."

린린이 머리를 끄덕였다. 두 눈이 반짝거리고 있다.

"푸저우, 아니 중국의 미래를 위해서는 3천 명으로 3천만 불을 생산하는 체제를 만드는 것이 먼저이겠군요."

이 말이 그대로 시장에게 전달될 것이다.

이광이 쿠웨이트에 도착했을 때는 그 다음 날 오전, 그때까지 쿠웨이트 리스타에 머물고 있던 진남철이 공항에서 이광을 맞았다.

"조직을 현지 상황에 맞도록 탄력적으로 개편해야 돼."

차에 탄 이광이 말하자 진남철이 머리를 끄덕였다.

"그렇습니다. 떠나시기 전에 조직 개편안을 올리겠습니다. 지금까지는 업무 파악을 했으니까요."

이광이 진남철에게 푸저우 공장 이야기를 해주었다. 푸저우 공장 개편에도 진남철의 도움이 필요한 것이다. 그때 진남철이 말했다.

"하사드가 경리업무에 아주 유능합니다. 대학물을 먹어서 그런지 뛰어납니다."

아아, 마르카. 이광의 눈앞에 마르카가 떠올랐다. 과연 하사드의 자금 운용 업무는 뛰어났다. 쿠웨이트 리스타상사는 이광의 사업체 중 자금 유통이 가장 많은 업체다. 1년에 약 2억 5천만 불의 자금이 회전되는 것이다. 하사드는 입출금 내역을 분명하고 쉽게 구분했을 뿐만 아니라 이익금을 적절하게 운용, 주식 등에 투자해서 작년에 2천만 불 가까운 투자 수익을 올린 것이다. 영업장 매출액의 10퍼센트 가까운 순수익을 올렸으니 '촌놈' 진남철의 눈이 휘둥그레질 만했다. 그때까지도 한국은 주식 투자 개념이 없었기 때문이다. 진남철이 말을 이었다.

"사장님이 지시를 하셨다면서요? 저는 그런 업무가 있는 줄도 몰랐습니다."

"쿠웨이트는 주식, 채권, 투자의 선진국이야. 하사드가 재빠르게 투자 기술을 습득한 것이지."

이광이 웃음 띤 얼굴로 말했다.

"유능한 시원은 스스로 제 일을 만들어 나가는 법이다."

"명심하겠습니다."

정색한 진남철이 이광을 보았다.

"하사드를 모범으로 삼겠습니다."

사무실로 들어온 이광이 직원들의 인사를 받고 나서 하사드를 따로 불렀다. 사장실 안에서 둘이 마주보고 앉았을 때 이광이 말했다.

"네가 올린 실적이 가장 뛰어나, 하사드. 넌 주식 투자 전문가가 되었구나."

"지금도 공부하고 있습니다."

정색한 하사드의 검은 눈동자가 반짝였다.

"주식 투자가 흥미도 있고 제 적성에도 맞는 것 같습니다, 사장님."

"그럼 네가 투자팀을 구성해봐. 다른 곳에서 경력자나 전문가를 영입해도 된다."

이광이 말하자 하사드가 숨을 죽였다. 커피잔을 든 이광이 말을 이었다.

"4층에 투자부를 만들어 줄 테니까 팀원을 5명쯤 채용해라. 넌 리스타의 '투자부장'이다."

"제가 말씀입니까?"

하사드가 되묻더니 어깨를 부풀렸다.

"감사합니다, 사장님."

"당분간 리스타 경리부장도 겸직하는 거야."

"예, 사장님."

"투자부가 기반을 굳히면 '리스타투자' 사장을 맡겨주마."

숨만 들이켠 하사드에게 이광이 가슴 주머니에서 봉투를 꺼내 내밀었다.

"받아라."

엉겁결에 봉투를 받은 하사드가 안에 든 내용물을 꺼내보더니 입을 딱 벌렸다. 1백만 불짜리 수표가 들어있었기 때문이다.

"네가 작년에 혼자 올린 실적의 5퍼센트야."

"사장님!"

"그 돈을 네 부모님을 모셔오는 데 쓰든지 네 마음대로 써. 모시고 나오겠다면 내가 도와주마."

"사장님!"

하사드의 눈에 금방 물기가 가득 고였다. 하사드의 부모는 아직 바그다드에 남아 있는 것이다. 하사드가 어깨를 부풀리면서 말했다.

"부모님을 모셔오고 싶습니다. 도와주십시오."

"내가 다음 주에 들어가서 직접 모시고 나오마."

"제 삼촌 가족도 부탁합니다."

하사드가 열심히 말했다.

"모두 14명입니다, 사장님."

"비행기를 전세로 빌려야 되겠구나."

"이 돈을 드리겠습니다."

하사드가 봉투를 도로 내밀자 이광이 이를 드러내고 웃었다.

"아마 경비로 1백만 불쯤 들 것 같다."

이광이 봉투를 받더니 다시 하사드 앞에 놓았다.

"네가 작년에 올린 실적의 10퍼센트를 보너스로 준 셈 칠 테니까 그건 넣어둬."

쿠웨이트에서 하룻밤을 자고 다시 암만으로 갔다. 암만의 리스타상사는 의류와 잡화류 비중은 미미했고 무기 수출 중계상 역할이다. 작년에 올린 실적이 12억 불, 모두 4번에 걸쳐 중계했는데 정작 리스타상사 암만 지점에는 무기 카탈로그도 없다. 서류도 비치되지 않아서 오직 무기상과 이라크 군부 사이에 리스타상사 이름만 적혀 있을 뿐이다.

"부사장이 일주일쯤 전에 오셨다가 가셨습니다."

암만 지점의 부장 타미란이 공항에서 시내로 오는 중에 보고했다. 타미란은 팔레스타인 출생의 요르단인으로 요르단군 소령 출신이다. 타미란이 말을 이었다.

"사장님께서 오시면 드리라고 상자 하나를 놓고 가셨습니다."

"상자를?"

이광이 눈썹을 모으고는 타미란을 보았다. 리무진은 시내를 향해 질주하고 있다.

"안에 폭탄이 들어 있는 거 아냐?"

"아닙니다."

타미란이 정색하고 말했다. 40대 초반의 타미란은 웃는 얼굴을 보인 적이 없다. 카심 대장의 추천으로 타미란을 채용했는데 말수가 적고 무뚝뚝했지만 성실했다. 한 번도 시간 약속을 어긴 적이 없다. 타미란이 어렵게 두꺼운 입술을 열었다.

"안에 보석이 가득 들어 있었습니다."

리무진 안에 잠시 엔진음만 울렸다. 타미란은 운전석 옆자리에 앉아 있었기 때문에 상반신이 옆으로 비틀려 있다. 타미란이 말을 이었다.

"선물 받은 것이니까 잘 보관하라고 했습니다."

후세인이 선물한 것이다. 상자 안을 열어본 이광이 숨을 들이켰다. 옆에 선 타미란도 몸을 굳히고 있다. 사무실로 들어온 이광이 상자부터 확인한 것이다. 상자 안에는 수백 개의 보석이 들어 있었는데 일일이 종이 꼬리표가 붙어 있고 순서대로 잘 정리되었다. 다이아, 에메랄드, 사파이어, 금으로 된 장신구는 말할 것도 없고 금 손잡이의 작은 단검, 다이아가 박힌 귀걸이, 팔찌 등 눈이 부실 정도였다.

"여기 리스트가 있습니다."

타미란이 봉투를 건네주었으므로 이광이 받고 안에 든 서류를 펼쳐 보았다. 리스트와 강인숙의 편지가 들어 있다. 리스트에는 423종의 보석, 패물이 번호대로 적혀 있고 상자 안에 들어 있는 개수와 맞았다. 이광이 곧 한글로 쓴 강인숙의 편지를 읽었다.

"타미란은 카심 대장이 추천했지만 후세인 대통령의 정보원이야. 그래서 믿을 만해. 이 보석은 대통령이 나한테 선물한 거야. 자기가 보석 상자를 암만의 이라크 대사관 바라크 대령한테 건네주고 한국 이라크 대사관으로 외교행낭을 통해 보내라고 해줘."

편지가 이어졌다.

"내가 바라크 대령한테 이야기해놓았어. 그리고 자기가 한국에 돌아가서 한국 이라크 대사관의 참사관 오마르한테 연락을 해. 그럼 상자를 건네줄 테니까."

편지에서 시선을 뗀 이광의 얼굴에 쓴웃음이 번졌다. 강인숙의 막강한 영향력이 느껴졌기 때문이다.

다시 포장된 커다란 보석 상자를 받은 암만 주재 이라크 대사관의 바라크 대령은 내용물을 확인도 하지 않고 말했다.

"일주일 후에 서울에서 찾으실 수 있을 것입니다. 오마르 참사관한테 연락하시면 됩니다."

"예, 이야기 들었습니다."

이라크 대사관의 귀빈실 안이다. 대사관의 바라크 대령에게 연락했더니 대번에 시간 약속이 되었고 한 시간 만에 마주보고 앉은 것이다. 비대한 체격의 바라크가 흐린 눈으로 이광을 보았다.

"강 부사장께 바라크가 최선을 다하겠다고 전해 주시지요."

"예, 그러지요."

여기서 또 강인숙의 힘을 확인했다. 보내면 되는 거지, 최선은 무슨.

요르단 암만에서 두바이로 날아간 것은 그 다음 날 오후다. 요르단에서 일박만 하고 떠난 것이다. 두바이 공항에는 윤지혜가 마중 나와 있었는데 선글라스를 끼었고 야구 모자를 썼다. 긴소매 작업복 상의에 바지를 입었는데 운동화까지 신어서 남자 같았다. 그 모습을 본 이광의 얼굴에 웃음이 떠올랐다.

"멋있구나."

"이게 편해요."

이광의 서류 가방을 받아들면서 윤지혜가 흰 이를 드러내며 웃었다. 윤지혜는 인도인 조수를 데려와서 짐 가방을 맡겼다. 공항 밖에 대기시킨 리무진의 뒷자리에 나란히 앉았을 때 윤지혜가 선글라스를 벗더니 곧 모자까지 벗었다. 그러고는 이광을 향해 다시 웃었다.

"저, 키스해주세요."

"뭐야?"

놀란 이광이 숨을 들이켰다. 리무진은 운전석과 칸막이가 되어 있다. 문을 닫으면 침실이 된다. 이광의 시선을 받은 윤지혜가 바짝 붙더니 허리를 감아 안았다.

"어서요."

윤지혜한테서 향내가 났다. 어느덧 얼굴은 상기되었고 눈이 반쯤 감겨 있다. 턱을 조금 든 얼굴로 윤지혜가 키스를 기다리고 있는 것이다. 이광이 저도 모르게 윤지혜의 얼굴을 두 손으로 감싸 안았다. 참지 못한 것이다. 그때 윤지혜가 눈을 감았고 입이 조금 더 열렸다. 이광은 머리를 숙여 윤지혜의 입을 맞췄다. 곧 윤지혜의 입이 열리더니 혀가 뽑혀 나왔다. 가쁜 숨이 뱉어지고 있다. 그때 윤지혜가 이광의 바지 허리띠를 풀면서 잠깐 입을 떼었다.

"해주세요."

어느덧 리무진은 움직이고 있다. 공항을 빠져나가고 있는 것이다. 짙게 선팅이 되어 있어서 밖에서는 안이 보이지 않는다. 그때 윤지혜가 말을 이었다.

"저, 바지 밑에 아무것도 안 입었어요."

차에서 내린 이광이 윤지혜를 훑어보았다. 말짱하다. 선글라스, 야구모자, 작업복 상의도 반듯하게 지퍼가 채워졌고 바지도. 그러나 윤지혜의 작업복 바지와 상의만 벗기면 알몸이 드러난다는 사실은 이광만이 안다. 공항에서 사무실까지 오는 한 시간 동안 둘은 격렬한 정사를 나눈 것이다. 이광의 시선을 받은 윤지혜의 입 끝이 희미하게 올라갔다. 그것을 본 이광이 쓴웃음을 짓고 말했다.

"윤지혜가 몰라보게 달라졌구나."

"분위기에 적응해야죠."

바로 말을 받은 윤지혜가 앞장서 사무실 현관으로 다가서면서 말했다.

"곧 브리핑 준비를 하겠습니다, 사장님."

현관 앞에서 기다리고 서 있던 직원들이 이광을 향해 일제히 머리를 숙여 인사했다. 리스타 두바이 사무실에는 이미 30여 명의 사원이 고용되어 있다. 건설팀, 상가 운영팀, 기획팀 등이 섞여서 리스타상사 중 가장 활발하게 운용되는 곳이다. 이곳의 수장(首長)이 윤지혜인 것이다.

"신시가지에 백화점 부지로 7천 평을 분양받았습니다."

윤지혜가 벽에 붙은 신시가지 계획도를 지휘봉으로 짚으며 설명했다. 115만 평 규모의 신시가지 상가 지역에 붉은색으로 그려진 백화점 부지는 요지였다. 중심부의 사거리에 위치해 있다. 윤지혜가 말을 이었다.

"부근에 유명 브랜드 마켓이 30여 군데 위치하고 있어서 백화점의 품격도 더 높아질 것입니다."

과연 계획도에는 리스타백화점 주위에 산재한 유명 브랜드의 매장들이 그려져 있다. 리스타백화점은 그 중심이다.

"수고했어."

이광이 머리를 끄덕이며 칭찬했다. 윤지혜는 치열한 로비를 벌인 끝에 요지의 부지를 할당받은 것이다. 로비 자금으로 1백만 불이 들어갔지만 누구에게 어떻게 지급했는가는 묻지 않았다. 얼마씩 지급했는가도 상관하지 않았다. 이것이 이광의 스타일이다. 둘러앉은 건축, 운영, 기획, 실무자들은 숨을 죽이고 있다. 지금 윤지혜와 이광은 영어로 대화하고 있다. 둘러앉은 간부 10여 명 중 한국인은 윤지혜까지 3명, 나머지는 모두 프랑스, 영국, 독일, 인도, 이집트인이다. 전문가를 모으다 보니 이렇게 섞인 것이다. 윤지혜가 말을 이었다.

"시장 안의 대형 매장은 내부 공사가 이번 달 말까지 끝날 것이고 다음 달 초인 10일에 오픈할 예정입니다. 현재 진열될 827개 품목 중 724개 물품이 도착했고 나머지도 이달 말에 모두 도착합니다."

"매장 직원은?"

"현재 152명 전원을 채용했고 지난달부터 업무 교육을 실시하고 있습니다."

윤지혜의 시선이 옆쪽의 인도인에게로 옮겨졌다.

"카샴 부장이 보고를 하겠습니다."

그러자 40대 중반쯤의 인도인이 자리에서 일어섰다. 콧수염을 정성스럽게 기른 검은 얼굴이 조각처럼 균형이 잡힌 미남이다. 그러나 긴장해서 온몸이 굳어 있다. 카샴이 인도인 특유의 억양으로 보고를 시작했다.

"매장 전 직원의 업무별 교육은 하루 12시간씩 시행되고 있습니다. 대부분이 경력자이기 때문에 숙련도가 높아서 이번 달 말까지 1개월간 합숙 교육을 끝내고 다음 달 1일부터 매장의 제품 진열부터 작업에 투입될 것입니다."

머리만 끄덕인 이광이 매장 직원의 분포도를 보았다. 매장에도 다양

한 국적의 직원이 채용되었는데 152명 중 인도인 비중이 41명으로 가장 많다. 그다음이 이집트, 필리핀, 요르단, 팔레스타인, 인도네시아 순이다. 한국 직원은 적혀 있지 않았는데 관리직이기 때문이다. 총무부장 카샵의 보고가 끝나고 영업부장의 매출 계획, 자금부장의 자금 운용 보고가 끝났을 때는 저녁 무렵이 되어 있을 때였다. 이광은 간부 직원들을 격려하고 사무실을 나왔다. 강행군을 했지만 전신이 성취감으로 가득 차서 피곤하지 않다.

호텔도 들르지 않고 곧장 사무실로 갔기 때문에 이광이 다시 윤지혜와 함께 호텔로 향했다. 그러나 짐 가방은 이미 호텔에 보내졌고 키도 받아놓았다. 이광이 옆자리에 앉은 윤지혜의 위아래를 훑어보며 물었다.

"지금도 그대로야?"

윤지혜는 그대로 작업복 차림이었기 때문이다. 대신 선글라스와 야구 모자는 벗었다. 긴 머리를 뒤고 묶어서 긴 목이 드러났다.

"아뇨, 사무실에서 옷 제대로 입었어요."

시치미를 뗀 얼굴로 윤지혜가 말했다.

"아까는 급해서 그랬죠."

"급해?"

"네, 보스를 만나러 간다고 생각하니까 심장이 뛰었어요. 그래서……."

"옷을 벗어 버렸어?"

"보스를 감동시키고 싶었죠."

"맞다, 그것이 제일 감동적이었다."

차는 어둠이 덮이는 두바이 시내를 질주하고 있다. 이광의 시선을 받은 윤지혜가 눈웃음을 쳤다.

"차 안에서의 섹스, 참 좋았어요."

이번 차는 업무용 벤츠로 운전사는 인도인이다. 운전사의 뒷머리를 보면서 이광이 입맛을 다셨다.

"나도 좋았다."

"정말이세요?"

"네 브리핑보다 더."

그때 윤지혜가 눈을 흘기더니 생각난 것 같은 표정을 짓고 말했다.

"정 부장한테서 어제 전화가 왔어요."

정남희다. 이광은 앞만 보았고 윤지혜의 말이 이어졌다.

"푸저우에서 일하는 것이 행복하다고 했어요. 푸저우 공장을 리스타의 가장 크고 뛰어난 공장으로 만들어 보겠다는군요, 아주 의욕이 넘쳐흘렀어요."

윤지혜가 이광을 보았다.

"그리고 사장님한테 고맙다는 말을 전해달라고 했어요. 그래서 내가 물었죠, 왜 직접 말씀드리지 않았냐고요."

"……."

"그랬더니 윤 실장을 통해서 전해드리고 싶다는군요, 글쎄. 그 여우가 다시 질투를 시작하는 것 같아요."

"'오늘 같이 자도 돼요?' 하고 묻더라."

이광이 불쑥 말했더니 윤지혜가 숨을 들이켰다. 쓴웃음을 지은 이광이 말을 이었다.

"다시 입사시킨 후에 저녁을 둘이 먹을 때 말이야. 그런 성격이야. 물론 나는 자지 않았어."

그때 윤지혜가 말했다.

"같이 자지 그러셨어요."

"너, 농담하는 거야?"

이광이 찌푸린 얼굴로 윤지혜를 보았다.

"인마, 내가 다시 받아주는 조건으로 걔하고 자는 꼴이 되잖아? 내가 여직원 따먹는 악덕 기업가냐?"

"참, 나."

쓴웃음을 지은 윤지혜가 이광을 보았다.

"보스, 제가 세상에서 젤 존경하는 사람이 누군지 아세요?"

"이순신?"

"아녜요."

"안중근?"

"바로 보스예요."

숨을 들이켠 이광을 윤지혜가 정색하고 보았다. 차는 신호등에 멈춰 서 있다. 윤지혜가 말을 이었다.

"보스를 가장 존경해요. 그러니까 자신을 비하하지 마세요."

"비하는 무슨……."

"보스는 색마가 아녜요."

"그거야……."

"보스는 여자 따먹을 때 계산기를 수십 번 두드리는 스타일이에요."

"이런 젠장."

"저하고도 그러셨겠죠."

"야, 그만."

차가 출발하는 바람에 몸이 흔들렸고 의자에 등을 붙인 이광이 말을 잘랐다.

"이게 이젠 말로 날 희롱하려고 덤벼드는구먼. 그만 해."

"정남희도 저와 비슷한 입장이라는 것을 말씀드리려고 그랬어요."

이제는 앞쪽을 향한 채 윤지혜가 기어코 말을 이었다.

"제가 보스하고 자는 것은 존경과 유대감의 확인, 그리고 사랑의 감정이죠. 정남희도 아마 같을 겁니다. 전혀 업무와 연결시키지 않을 거예요."

이광은 입을 다물었다. 그러면 얼마나 좋겠는가? 그런데 인간은 기계가 아니다.

윤지혜의 늘씬한 몸이 꿈틀거리면서 신음을 뱉는다. 이제는 거침없다. 차 안에서는 소리도 죽였고 행동도 조심스러웠다. 그러나 이곳은 호텔방, 윤지혜는 알몸이 되어서 마음껏 탄성을 뱉고 몸을 비튼다. 이광도 휩쓸렸다가 지금은 거칠게 리드한다. 윤지혜가 기뻐 따른다. 이윽고 둘은 다시 폭발했다. 몇 번째인지도 모른다. 이광도 이런 격정적인 순간을 처음 겪는 것 같다. 두바이의 밤이 이렇게 깊어가고 있다.

다음 날 오전, 이광은 서울행 일본항공의 비즈니스석에 앉아 아래쪽 바다를 내려다보고 있다. 비행기는 방콕을 거쳐 서울로 날아가는 편이어서 손님 대부분이 관광객이다. 이광의 옆자리에는 30대 초반쯤의 동양 여자가 타고 있었는데 시선이 멈춰질 만한 미녀였다. 그러나 얼굴은 화장기가 없었고 머리는 고무줄로 묶어 말꼬리처럼 만들었다. 헐렁한 회색 점퍼에 바지를 입었고 더러운 운동화를 신어서 이코노미 클래스에도 끼지 못할 차림이다. 하지만 헐렁한 옷에 가려진 몸매는 날씬했고 피부는 윤기가 났다. 마치 보석이 넝마에 싸인 것 같았다. 이광은 시선을 주지 않으면서도 여자를 관찰했다. 흥미가 일어났기 때문이다. 여자가 옆 좌석에 앉을 때는 무심히 넘겼다가 옆얼굴을 본 순간부터 관심이 일어난 것이다. 스튜어디스가 마실 것을 물으러 왔을 때 여자는 유창한 영어를 썼다. 일본인 스튜어디스가 여자의 영어에 기가 질려 쩔쩔맬 정도였다. 한국 여자다. 그것을 보고 이광이 여자의 국적은 한국이라고 확신했다. 저렇게 잘난 척하는 것을 보면 한국 여자다. 오성대 출신의 이광은 잘난 여자들로부터 온갖 수모와 수난을 당해왔기 때문에 그들의 DNA를 아는 것이다. 그러나 여자는 매력적이다. 목소리도 맑고 깊은 데다 울림이 강하다. 저런 목소리로 섹스 중에 신음을 뱉는다면 어떻게 될까? 눈을 감고 그 목소리를 연상하다가 이광은 잠이 들었다. 어젯밤 윤지혜와 엉켰던 피로가 몰려왔기 때문이다.

이광이 눈을 뜬 것은 냄새 때문이다. 스테이크 냄새가 맡아졌고 곧 향료 냄새도 풍겼다. 점심시간이 된 것이다. 비즈니스석은 여러 가지 요리가 준비되었고 모두 탑승하고 나서 미리 요리 주문을 받는다. 이광은 양식을 주문했는데 먼저 전채가 놓여졌다. 옆자리의 여자도 같은 메뉴다. 이광이 포크를 들었을 때 옆자리의 여자가 말을 걸었다.

"저기, 한국 분이시죠?"

한국말이다. 여자의 시선을 받은 순간 이광은 눈동자 안으로 몸이 빨려 들어가는 느낌을 받았다. 이광이 여자 눈동자 안에 들어 있는 제 얼굴을 보면서 대답했다.

"예, 그런데 어떻게 아십니까?"

묻고 나니까 바보 같다는 생각이 들었다. 여자 이름은 남진영, 프랑스에서 살다가 한국에 들어가는 길이라고만 자신을 소개했다. 그래서 이광도 두바이에서 업무를 보고 한국으로 돌아간다고 했다. 명함도 주지 않고 이름만 밝힌 것이다. 스테이크를 씹으면서 남진영이 말했다.

"한국 공항도 곧 두바이·서울 다이렉트 노선이 생겨야 할 텐데요. 일본놈들한테 손님 다 뺏기지 않아요?"

"그렇군요."

이광도 공감했다. 한국 손님이 늘어나는 추세였으니 손해 보지는 않을 것 같다. 지금 이 일본 항공편에도 한국인이 절반 이상이다. 그때 남진영이 물었다.

"프랑스 가 보셨어요?"

"파리만 몇 번."

"업무로?"

"그렇죠."

"사장이세요?"

"그렇게 보입니까?"

"그 나이에 비즈니스로 장거리 비행을 할 정도면 사장이죠."

말을 마친 남진영이 똑바로 이광을 보았다. 눈동자가 맑다. 검은 보석 같다. 비행기 옆자리에 이런 미인이 탈 확률은 얼마나 될까, 1억분의 1? 남진영이 물었다.

"어때요, 맞죠?"

"그렇다고 해둡시다."

"대답이 왜 그래요?"

"대충 맞았으니까 하는 말입니다."

포크를 내려놓은 이광이 커피잔을 쥐었다. 여자는 직장인이 아닌 것 같다. 이 나이에 비즈니스를 탄다면 부잣집 딸이나 부인, 또는 벼락부자의 세컨드, 마지막으로 유흥업소 마담 정도일 것이다. 그때 여자가 눈웃음을 쳤다.

"근데 왜 저에 대해서는 묻지 않으세요?"

"관심 없습니다."

"그렇군요."

"남진영 씨에 대해서가 아니라 직업에 관심이 없다는 말입니다."

"난 한국시멘트에서 일하게 되었어요."

식후에 나온 포도주잔을 쥔 남진영이 말을 이었다.

"프랑스에서 8년간 살면서 박사 학위를 따고 이제 막 교수 생활을 시작하려는데 인생이 바뀐 거죠."

"한국시멘트는 왜?"

그렇게 물었지만 한국시멘트는 대한민국에서 10위권 안에 드는 재벌 기업이다. 한국시멘트는 건설, 운수, 유통, 유흥업 등으로 사세를 확장하여 현재 50여 개 자회사를 거느리고 있는 것이다. 그 순간 이광이 숨을 들이켜고는 남진영을 보았다. 한국시멘트 그룹의 사주(社主)가 남영균인 것이다. 같은 남씨(氏)다. 그때 남진영의 검은 눈동자가 이광을 주시했다. 이광은 다시 눈이, 머리가, 이어서 온몸이 남진영의 눈 속으로 빠져 들어가는 느낌을 받는다. 남진영이 입을 열었다.

"제가 2남 1녀 중 막내딸이죠. 오빠 둘은 각각 그룹의 중역으로 진출해 있지만 전 이제 시작인 셈이죠."

"왜 이제 시작하는 겁니까?"

"재산 분배를 해야 되니까요."

"아하."

이광의 눈앞에 백영주의 얼굴이 떠올랐다. 백영주는 지금 미국에서 살고 있다. 그때 남진영이 말을 이었다.

"난 귀국하면 모 재벌 그룹 상속자하고 결혼을 해야 돼요. 이미 양가에서는 날짜까지 잡고 예물 교환까지 끝낸 상태죠."

남진영의 얼굴에 웃음이 떠올랐다.

"비행기 시간까지 다 정해놓고 공항으로 마중 나오겠다고 해서 하루 먼저 이렇게 떠난 것이라고요."

이광을 바라보는 남진영의 눈동자가 흐려졌다. 초점이 멀어지면서 눈동자 속의 이광도 작아졌다. 비행기는 고공에 멈춰 선 것처럼 떠 있다. 비행기는 멈춰 있는 대신 시간이, 공간이 흘러가는 것 같다. 그때 남진영의 눈동자에 스르르 초점이 잡혀졌다. 눈동자가 반짝이기 시작했다.

"저기요."

남진영의 꽃잎 같은 입술이 열렸다.

"이광 씨 애인 있어요?"

"있지요."

이광이 바로 대답했다. 왜 그랬는지는 알 수 없다. 실제로 애인이라고 볼 수 있는 상대가 없는데도 그랬다. 그때 남진영이 머리를 끄덕였다.

"하긴 비즈니스석을 타고 다니는 사장한테 애인이 없을 리가 없죠."

"근데 그건 왜 묻습니까?"

"우리요."

남진영이 어깨를 부풀렸다가 내렸다.

"우리, 방콕에서 같이 내리지 않을래요?"

"……"

"내려서 사흘만 놀다가 가요, 아니 이틀만."

방콕, 차오프라야 강이 내려다보이는 프린스호텔의 스위트룸, 오후 5시 반, 이광과 남진영이 22층의 베란다에 서서 시내를 내려다보고 있다. 베란다 난간에 팔을 얹은 이광은 담담한 표정이었고 남진영이 오히려 가만있지 못하고 두리번거리거나 왔다 갔다 하다가 마침내 옆에 붙어 선 것이다. 방콕에서 놀다 가기로 결정을 한 후에 분위기가 더 어색해졌다. 그때부터 방콕에 도착할 때까지 둘은 딴전을 피우다가 잠만 잤고 방콕공항에서도 이곳 프린스호텔을 예약하고 투숙할 때까지 거의 이야기도 하지 않았다. 물론 이광의 이름으로 예약했고 하루에 1,200불인 스위트룸 방값도 이광이 냈다. 그랬더니 방에 들어서자마자 남진영이 가방에서 달러 뭉치를 꺼내더니 이광에게 방값을 되돌려주었다. 이광은 잠자코 받았다. 대충 짐을 내려놓은 둘은 지금 씻지도 않고 이렇게 베란다에 서 있는 것이다.

"고마워요."

이윽고 남진영이 흙탕물인 아래쪽 강을 내려다보면서 말했다.

"내가 이광 씨를 끌고 들어온 기분이 들어요. 미안하기도 해요."

"천만에요."

난간에 기댄 이광의 얼굴에 웃음이 떠올랐다.

"그런 제의를 거절할 남자가 없을 겁니다. 적어도 내 기준에서는 말이죠."

"그런가요?"

"나도 남진영 씨 덕택으로 잠깐 내 자신을 돌아볼 수 있을 것 같습니다."

남진영이 머리를 돌려 이광을 보았다. 이제는 눈동자가 흔들리지 않았고 표정도 다시 차분해졌다. 담대한 제의를 했지만 경험은 적다는 증거가 드러났다.

"저도 조금 자신감이 붙었어요."

"뭐가 말입니까?"

"나에 대한 자신감."

남진영이 눈도 깜박이지 않고 말을 이었다.

"계속 불안했거든요. 모르는 일, 모르는 사람, 익숙하지 않은 환경에 던져진다는 생각이 들었어요."

"……."

"그러다 옆 좌석에 앉은 당신을 만난 거죠. 처음부터 그럴 의도는 없었어요."

"씻지 않으렵니까?"

이광이 남진영의 눈동자 속 자신을 보면서 물었다.

"같이 씻읍시다."

남진영의 몸이 점점 달아오르고 있다. 굳어진 사지가 풀리면서 움직임이 자연스러워진다. 악문 이 사이로 가쁜 숨소리만 뱉더니 이제는 신음이 섞였다. 이광의 끈질긴 애무 때문이다. 이윽고 이광이 남진영의 몸 위에 올랐고 두 몸이 합쳐졌다. 남진영의 탄성이 높아지더니 사지가 거침없이 움직이기 시작했다.

"무슨 사업을 해요?"

이광의 가슴에 얼굴을 붙인 남진영이 물었다. 손바닥으로 이광의 맨 가슴을 쓸다가 물은 것이다. 방안의 열기는 거의 가라앉았지만 둘은 알 몸으로 엉킨 채 떨어지지 않았다. 이광은 남진영의 허리를 당겨 안은 채였고 사지는 아직도 빈틈없이 붙어 있다. 이광이 남진영의 머리에 턱을 얹으면서 대답했다.

"의류."

"회사가 커요?"

"중소기업 수준이죠."

이광이 남진영의 엉덩이를 움켜쥐고 당겨 안았다.

"진영 씨, 우린 이틀 후에는 서울에 도착할 것이고 그때부터 만날 일이 없을 겁니다."

그것이 남진영의 계획이었을 것이다. 이틀간의 일탈, 반발, 또는 모험이 될 수도 있겠다. 지금까지 온실 속에서만 자랐던 자신을 불쑥 던져버리고 싶었는지도 모른다. 우연히 비즈니스 옆 좌석에 앉게 된 이광이 '뚝' 떨어진 '떡'을 받아먹은 셈인가? 남진영이 가만있었고 이광은 다시 애무를 시작했다. 밤은 길다. 만리장성을 쌓는다는 말이 이해가 된다. 끝없이 이어지는 열락의 시간, 어느덧 방안에 뜨거운 숨결과 환희의 탄성이 덮이기 시작했다. 이제 남진영은 적극적으로 이광과 함께 만리장성을 쌓아가고 있다.

이틀 후인 오후 2시, 방콕에서 출발한 비행기가 서울공항에 착륙했다. 이윽고 승객들이 일어서서 비행기를 빠져나올 때 뒤에서 남진영이 이광 옆으로 다가오면서 말했다.

"전화해요, 한국시멘트 기조실로."

이광은 대답하지 않았다. 좌석을 떨어진 곳으로 잡았기 때문에 오는 동안 말을 못 했다. 방콕공항에서부터 둘은 따로 움직였던 것이다. 앞장선 남진영이 멀어지고 있다.

5장 후세인의 힘

귀국한 다음 날 아침, 유성상시에 출근한 이광이 전화를 받는다.

"이광 씨죠?"

굵은 사내의 목소리, 더구나 뒤에 직급도 붙이지 않은 거친 분위기다. 이광이 전화기를 고쳐 쥐었다.

"예, 그렇습니다만."

"여긴 국개위인데요."

순간 이광의 심장 박동이 빨라졌다. '국가개혁위원회'이다. 군사혁명 이후에 백정희 대통령이 계속해서 집권하고 있었는데 '국개위'는 초법적 기관이다. 국가개혁위원회는 부정과 부패를 일소하고 국가를 개혁한다는 것이 목적이지만 저승사자라고도 불렸다.

"예, 그런데 무슨 일이신지요?"

"출장 갔다 오셨지요?"

"예."

"오늘 오후 1시 정각에 광화문 국개위 사무실로 와 주시지요."

"무슨 일이신지요?"

"그건 말할 수 없고."

사내의 목소리가 조금 굵어졌다.

"나는 1국 2차장 조경수라고 합니다."

"예."

"경비실에 연락해 놓을 테니까 1국 2차장을 만나러 왔다고 하세요."

"알겠습니다."

"그럼 오후 1시에 봅시다."

통화가 끝났을 때 이광이 잠깐 생각하다가 다시 전화기를 들었다.

"그쪽은 내가 잘 모르겠는데……."

이광의 이야기를 들은 안기부 오금봉 국장이 말했다. 그동안 수없이 통화를 한 터라 그의 자신 없는 기색을 역력하게 느낄 수 있다.

"1국 2차장이라고 했지요?"

"예, 조경수라고……."

"그쪽이 부정부패 단속국입니다."

"……."

"2국은 시민생활 개선국이고요."

"……."

"다른 이야기는 없었습니까?"

"예, 그냥 오라고만……."

"제가 알아볼 테니까 조금만 기다리시지요. 별일 아닐 겁니다."

오금봉이 서둘러 먼저 전화를 끊는다.

이광의 이야기를 들은 박명준 변호사가 입맛부터 다셨다.

"이거 곤란한데……."

"예? 뭐가요?"

이광은 이제 회의실로 들어와 있다. 넓은 사무실에서 통화를 하기가 찜찜했기 때문이다. 그때 박명준이 말했다.

"그 2차장 조경수란 인물이 헌병 대령 출신인데 독종으로 소문이 났어요."

"……."

"외부에는 알려지지 않았지만 기세산업 박 회장, 대영상사 오 회장을 구속시킨 주역이 그 사람이오."

기세산업, 대영상사는 엄청난 수출 실적을 올리던 무역상사였는데 갑자기 부도를 내었다. 알고 보았더니 은행과 짜고 서류를 위조해서 수천억을 횡령해왔던 것이다. 박명준이 목소리를 낮추고 물었다.

"이 사장, 혹시 외화 밀반출한 것이 있습니까? 또는 관세 환급이나 환율 차액 같은 경우도……."

"아니, 전 그런 거 모릅니다."

이광이 어깨를 부풀렸다가 내렸다.

"전 정상적으로 사업했고 돈 벌었습니다."

"하지만 1국에서, 더구나 2차장은 부정부패 기업 담당이라……."

이광은 마음을 굳혔다. 죄지은 거 없는데 어디, 부딪쳐보자. 하지만 찜찜한 느낌은 풀리지 않았다. 지금이 죄지은 사람만 잡혀 들어가는 세상인가? 이광도 이제 알 만큼은 아는 것이다.

"변호사님, 잘 부탁합니다."

이광이 말하자 박명준이 바로 대답했다.

"내가 최선을 다할 테니까 마음 단단히 먹어요."

전화기를 내려놓은 이광이 황학수 회장한테는 말하지 않는 것이 낫겠다고 결정했다.

오후 1시 정각, 국개위 사무실의 1국 2차장실은 비서실을 거쳐야 한다. 차장도 비서가 있는 것이다. 앞장서 들어선 비서가 안쪽에 대고 보고했다.

"리스타상사 이광 씨가 왔습니다."

안쪽에서는 대답이 없었지만 비서가 몸을 돌리더니 방을 나갔다. 그때 이광이 안쪽 책상에 앉아 있는 사내를 보았다. 사내는 서류를 읽고 있었는데 시선을 들지 않는다. 각진 얼굴, 피부는 검고 입술은 꾹 다물려 있다. 눈썹이 짙어서 칠을 한 것 같다. 이광은 잠자코 서서 사내가 머리를 들기를 기다렸다. 거리는 다섯 발짝, 그렇게 10초쯤 지났을 때 사내가 시선도 들지 않고 물었다.

"네가 이광이야?"

"예, 그렇습니다."

몸을 굳힌 이광이 대답했을 때 사내가 시선을 들었다. 뱀 같다. 시선을 받은 순간의 느낌이다. 차가운 눈, 표정 없는 얼굴, 닫힌 입술이 열리면 긴 혀가 날름거릴 것 같다. 검은 얼굴에 눈은 삼각이다. 그때 사내가 물었다.

"여기 왜 왔는지 알지?"

"모르겠습니다."

"이 새끼 봐라?"

사내의 눈이 조금 더 치켜졌다.

"야, 이 새꺄, 너 내가 누군지 모르지?"

"예, 모릅니다."

"너 같은 놈 잡아 죽이는 저승사자다."

"……."

"젊은 놈이 강남에 수백만 평 땅을 샀고 현금을 수백억 굴리고 있더구먼. 너, 여기서 못 나가."

"……."

"네가 도둑질한 내역을 다 써, 거기 앉아서."

사내가 눈으로 구석 쪽 책상을 가리켰다. 벽에 붙여진 책상에 흰 종이와 펜이 놓여 있다.

"네가 어떻게 해서 돈을 모았는지, 다 털어놓으란 말이다. 그래야 넌 살아서 나갈 수 있어."

책상 앞으로 다가간 이광이 의자에 앉았다. 사내와 정면으로 바라볼 수 있는 위치다. 머리를 든 이광이 사내를 보았다. 사내 이름이 조경수였던가? 조경수 차장이다.

"차장님, 전 법을 어기지 않았습니다."

"이 새끼 봐라?"

"제가 그런 사실이 있다면 지적해 주십시오."

"오리발을 내밀겠다는 말이지?"

"아닙니다."

"너, 천장에 거꾸로 매달려 봐야 불래?"

사내가 이 사이로 말을 이었다.

"물고문을 당해볼래?"

이광의 전신에 소름이 돋아났다. 도대체 왜 이러는가? 눈이 부릅떠졌고 저절로 이가 악물려졌다. 그때 사내가 자리에서 일어서더니 어깨를 부풀리며 다가왔다. 앉은키로 봐서 클 줄 알았는데 작다. 작은 살모사 같다. 다가온 사내가 이광의 앞에 섰다. 사내한테서 담배 냄새가 풍겨왔다.

"자백하지 못하겠단 말이지?"

"제가 잘못한 점이 있으면 말씀해주십시오."

그 순간 사내가 주먹을 휘둘러 이광의 얼굴을 쳤다.

"퍽!"

이광의 귀에는 그런 소리가 났다. 관자놀이를 정통으로 맞은 이광이 의자와 함께 넘어졌다.

"이 새끼."

사내의 발길이 날아와 옆구리를 찍었다. 몸을 웅크린 이광의 등에 다시 사내의 구둣발이 내려쳐졌다.

"윽."

저절로 신음을 뱉은 이광이 몸을 굴렸을 때 사내가 숨을 고르며 말했다.

"세 시간 여유를 준다. 오후 4시까지 자백서 작성해놓아."

이곳이 취조실이었다. 이광을 방에 남겨둔 사내가 뒤쪽 문으로 나간 후에 돌아오지 않는 것을 보니까 그렇다. 앞쪽 책상은 비었다. 사내가 서류를 들고 나가버렸기 때문이다. 텅 빈 사무실에 앉아 이광이 물끄러미 앞에 놓인 백지를 보았다. 막막했다. 생각도 떠오르지 않았다. 벽에 걸린 시계의 초침 소리가 울렸다. 오후 1시 45분이다. 여기 들어온 지 45분밖에 지나지 않았는데 며칠 지난 것 같다.

4시 반이 되었을 때 문이 열리더니 사내가 들어섰다. 세 시간 동안 이광은 방안에 혼자 있었던 것이다.

"다 썼나?"

책상으로 다가온 사내의 눈이 치켜떠졌다. 책상 위에는 그대로 백지가 놓여 있었기 때문이다.

"이 새끼!"

다음 순간 사내의 주먹이 날아왔다. 이번에도 관자놀이를 겨누었지만 이광이 머리를 젖히는 바람에 빗나갔다.

"아니, 이 개새끼가!"

더 성이 난 사내가 이광의 목덜미를 잡더니 주먹을 날렸다. 주먹이 이번에는 코에 맞았다. 그러나 사내의 주먹질은 그치지 않았다. 이제는 양손으로 난타했다. 주로 얼굴만 때렸기 때문에 이광은 두 손으로 얼굴을 감싸다가 의자와 함께 방바닥으로 넘어졌다. 요란한 소음이 울렸다. 엎드렸던 이광은 얼굴을 감싼 손바닥이 금방 흥건하게 젖은 것을 느꼈다. 피다.

오후 8시 반, 다시 4시간이 지났다. 사내는 다시 나갔고 이광은 얼굴을 휴지로 겨우 닦은 채 책상 앞에 다시 앉아 있다. 사내는 이번에는 5시간을 준 것이다. 오후 9시에 들어온다고 했다. 그때까지 자백서를 완벽하게 작성해 놓지 않으면 본격적인 '고문'을 할 것이라고 통보했다. 이 고문에 견딘 장사가 없다는 것이다. 물고문은 시작에 불과하고 전기 고문, 나중에는 죽을 확률이 70퍼센트나 되는 '특수 고문'을 한다고 했다. 그리고 이미 너는 '사고사'로 위장 처리 준비가 되어 있어서 후유증도 없다는 말까지 했다. 이광은 이번에도 우두커니 앉아 있다. 책상 위의 종이는 여전히 백지다. 이제 30분이 남았다. 그러나 뭘 쓴단 말인가? 쓸 것이 없다. 9시 5분 전, 오후 1시에 이곳에 끌려온 후로 물 한 잔 마시지 못했다. 옆쪽 문을 열면 변기만 하나 달랑 놓인 화장실이 있어서 그동안 소변보러 두 번 다녀왔다. 이광이 책상 위에 놓인 백지를 보았다. 백지 뭉치 위쪽에 피가 3방울 묻어 있다. 코피가 떨어진 것이다. 아직도 단 한 자(字)도 쓰지 않았다. 차츰 시간이 지나면서 불안, 공포가 지워지고 머리가 백지 상태로 되어갔다. 이러다가 바보가 되는 것이 아닌가? 하는 생각이 들었지만 그것도 잊혀졌다. '쓸 것이 없다' 이광의 머릿속에 그렇게 굳혀진 것이다. 처음부터 쓰라니? 유성상사에 입사해서 겪었던 그 굴욕, 시련까지 쓰란 말인가? 그때의 하루를 백지로 옮겨 쓰면 10장에 가득 써야 될 것이다. 그때 문이 열렸다. 머리를 든 이광은 들어서는 세 사내를 보았다. 앞장선 사내는 조경수다. 다가온 조경수가 책상 위의 백지를 보더니 무표정한 얼굴로 머리를 끄덕이며 말했다.

"이놈을 옆방으로 데려가."

그러자 두 사내가 다가와 이광의 양쪽 겨드랑이를 잡아 일으켰다. 악력이 세다.

"이 새끼, 얼마나 견디나 보자."

이광의 뒤에 대고 조경수가 비음이 섞인 목소리로 말했다.

"다 털어놓는 것이 이로울 거요."

수사관 안용복이 웃음 띤 얼굴로 말했다.

"이미 이광 씨는 끝났다고 봐도 될 겁니다. 국개위에 들어와서 온전히 나간 사람이 없어요."

유민우가 시선을 내렸다. 이곳은 을지로의 국개위 별관, 유민우는 지금 5시간째 조사를 받는 중이다. 안용복이 손에 들고 있던 서류를 내려놓았다. 그동안 유민우가 써낸 진술서다. 진술서에는 리스타상사의 입출금 내역과 오더 현황, 앞으로의 계획까지 적혀 있었는데 물론 비자금 내역도 포함되었다.

"유 전무님, 이광이 구속되면 한 10년은 수감되어야 할 겁니다."

안용복이 정색하고 유민우를 보았다.

"그럼 리스타상사는 유 전무님이 관리하게 되겠군요. 그렇지 않습니까?"

"저는 지분이……."

"그건 우리한테 맡기시면 됩니다."

의자에 등을 붙인 안용복이 말을 이었다.

"지분 양도도 받아들일 수 있으니까요."

"……"

"그러니까 이 내용 갖고는 조금 미흡합니다."

"사실 그대로를 썼는데요."

"이광이 숨겨놓은 외화가 있겠지요. 이라크에서 수천만 불씩을 가져왔지 않습니까? 그것이 도로 빠져 나갔고요."

"그건 정당한 리베이트로 알고 있는데요……."

"좀 부풀립시다."

마침내 안용복이 본론을 꺼내었다.

"돈을 두 배쯤 더 가져와서 다시 밀반출한 것으로 만듭시다."

"그 증거가 없는데요."

"만들기만 해주시면 그 증거는 우리가 맞춰 놓을 테니까요."

안용복의 얼굴에 다시 웃음이 떠올랐다.

"그거 맞춰놓는 선수가 많아요."

224

복도 건너편 방에는 정남희가 조사를 받고 있었는데 리스타상사에서 유민우 다음의 고위직이었기 때문이다. 그런데 이쪽 분위기는 전혀 달랐다. 진술서 내용은 유민우와 비슷했다. 그래서 담당 조사관 하석봉이 안용복과 비슷한 제의를 한 것까지는 같았다. 그런데 정남희가 말했다.

"그럼 증거를 조작해서 사장을 구속시키겠다는 말이군요."

"아니, 그게 아니라……."

당황한 하석봉이 정남희를 흘겨보았다.

"말을 그렇게 하면 되나? 의심나는 부분이 있으니까 정남희 씨에게 협조해달라고 한 건데."

"제가 무슨 협조를 해요? 없었던 일을 만들어서요?"

"정남희 씨는 이광이가 고발해서 구치소까지 갔다 왔잖아. 의외인데?"

"뭐가 의외예요? 전 그때 벌 받을 짓을 해서 구치소에 갔다 온 거고 지금은 증거를 조작해보라는 제의를 받고 있잖아요?"

"공범이군."

"누가요?"

"정남희 씨는 이광과 공범이란 말이야. 공범이면 최소한 3년쯤 형무소에서 살아야 돼."

"살죠, 뭐."

눈을 치켜뜬 정남희가 곧 쓴웃음을 지었다.

"그 사이에 정권 바뀌면 나오겠죠."

"뭐라고? 여기 국가 전복 기도 세력이 있군. 너, 잘 걸렸다."

하석봉이 눈을 치켜뜨고 웃었다.

눈을 뜬 이광은 먼저 온몸이 찢어져 나간 것 같은 고통으로 신음부터 뱉었다. 의식이 돌아온 것이다. 잠에서 깨어났지만 기절했다가 깨어난 것이나 같다. 이광은 자신의 몸이 취조실 시멘트 바닥에 눕혀져 있다는 것을 깨달았다. 눕혀진 것이 아니라 널브러져 있었다. 한쪽 팔이 굽혀져 배에 깔렸고 다리는 비틀린 채 벌려져 있다. 다시 고통이 밀려 왔으므로 이광의 입에서 신음이 뱉어졌다. 취조실은 비었다. 겨우 머리를 든 이광은 벽시계가 9시 15분을 가리키고 있는 것을 보았다. 취조실은 창문이 없고 천장에 형광등만 켜져 있어서 밤인지 낮인지 구분이 안 된다. 아침인가? 이광은 배에 깔린 팔을 빼내면서 다시 신음했다. 그러자 어셋밤의 기억이 떠올랐다. 고문의 연속이다. 옷이 흥건히 젖어 있는 것은 욕조에 상반신을 밀어 넣었다가 빼냈기 때문이다. 거꾸로 매달려서 복날 개처럼 몽둥이로 두들겼고 다리 사이에 각목을 낀 채 무릎을 꿇고 앉게 한 다음 사내들이 무릎 위로 올라가 굴렀다. 이광은 자신의 비명에 귀가 찢어질 지경이었다. 얼굴에 수건을 씌우고 물을 붓다가 다시 거꾸로 뒤집어 토해내게 하면서 사내들은 끈질기게, 착복한 리베이트 대금, 비밀 구좌, 공범을 물었다. 그러나 이광은 대답하지 않았다. 대신 비명은 마음껏 질렀다. 그러다가 몽둥이에 머리를 맞고 기절했던 것이다. 겨우 손을 들어 얼굴을 쓸어본 이광은 손에 묻은 피를 보았다. 얼굴이 피범벅이다. 전신이 어느 한 곳 성한 데가 없다. 뒤쪽에서 문 열리는 소리가 났지만 이광은 머리를 들지 못했다. 기력도 떨어진 데다 뼈가 모두 부러진 것 같았기 때문이다. 그때 뒤쪽에서 조경수가 말했다.

"그놈 의자에 앉혀. 지독한 놈, 내가 저런 악종은 처음 본다."

사내들이 이광의 몸을 의자에 앉혔을 때 조경수의 목소리가 이어졌다.

"어디, 네가 얼마나 견디나 보자."

"사장님이 국개위에 잡혀갔어."

정남희가 소리치듯 말했다.

"나도 어제 오후에 잡혀갔다가 조금 전에 풀려났어."

"왜? 무슨 일로?"

윤지혜도 소리쳐 되물었다. 두바이는 지금 오전 4시 반이다.

"나한테 사장님 비리를 폭로하라는 거야. 그래서 난 없다고 했더니 곧 나도 공범으로 잡아가겠다고 했어."

"······."

"사장님이 아무래도 위험한 것 같아. 국개위의 표적이 된 것은 확실해."

"유 전무님은?"

"유 전무님도 잡혀갔는데 아직 못 봤어."

"변호사는?"

"연락했더니 전화 안 받아."

"알았어, 자주 연락해."

윤지혜가 서두르듯 통화를 끝냈다.

오전 4시 반이 조금 지났을 때 강인숙이 전화를 받는다. 이곳은 암만의 저택, 강인숙은 깊은 잠에서 깨어났다. 핸드폰의 발신자를 본 강인숙이 머리를 기울였다가 곧 귀에 붙였다. 발신자는 리스타상사의 윤지혜였기 때문이다. 안면은 있지만 가끔 연락하는 사이는 아니다.

"아, 웬일이세요?"

그래도 부드럽게 물었더니 윤지혜의 또랑또랑한 목소리가 울렸다.

"부사장님, 국개위에서 저희 사장님을 끌고 가서 오늘까지 돌아오지 않았습니다."

강인숙은 숨을 죽였고 윤지혜가 말을 이었다.

"서울에 있는 리스타상사 유 전무, 정남희 부장까지 끌고 갔는데 방금 정 부장만 풀려 나왔습니다."

"……."

"국개위 직원이 정 부장한테 사장님 비리를 폭로하라고 협박했다고 해요. 이걸 어쩌면 좋아요?"

"알았어요."

강인숙의 목소리가 또렷해졌다.

"다시 연락합시다."

"방법이 없습니다."

어깨를 늘어뜨린 오금봉이 서용만에게 보고했다.

"그쪽은 일절 외부 연락을 받지도 않습니다."

그쪽이란 국개위다. 어금니를 물었다가 푼 서용만이 물었다.

"국개위 위원장도 이 사실을 알까?"

"알겠지요."

오금봉이 외면한 채 대답했다. 국개위 위원장은 박철상, 전(前) 수경 사령관이며 경호실장을 지낸 대통령의 최측근이다. 서용만이 길게 숨을 뱉었다. 서용만은 안기부 1차장이지만 국개위에는 인연이 없다.

이틀째 되는 날 오후, 방으로 들어선 조경수가 조소를 머금은 얼굴로 이광을 보았다.

"네가 입 닥치고 있으면 다 되는 줄 알았지?"

이광은 의자에 앉아 있었지만 몰골은 말이 아니다. 입고 왔던 옷은 군복 작업복으로 갈아 입혔는데 허리띠가 없어서 일어나면 바지가 내려갔다. 얼굴은 온통 붓고 터져서 다른 사람 같았고 갈비뼈가 나갔는지 허리만 세워도 지독한 통증이 왔다. 조경수가 이광 앞에 서류를 던져 놓았다.

"봐라, 리스타상사 유민우 전무가 네가 저지른 온갖 부정, 비리를 폭로한 거다."

이광은 슬쩍 시선만 주었고 조경수의 목소리에 열기가 띠어졌다.

"넌 무려 5천만 불이 넘는 금액을 세금도 안 내고 유용했어. 횡령을 했단 말이다. 네 회사 이름으로 들여온 돈을 개인이 착복한 것이지."

"……."

"거기에다 땅을 산 돈도 모두 회사 돈을 횡령한 것이더군."

조경수가 바짝 다가서더니 손끝으로 이광의 턱을 추켜올렸다.

"이제 약속대로 널 10년 콩밥을 먹게 해주마. 물론 네 재산은 모두 몰수다."

이광이 물끄러미 시선을 주자 조경수가 얼굴을 일그러뜨리며 웃었다.

"네가 이라크에서 돈 벌었어? 어떤 놈이 네 뒤를 봐줬는지 모르지만 좋은 시절 다 지나갔다."

이라크 주재 한국 대사 고재식이 바그다드호텔 프랑스 식당을 나왔을 때는 오후 2시 반이다. 프랑스 대사와 점심을 마치고 나온 것이다. 고재식이 현관에서 대사 전용차인 벤츠에 막 타려는데 옆으로 세 사내가 다가왔다. 대령 계급장을 붙인 장교와 대위 둘이다.

"한국 대사시죠?"

대령이 묻자 고재식은 어깨를 폈다. 고재식은 육군 중장 출신으로 대통령의 전속부관을 지냈다. 대통령이 건재하는 한 고재식은 승승장구할 것이다.

"그런데, 무슨 일이오? 대령."

고재식이 당당하게 묻자 대령이 씩 웃었다.

"우리하고 같이 갑시다."

"어디로?"

"잔말 말고 따라와, 이 개새끼야."

대령이 욕설을 퍼붓는 것을 신호로 삼은 듯이 대위 둘이 고재식의 양쪽 팔을 움켜쥐었다.

"여, 여보쇼, 나는 대한민국 대사로……."

"닥쳐, 이 개새꺄."

그리고 보니 옆에 군용 지프 2대가 서 있었고 기관총을 거치한 장갑차도 보인다. 고재식의 얼굴이 새파랗게 질렸고 대위 둘에게 끌려가면서 다리에 힘이 풀렸는지 휘청거렸다.

"잠깐, 멈춰."

대령 하나가 앞을 가로막고 서더니 소리쳤다. 일행이 주춤 멈춰 섰고 안내하던 이라크 정부 관리가 대령에게 소리쳤다.

"뭐야? 대령. 이분들 한국 상공부장관님하고 그 수행원들이셔!"

"닥쳐!"

대령이 버럭 소리쳤고 관리에게 다가간 대위 하나가 갑자기 주먹으로 얼굴을 쳤다.

"어이구!"

정통으로 얼굴을 맞은 관리가 주저앉았을 때 대령이 허리에 두 손을 짚고 상공부장관 배경호를 보았다.

"간첩 혐의가 있어서 당신과 당신 일행을 연행하겠습니다."

"뭐요?"

배경호를 수행한 국장 하나가 못 알아듣고 엉겁결에 되물으니 이번에도 군인 둘이 달려들었다. 주먹으로 치고 발길질을 하는 바람에 국장은 신음을 뱉으며 건물 로비에서 뒹굴었다. 이곳은 바그다드 중심부의 상공회의소 안, 바그다드를 방문한 한국 상공부장관 배경호와 수행원들이 막 이라크 정부 관리들과 경제 협력에 대한 회의를 마치고 돌아가는 길이었다. 건물 앞에는 이미 군용 지프와 일행을 수용할 버스까지 대기하고 있었기 때문에 배경호 일행은 곧 군인들과 함께 떠났다.

"도대체 무슨 일이야?"

대통령 백정희가 비서실장 유근종을 노려보았다.

"한국 대사를 밀수 혐의로 구금하고 장관을 간첩 혐의로 군 형무소로 데려가다니, 후세인이 미친 거 아냐?"

유근종이 숨만 쉬었을 때 백정희가 어깨까지 부풀렸다.

"더구나 한국인 출입국을 금지시키다니. 지금 4백 명이 공항에 묶여 있다면서?"

"무슨 일이야?"

방금 대통령 집무실에서 나온 비서실장 유근종이 거친 목소리로 물었다. 전화 상대는 외무부장관 장준기, 또 사건이 터진 것이 아닌지 불안했기 때문이다. 그때 수화구에서 장준기의 목소리가 울렸다.

"실장님, 미국 대사가 대통령 각하를 급히 만나자고 합니다."

"미국 대사가?"

심장이 철렁 내려앉는 느낌이 든 유근종이 마른침을 삼켰다. 미국과 문제가 생기면 지금 후세인이 '지랄'하는 정도가 아니다. 또 무슨 일이란 말인가?

"무슨 일 때문에 만나자는 거야?"

"이번 이라크 사태 때문이라는데요."

"그런데 미국이 또 왜?"

한참 후배인 장준기에게 유근종이 목소리를 높였다.

"우린 아무 죄 없어. 상공부장관을 간첩으로 몰다니, 경제협력을 하러 간 사람한테 말이야. 그리고 대사를 밀수 혐의로……."

"그게 아니라 조언을 해드린다고 합니다. 도움이 될 것 같답니다."

"아, 그렇다면."

숨을 들이켠 유근종이 전화기를 고쳐 쥐었다.

"내가 바로 오후에 시간 잡지. 각하께 그렇게 말씀드려도 되지?"

"예, 실장님."

전화기를 내려놓은 유근종이 바로 몸을 돌렸다. 대통령 집무실로 가려는 것이다.

"이 새끼, 서명 안 해?"

버럭 소리친 조경수가 뒤에 선 사내들에게 말했다.

"저 새끼 손가락 잡고 지장 찍어. 버티면 손가락을 부러뜨려버려."

그러자 사내들이 이광의 손목을 움켜쥐더니 하나는 손가락을 잡아 빼었다. 진술 조서에 서명을 안 했더니 억지로 지장을 찍으려는 것이다. 조서도 저희들 마음대로 타이프를 쳐놓고는 보여주지도 않았다.

"으윽!"

이광의 입에서 신음이 터져 나왔다. 사내가 손가락을 비틀었기 때문이다. 그때 다른 사내가 주먹으로 옆머리를 쳤으므로 이광은 늘어졌다. 그때 손가락이 종이에 닿는 느낌이 전해졌다. 지장이 찍히는 것이다.

미국 대사 조지 맥거번은 국무성 차관 출신으로 외교관답지 않게 성격이 직선적이다. 그러나 업무 능력이 탁월해서 장관의 신임을 받았다. 맥거번이 백정희 대통령을 독대한 것은 오후 4시 반이 되었을 때다. 오전 11시에 연락해서 같은 날 오후에 독대를 한 것은 드문 일이다. 그만큼 백정희 대통령도 급했다는 증거가 될 것이다. 독대라고 하지만 비서실장 유근종, 외무부장관 장준기 그리고 통역까지 배석한 자리다. 간단한 인사를 마쳤을 때 맥거번이 바로 입을 열었다.

"각하, 이번 이라크 사태에 대해서 조언을 해드리려고 합니다."

통역의 말을 들은 백정희가 머리를 끄덕였다. 조금 시큰둥한 표정이다.

"대사, 말씀해 보시죠."

"예, 후세인 대통령이 지금 굉장히 화가 나 있습니다."

"아니, 그 양반이 왜?"

백정희가 눈을 가늘게 뜨고 물었다. 맥거번이 없었다면 '그 새끼가 왜?' 했을 것이다. 그때 맥거번이 말했다.

"후세인 대통령의 신임을 받고 무역업을 하는 한국인 수출업자가 있습니다."

백정희는 듣기만 했고 맥거번의 말이 이어졌다.

"그 사람을 통해 한국은 엄청난 수출 실적을 올리고 있지요. 아마 몇억 불은 될 겁니다."

"그게 누구요?"

마침내 백정희가 물었다. 그러자 맥거번이 가방에서 서류를 꺼내 탁자 위에 놓았다.

"이광이라고 30대 초반의 무역회사 사장이지요."

"그런데 이 사람 이야기는 왜 합니까?"

서류를 든 백정희가 훑어보며 물었다. 그때 맥거번이 입맛을 다셨다.

"국개위에서 이 사람을 부패 혐의자로 잡아서 지금 고문 중이더군요."

백정희가 눈만 껌벅였고 맥거번이 말을 이었다.

"후세인 대통령의 전갈입니다. 죄 없는 이광 씨를 구속한 것은 이라크에 대한 모욕이라고 했습니다. 실제로 그럴 만합니다. 이광 씨는 이라크에 수억 불을 수출한 공로자이기도 하거든요."

"……."

"만일 이광 씨 몸에 손톱자국 하나 정도의 상처가 나더라도 지금 구금시킨 한국 장관, 대사들을 모두 총살시키겠다는 것입니다."

"이 새끼, 미친 거 아냐?"

신문을 내려놓은 조경수가 어이없다는 표정을 짓고 앞에 앉은 유진

234

만과 박태기를 보았다. 오후 5시 반, 취조실 옆 휴게실은 이제 여유 있는 분위기다. 이광의 진술 조서가 완벽하게 작성되었기 때문이다. 이광은 무려 미화로 4,500만 불이 넘는 거금을 횡령, 유용했다. 그 증거와 증인까지 갖춰진 상태다. 조경수가 말을 이었다.

"멀쩡한 우리 장관을 간첩 혐의로 체포해? 이 새끼, 뭘 잘못 먹었나?"

그뿐만 아니다. 신문에는 밀수 혐의로 체포된 한국 대사가 형무소에 수감되는 장면까지 보도되었다.

"후세인을 북한이 조종하고 있다는 소문도 들리더군요."

유진만이 말하자 박태기가 거들었다.

"후세인이 정신병자라는 소문도 있습니다. 의심이 나면 다 쏘아 죽인다는데요."

"이런 놈이 대통령이라니."

조경수가 혀를 찼을 때 문이 노크도 없이 열리더니 대령 계급장을 붙인 군인이 들어섰다. 뒤를 정장 양복 차림의 사내 셋이 따라 들어왔다.

"누구요?"

앞쪽에 앉은 유진만이 물었지만 대령의 시선이 조경수에게로 옮겨졌다.

"2차장 조경수가 누구야?"

조경수에게 시선을 박은 채로 묻는 것이다.

분위기가 수상했지만 조경수가 이맛살을 찌푸렸다. 처음 보는 대령이긴 해도 육사 후배일 것이다. 연줄을 찾으면 두 사람 만에 연결이 된다.

"난데, 무슨 일이오? 대령."

조경수가 '대령'이라는 말에 힘을 주었다. 그때 대령이 뒤에 선 사내들에게 지시했다.

"체포해."

그 순간 사내들이 조경수에게 다가갔다.

기가 질린 유진만과 박태기는 몸을 굳힌 채 입도 열지 못했지만 조경수는 다르다. 벌떡 일어선 조경수가 소리쳤다.

"뭐야? 이 새끼들이 날 뭐로 보고!"

그 순간 다가선 사내 하나가 주먹으로 조경수의 턱을 쳤다.

"털컥!"

잘 친 주먹이어서 정통으로 턱을 맞은 조경수의 사지가 늘어졌다. 그때 사내들이 조경수의 손에 수갑을 채우더니 포승줄을 꺼내 팔까지 묶었다. 조경수의 입에서 옅은 신음이 흘렀고 눈동자는 흐려져 있다. 그때 대령이 한 걸음 다가서서 말했다.

"조경수, 너를 국가 전복 기도 혐의로 체포한다."

눈을 감고 있었지만 주위 상황은 훤하게 알 수 있다. 지금 자신은 성모병원 귀빈실에 눕혀져 있다. 들어올 때 보았더니 응접실까지 갖춘 입원실이다. 지금 주위에는 의사 둘, 간호사 셋, 그리고 이곳까지 자신을 호송한 사내 셋, 거기에다 조금 전에 들어온 두 사내까지 10명이 둘러서 있다. 조금 전에 들어온 두 사내들 중 한 명이 고위직 같다. 모두 조용해졌고 사내의 묻는 말에만 대답한다.

"어때요?"

이것은 사내가 의사들에게 묻는 말이다.

236

"중상입니다. 온몸이 타박상, 골절 상태입니다. 이걸 보십시오."

의사 하나가 CT 촬영 결과를 보여주는지 부스럭거리는 소리가 났다.

"여기, 여기, 여기……."

의사가 가리키는 소리, 그때 사내가 이 사이로 말했다.

"지독하게 당했군."

"예?"

"아뇨."

그러더니 사내가 헛기침을 했다.

"언제까지 완치되겠습니까?"

"완치되려면 석 달은 걸립니다."

"뭐요? 석 달?"

"열흘쯤 후에는 보행은 가능하지요."

"열흘?"

"생명에는 지장이 없습니다."

"이거 큰일 났는데."

그때 이광은 졸음이 밀려왔고 곧 잠이 들었다.

"완치되려면 석 달은 걸릴 것 같다고 합니다."

비서실장 유근종이 백정희 대통령에게 보고했다. 안기부장 최도광한테서 방금 보고를 받은 것이다.

"이런 빌어먹을."

눈을 치켜뜬 백정희가 유근종을 노려보았다.

"이거, 어떻게 해야 되지?"

후세인은 이광의 몸에 손톱자국 하나만 나도 모두 총살시킨다고 말했다지 않는가?

"모두 총살당하겠는데?"

병원에 입원한 다음 날 오전, 정남희가 첫 번째 방문객으로 찾아왔다. 안기부 오금봉 국장과 함께였다.

"사장님!"

온몸에 붕대를 감고 누워 있는 이광을 보더니 정남희가 눈물부터 쏟았다. 이광의 손을 두 손으로 감싸 쥔 정남희가 침대 옆에 서서 울었다. 그때 옆으로 다가온 오금봉이 말했다.

"정남희 씨가 일등공신이오."

이광의 시선을 받은 오금봉이 쓴웃음을 지었다.

"정남희 씨가 이곳저곳에 연락을 했고 결국 강인숙 씨가 후세인을 움직인 겁니다."

짐작하고 있었으므로 이광은 눈만 껌벅였고 오금봉이 말을 이었다.

"미국 군수업체도 적극적으로 후세인 측근을 통해 로비를 했지요. 그들에게 리스타상사는 수출 창구이기도 하니까요."

"폐를 끼쳤습니다."

겨우 입을 연 이광이 손바닥으로 정남희의 눈물에 젖은 볼을 닦았다.

"고맙다."

"아녜요."

그때 오금봉이 말을 이었다.

"정남희 씨는 조경수의 협박에 굴복하지 않았어요. 유민우 씨는 조경수 씨가 시키는 대로 했다지만 허위 증언을 했고 증거물에도 서명을

238

했습니다."

"……."

"그런데요."

입맛을 다신 오금봉이 한숨까지 쉬고 나서 목소리를 낮췄다.

"오후에 대통령 비서실장이 올 겁니다."

"……."

"이 사장께 부탁하려고 오는 겁니다. 지금도 이라크에 대사와 장관 일행까지 10여 명이 구속되어 있거든요."

"……."

"이 사장께서 강인숙 씨를 통해 그들을 구명해달라고 부탁하려는 겁니다. 이 사장이 알고 계시는 군부 고위층에도 손을 써 주시기를 바라는 것이지요."

힘들게 말한 오금봉이 길게 숨을 뱉었다.

"일부에서는 조경수를 이라크로 보내라는 의견도 나온 것 같더군요."

그러면 아마 고사총으로 총살당할지도 모른다. 후세인이 그런다고 약속했으니까.

"부탁합니다."

위로의 말을 끝낸 비서실장 유근종이 그렇게 본론을 꺼내었다.

"후세인 대통령 각하의 입장을 충분히 이해한다고 전해 주시지요. 한국과 이라크의 경제발전과 수출입에 공헌하고 있는 리스타상사를 부패 기업으로 몰아 이라크의 신의를 배신으로 갚았습니다."

말을 잘한다. 숨을 죽인 이광이 유근종의 말을 듣는다.

"이라크 측에 우리 대통령 각하의 진심을 전해 주셨으면 합니다. 부탁합니다."

유근종은 노련했다. 구속된 장관 일행, 대사의 석방에 대해서는 한마디도 꺼내지 않고 돌아갔다. 이광의 머리 위에는 유근종이 놓고 간 난 화분이 놓여졌다. '대통령 백정희'라고 쓴 리본이 붙어 있다.

"나야, 나."

강인숙의 목소리가 커다랗게 울렸다. 오후 3시, 암만은 오전 9시다. 강인숙이 소리치듯 묻는다.

"지금 어디야?"

"니왔어, 풀러 나왔다고."

"어, 그래?"

강인숙의 목소리가 더 높아졌다.

"석방되었단 말이지?"

"그래, 네 덕분이야."

"내 덕분은 무슨, 하하하."

소리 내어 웃은 강인숙이 말을 이었다.

"어때? 내 영향력이?"

"엄청나더구나."

"카심 대장, 하비브 대장도 나서 주었어."

"고맙다고 전해줘."

"대통령도 화가 단단히 났다고. 내 말을 듣더니 바로 경호실장을 불렀다니까."

"그렇군."

심호흡을 한 이광이 말을 이었다.

"그럼 한국 관리들을 풀어달라고 말 좀 해줘."

"알았어. 바로 연락할게."

그러더니 강인숙이 말을 이었다.

"다음 주에 암만으로 와. 오더가 있어."

강인숙이 전화를 끊었으므로 이광은 미처 대답하지 못했다. 그때 옆쪽 소파에 앉아 있던 안기부장 최도광이 벌떡 일어섰다. 옆쪽 자리에서 제1차장 서용만과 오금봉 국장도 따라 일어섰다.

"수고하셨습니다."

최도광이 이광에게 머리를 숙여 보이더니 서둘러 방을 나갔다. 대통령께 보고하려는 것이다.

두바이에 머물고 있던 진남철이 다음 날 날아왔다가 돌아갔고 이어서 윤지혜, 쿠웨이트에서는 임직원을 대표해서 하사드가 다녀갔다. 유성상사에서는 대표로 곽영훈이 왔다. 이들은 모두 이번 사건에 연루되지 않았다. 연루되지 않았다는 것은 이광에게 '불리한 증언' 또는 '증거 조작'에 간여하지 않은 사람들을 말한다. 대신 조경수의 협박에 굴복하여 증거, 증언을 조작했던 유민우와 '리스타 서울'의 업무부장, 유성상사의 총무부장 등은 나타나지 않았다. 증거 조작 혐의로 모두 구속되었기 때문이다. 그들이 모두 직장에서 자동 해고된 것은 물론이다. 밤 10시 반, 방문객들이 뚝 끊긴 병실에 둘이 남았다. 이광과 정남희다. 정남희는 오늘까지 나흘째 이광의 병실을 지키고 있다.

"윤지혜 씨가 어제 돌아가면서 저한테 뭐라고 한지 아세요?"

선물 박스를 치우면서 정남희가 물었다. 이광이 물끄러미 정남희를 보았다. 정남희는 반소매 원피스 차림이다. 조금 전에 옷을 갈아입은

241

것이다. 이 시간부터 병실에는 둘이 남는다. 간호사도 내일 아침 6시에
올 것이다. 정남희가 말을 이었다.

"사장님을 잘 부탁한다고 했어요."

몸을 돌린 정남희의 얼굴에 웃음이 떠올랐다.

"저한테 맡긴다고요."

"……."

"그리고 먼저 옆으로 다가가라고 하더군요."

다가온 정남희가 이광을 내려다보았다. 얼굴이 조금 상기되어 있다.

"갈비뼈 건드리지 않고 옆에 누울게요, 괜찮죠?"

이광이 시선만 주었고 정남희는 원피스 단추를 풀기 시작했다. 분홍
색 바탕에 흰 꽃무늬가 박힌 원피스가 곧 스르르 밑으로 떨어졌고 정
남희는 브래지어와 팬티 차림이 되었다. 불빛에 비친 정남희의 몸을 본
이광이 숨을 들이켰다. 둥근 어깨, 쭉 뻗은 팔과 다리, 대리석을 깎아 만
든 것처럼 반질거리는 피부, 그때 정남희가 손을 뒤로 돌리더니 브래지
어의 후크를 풀었다. 다음 순간 브래지어가 떨어지면서 정남희의 풍만
한 젖가슴이 솟아올랐다. 그때 정남희가 시트를 들치더니 침대 위로 올
랐다.

뜨거운 밤이다. 가쁜 숨소리에 섞인 비명 같은 탄성, 몸 부딪치는 소
리, 방안에 열풍이 휘몰아치고 있다. 이광의 몸 위에 오른 정남희는 거
대한 악기를 다루는 악사다. 그런데 악사가 노래를 부른다, 비명 같은
노래를. 이윽고 악사가 환희의 신음을 뱉으면서 악기 위로 엎어졌다.
이광은 정남희의 허리를 당겨 안았다. 빈틈없이 붙여진 한 쌍의 알몸이
한동안 떨어지지 않는다.

242

상공부장관 일행과 대사는 무혐의로 풀려났다. 이라크 정부는 그들을 석방하면서 '혐의가 벗겨졌다'는 표현을 썼다. 그러나 사과하지는 않았다.

"고문당했다면서?"

입원 일주일째 되는 날 오후, 아이와 함께 찾아온 강은서가 물었다. 아이는 오늘도 정신없이 방안을 돌아다니고 있다.

"누가 그래?"

이광이 되묻자 강은서가 눈을 흘겼다.

"오 국장."

"그 양반 별걸 다 말해주는군."

"난 몰랐어. 이제 찾아와서 미안해."

침대 옆에 앉은 강은서가 가라앉은 시선으로 이광을 보았다. 그때 정남희가 둘 앞에 마실 것을 내려놓았다.

"애인이세요?"

강은서가 불쑥 묻자 정남희가 웃었다.

"아뇨, 리스타상사 부장입니다. 중국에서 일하다가 사장님 간병하러 왔어요."

"그렇군요. 미인이세요."

"감사합니다. 부인께서도 미인이세요."

그때 이광이 강은서에게 물었다.

"학원은 잘돼?"

"잘돼."

머리를 끄덕인 강은서의 얼굴에 웃음이 떠올랐다.

"보람도 있고."

강은서는 이제 학원 원장이다. 3층 빌딩을 구입해서 그곳에 학원을 차린 것이다. 이광과 안기부가 절반씩 투자해서 강은서의 정착 자금을 마련한 것이다. 다시 강은서가 말을 이었다.

"이젠 나도 안정이 되었어. 학원하면서 상철이를 키울 거야."

"잘됐군."

이광이 정남희의 뒷모습에 시선을 주면서 머리를 끄덕였다.

"좋은 남편 만나는 일만 남았구나."

강은서는 대답하지 않았다.

조경수의 자백으로 사건의 원인이 밝혀졌다. '사정'할 곳을 찾던 조경수가 최근 급격하게 사세를 신장시키는 회사를 점검한 결과 리스타 상사를 타깃으로 삼았던 것이다. '리스타 암만'이 무기 수입 대리점 역할을 하는 것만 알았어도 '어마 뜨거워라' 하고 손을 놓았겠지만 그쪽 정보는 없었으니 당연한 일이었다. 퇴원하기 이틀 전에 황학수 회장이 문병을 왔다. 입원하자마자 문병 오겠다는 것을 극력 사양했더니 마침내 고집을 부려 찾아온 것이다.

"이 사람아, 자네는 오지 말라는 것이 예의인 줄 알지만 나로서는 서운하네."

방에 들어서자마자 황학수가 이광을 나무랐다.

"죄송합니다, 회장님."

이광이 사과했다. 온몸에 붕대를 감은 몰골을 어른에게 보이기 싫어서 안기부 오금봉까지 동원해서 만류했던 것이다. 이제 이광은 붕대를 다 풀고 가슴에만 깁스를 했어도 황학수는 혀를 찼다.

"온몸에 깁스를 했다고 해서 놀랐네."

"다 나았습니다."

"내일 출근할 텐가?"

"예, 출근했다가 오후에 중국으로 가야 합니다."

"중국에?"

"예, 푸저우 공장에."

"그렇지."

커다랗게 머리를 끄덕인 황학수가 말을 이었다.

"내가 푸저우에 같이 가지. 유성상사를 설립할 때의 노하우를 푸저우 공장에 전해주면 될 거야."

이광의 시선이 옆에 선 정남희에게로 옮겨졌다. 정남희도 놀란 표정이다. 생각에 잠긴 듯 눈동자의 초점이 멀어져 있다. 그때 먼저 정남희가 말했다.

"회장님이 도움이 클 것 같아요."

"이 미인 아가씨는 누군가?"

황학수가 묻자 이광이 소개했다.

"예, 리스타 기획실 부장으로 이번에 푸저우 공장 설립을 책임지고 있습니다."

정남희가 예의 바르게 인사를 하자 황학수가 머리를 끄덕이며 물었다.

"내가 도움이 되겠나?"

"물론입니다. 제가 모시고 가겠습니다."

정남희가 상기된 얼굴로 말했다.

"그쪽에서도 대환영할 것 같습니다."

그날 밤 이광의 가슴에 안긴 정남희가 말했다.

"푸저우 공장에 한국식 경쟁 체제를 도입하면 세계 제1이 될 거예요."

"마침 회장님이 도와주신다니 잘됐다."

이광이 정남희의 허리를 당겨 안으면서 말했다.

"유성상사를 맨손으로 일으키신 분이야. 푸저우 공장을 변화시키는 데도 황 회장님이 적격이야."

"해보겠어요."

"잘해, 내가 밀어줄 테니까."

이광이 정남희의 입술에 입을 맞췄다.

다음 날 오후 1시 반, 이광은 쿠웨이트행 대한항공 좌석에 앉아 있다. 비행기는 서해상을 날아가는 중이다. 정남희와 황학수 회장은 오후 비행기로 홍콩을 거쳐 푸저우로 들어갈 것이다. 이광이 머리를 돌려 옆에 앉은 배선희를 보았다. 배선희는 이광이 구속된 다음 날 회사에 사표를 내고 잠적했다. 알고 보았더니 강릉의 친척 집에서 지냈다는 것이다. 그래서 이광이 이틀 전에 수소문해서 찾아내어 복직시킨 것이다.

"넌 당분간 쿠웨이트에서 영업 경험을 쌓도록 해."

배선희는 시선만 주었고 이광이 말을 이었다.

"쿠웨이트 시장이 리스타상사의 원조 격이야. 거기서 지점이 뻗어 나갔지. 관리과장을 맡길 테니까 영업을 보조하고 관리해봐."

"네, 사장님."

배선희가 고분고분 대답했다.

"시키신 대로 하겠습니다."

"그다음에 네 적성에 맞는 직책을 찾아봐."

"알겠습니다."

배선희는 정남희가 국개위에 끌려갔다는 연락을 받자 바로 사표를 내고 잠적했던 것이다. 본부장 비서로 이광의 최측근이었던 배선희다. 이광을 비리로 엮는 데도 배선희가 적격일 터였다. 국개위 수사관들은 배선희가 회사를 나간 지 한 시간도 안 되어서 찾아왔으니 위기일발이었다.

"시내에 간부 사원 아파트가 있어. 너한테 35평형 아파트가 배정될 거다."

눈만 깜박이는 배선희에게 이광이 말을 이었다.

"가전제품도 다 구비되었고 승용차도 넘겨줄 거야. 네 선배들한테 뒤지지 말도록 해."

"예, 사장님."

배선희의 얼굴이 상기되었다. 선배들이란 윤지혜, 정남희를 말한다.

하사드는 주식과 선물 투자로 두 달 만에 1천만 불이 넘는 소득을 올렸다. 그래서 이광은 이번에 하사드가 모아놓은 직원 6명으로 '리스타 투자'를 설립할 예정이었다. 이미 준비는 다 해놓아서 이광이 쿠웨이트에 도착한 후에 설립은 일사천리로 진행되었다. 그리고 사흘 후에 리스타상사 건물 6층에 '리스타 투자' 증권회사가 설립되었다. 리스타상사의 자회사로 대표는 하사드다.

"네가 리스타상사 사원들의 귀감이다."

설립된 날 밤, 둘이 호텔방에서 술을 마시면서 이광이 말했다.

"이제 가족들도 다 모였으니까 분발해라."

"예, 사장님."

하사드의 얼굴이 붉어졌고 금방 눈에 물기가 배었다. 하사드의 가족 14명은 모두 쿠웨이트로 이주한 것이다. 지난주에 대장으로 진급된 특전사령관 하비브가 전속부관을 보내 14명을 쿠웨이트로 공수해주었다. 물론 강인숙의 영향력도 작용했다.

"누나가 오후에 도착했습니다."

하사드가 말한 순간 이광이 숨을 들이켰다. 마르카, 머릿속에 마르카를 처음 껴안았을 때의 순간이 떠올랐다. 마르카는 가족이 쿠웨이트에 모이자 만나려고 온 것이다. 하사드가 말을 이었다.

"지금 가족과 함께 있습니다."

"왜 이제야 말하는 거냐?"

나무란 이광이 벽시계를 보았다. 9시 반이다. 눈치를 챈 하사드가 물었다.

"전화 바꿔 드릴까요?"

이광이 머리를 끄덕이자 하사드가 전화기를 들고는 버튼을 눌렀다. 그러고는 곧 아랍어로 말하더니 송화구를 손으로 막고 이광을 보았다.

"전 돌아가겠습니다."

하사드가 전화기를 이광에게 건네주고 나서 몸을 돌렸다. 이광이 전화기를 귀에 붙였다.

"헬로."

이광이 부르자 곧 마르카의 목소리가 울렸다.

"저예요, 마르카."

"마르카, 부모님 만나서 좋았겠구나."

"모두 당신 덕분입니다, 리."

마르카가 울먹였다.

"하사드한테서 다 들었어요. 당신은 우리 모두의 은인이에요."

"하사드도 일 잘해."

"행복하다고 했어요."

"넌 어때, 마르카?"

"이렇게 당신과 이야기하는 것이 행복해요, 리."

"그럼 이리 와."

"하사드는 거기 있어요?"

"내가 너하고 둘이 있으라고 조금 전에 집에 갔어."

"지금 갈게요."

마르카에게 호텔방을 알려준 이광이 전화기를 내려놓고는 소파에 등을 붙였다. 저절로 입에서 긴 숨이 뱉어졌고 조경수한테서 고문을 당한 순간들이 꿈처럼 느껴졌다.

마르카의 몸은 뜨겁다. 윤기가 흐르는 갈색 피부, 그동안 몸은 더 풍만해졌지만 군살은 없다. 탄력이 넘치는 사지를 꿈틀거리면서 이광의 몸을 받아들이고 있다. 이제는 거침없이 탄성을 지르고 이광과 리듬을 맞춘다. 두 알몸이 어지럽게 엉켰다가 풀리면서 단성은 더 높아졌다. 이광이 마르카의 머리칼을 움켜쥐고는 입을 맞췄다. 격정이 치밀어 올랐기 때문에 행동이 거칠다. 마르카는 신음을 뱉으면서 이광의 몸을 감싸 안았다. 입이 겨우 떼어졌을 때 마르카가 자지러지면서 소리쳤다. 절정에 오르는 것이다.

"오, 여보."

마르카의 몸을 껴안은 채 이광이 가쁜 숨을 가라앉혔다. 앓는 소리를 내면서 마르카는 이광의 가슴에 얼굴을 파묻고 있다. 이광이 마르카의 땀에 젖은 머리칼을 이마 위에서 걷어 올렸다. 마르카는 카이로 대학에서 박사 학위를 받은 것이다. 다음 달부터 프랑스의 제8대학에서 강의를 하게 될 것이다. 그때 마르카가 이광의 가슴에서 볼을 떼었다.

"저, 기다릴게요."

이광의 시선을 받은 마르카가 말을 이었다.

"언제까지라도. 난 당신뿐이에요."

"고맙다, 마르카."

"파리에 오시면 내 집에서 주무세요."

"그래야지."

"하사드가 매달 생활비 보내준다고 했지만 거절했어요. 난 당신 여자라 당신한테서 도움을 받는다고 했죠."

"잘했어."

이광이 마르카의 엉덩이를 당겨 안았다. 두 달쯤 전에 마르카의 파리 정착에 대비해서 이광은 몽마르트르 근처에 아파트 한 채를 구입해 놓았던 것이다. 마르카가 말을 이었다.

"여보, 내가 기다린다는 말에 부담 갖지 마세요. 난 당신 여자라는 것을 알려주고 싶었을 뿐이니까요."

"난 네 남자야."

이광이 마르카의 젖가슴을 입에 넣었다. 마르카는 이러면 좋아한다.

다음 날 아침, 이광이 호텔방에서 전화를 받는다. 옆에 알몸의 마르카가 전화벨 소리에 같이 깨어나더니 시트를 목 밑까지 끌어당겼다. 이광이 전화기를 귀에 붙이고 응답했다.

"여보세요."

"지금 깬 거야?

강인숙이다. 이광이 상반신을 일으켰다. 오전 7시 반이다.

"응, 전화 때문에 깼어."

"옆에 여자 있어?"

"아니."

"있어도 상관없어. 그냥 물어본 것이니까."

"지금 어디야?"

"암만, 오늘 올 수 있지?"

"오후에 갈 거야."

"몇 시 비행기?"

"3시 반, 쿠웨이트항공."

"내가 공항에 갈게."

"그러지 마, 누가 볼라."

"이젠 괜찮아. 고문당했다가 나온 사람을 위로하려는 차원에서 나가는 것이니까."

강인숙의 목소리에 웃음이 띠어졌다.

"대통령이 얼마 전에 나한테 물어봤어. 자기가 내 애인이었느냐고."

숨만 들이켠 이광에게 강인숙의 말이 이어졌다.

"아니라고 했지. 오직 사업 파트너일 뿐이라고 했어."

공항에 나온 강인숙이 활짝 웃는 순간 이광은 눈이 뜨거워졌고 목이 메었다. 가슴도 먹먹해져서 다가온 강인숙이 내민 손을 잡고는 입도 떼지 못했다.

"여위었네."

이광의 손을 쥔 강인숙이 이제는 눈을 가늘게 뜨고 말했다.

"고문을 많이 당했나 봐."

"덕분에 내가 살아나왔다."

겨우 입을 뗀 이광이 정색하고 말을 이었다.

"네가 내 목숨을 살린 거야. 너의 도움이 없었으면 난 죽었어."

"세상에."

강인숙이 눈을 치켜떴다.

"그런 줄 알았으면 잡아놓았던 장관이나 대사 중 한 놈을 총살시키는 건데, 왜 이제야 이야기 하는 거야?

"한국 정부에서 사정을 해서."

둘은 이제 나란히 걷고 있다. 뒤에는 강인숙을 수행한 직원 두 명이 이광의 가방을 들고 따른다. 강인숙이 말을 이었다.

"도대체 어떤 놈들이 그런 거야? 가만 보니까 안기부도 국개위한테 쩔쩔매는 것 같던데 어떤 놈이야?"

"네 덕분에 국개위는 해체되었어."

쓴웃음을 지은 이광이 강인숙을 보았다.

"날 고문했던 놈은 징역 15년을 받을 거라고 해. 그만하면 살인범의 형량이지."

조경수는 지금 구속되어 있었는데 그 정도는 가벼운 형량이다.

"이번 오더는 미사일로만 15억 불이야."

돌아오는 차 안에서 강인숙이 말했다. 벤츠는 암만 시내를 향해 빠르게 달려가고 있다. 강인숙이 말을 이었다.

"이틀 후에 바그다드로 공수되고 잔금이 파리에서 지급될 거야."

가방에서 쪽지를 꺼낸 강인숙이 이광에게 내밀었다.

"제품 확인이 되면 자기가 이 구좌에서 대금을 출금해서 제럴드 씨 한테 12억 불을 줘."

쪽지에는 구좌 번호, 비밀 번호, 인증 번호가 적혀 있었는데 자금은 15억 5천만 불이다. 강인숙이 말을 이었다.

"15억 5천을 다 찾아서 나머지 3억 5천 중에서 3억 불은 아래쪽 구좌에 입금시켜."

이광이 머리를 끄덕였다. 눈에 익은 후세인의 비밀 구좌다.

"나머지 5천만 불은?"

"3천만 불은 내 구좌로."

"알았어."

강인숙의 개인 구좌다. 이 구좌에 넣은 금액은 강인숙과 이광만 안다. 현재까지 강인숙의 스위스 비밀금고에 예치된 금액은 1억 4천만 불, 이것까지 합하면 1억 7천만 불이 될 것이다. 이광은 이번 거래에서 '리스타 암만'의 이름을 빌려주고 심부름 값으로 2천만 불의 배당을 받았다. 물론 '리스타 암만'은 15억 불 무기 수출 대행 업무를 한 세금을 내야 할 것이다. 그때 강인숙이 손을 뻗쳐 이광의 손을 잡았다. 부드럽고 따뜻한 손이다. 그러나 강인숙의 시선은 앞쪽으로 향해져 있다. 앞 좌석에는 운전사와 타미란이 앉았다.

"전쟁이 머지않아 끝날 거야."

강인숙이 입술만 달싹이며 말했다.

"난 오늘 밤에 다시 바그다드로 돌아가야 돼. 그 사람은 내가 옆에 있어야 잠을 자.”

이광이 숨을 들이켰다. 그 사람이란 누군가? 바로 사담 후세인이다.

오후 9시 반, 이번에는 이광이 바그다드행 밤 비행기를 타는 강인숙을 배웅하고 암만 시내로 돌아왔다. 이광이 들어선 곳은 중식당 남경, 예약된 방으로 들어서자 동양인 셋이 자리에서 일어섰다. 남자 둘, 여자 하나, 남자들은 50대쯤이고 여자는 30대 중후반.

“어서 오십시오.”

한국말이 터져 나왔다. 한국인이다. 둘은 요르단 한국교민회 회장과 부회상, 여사는 한국어 학교 겸 유치원 원장이다. 회장과 부회장은 전에 두 번 만났지만 여자는 초면이다.

“인사하시오, 리스타상사의 이 사장님이시오.”

회장 황기택이 여자에게 말했다. 황기택은 이광이 작은 의류 수출업을 하는 줄로만 안다. 실제로 매장에 와 보았기 때문이다.

“전수현입니다.”

여자가 두 손을 앞에 모으고 인사했다. 목소리가 맑다. 단발머리, 전혀 화장을 하지 않아서 볼의 솜털이 보인다. 입술도 말라서 세로줄이 드러나 있다. 그러나 날씬한 몸매, 얼굴을 잠깐 들여다보았더니 미인형이다. 그러나 시장에서 샀는지 옷은 헐렁했고 사이즈도 맞지 않았다. 넷이 자리에 앉았을 때 종업원이 주문을 받으러 들어왔다. 사내들이 주춤거렸으므로 이광은 가장 비싼 요리를 시키고는 술도 시켰다. 기가 죽은 사내들이 눈치만 보았을 때 이광은 자신이 호기를 부린 이유를 깨달았다. 여자가 아무렇게나 꾸미고 나온 것이 불쾌했기 때문인 것 같다.

“전수현 씨는 지금까지 자원봉사를 해왔다고 볼 수 있습니다.”

황기택이 붉게 상기된 얼굴로 말했다. 위스키를 반병쯤 나눠 마시고 난 후다. 전수현은 시선을 내린 채 담담한 표정이었고 황기택의 말이 이어졌다.

"암만에 교민이 87명, 대사관 직원까지 93명인데 그중 6세 미만 아이가 14명이나 됩니다. 물론 정식 비자를 받지 못한 교민까지 포함해서죠."

이광이 잠자코 손에 쥔 잔을 들어 한 모금 위스키를 삼켰다. 교민회장 황기택이 그동안 여러 번 만나자는 연락을 해왔고 그것이 교민회 일을 거들어 달라는 부탁인 줄은 예상했다. 암만 시장은 쿠웨이트의 1천분의 1도 안 되었기 때문에 직원들을 통해 그들의 사업과 신용, 영향력까지 파악해 놓았던 것이다. 교민회장 황기택은 58세, 한국에서 부도를 내고 이탈리아를 거쳐 암만에 정착했다. 시장에서 오퍼상을 운영하고 있지만 의류 가게 주인이라고 보는 것이 맞다. 명함에만 '오퍼상'으로 박아 놓았지, 서울 남대문 시장에서 남은 물건을 싣고 와서 파는 것이다. 부회장 정민호는 운송회사 사장 명함을 돌리고 있지만 택시 2대, 트럭 1대를 임차해서 영업을 하고 있다. 하루 벌어서 하루 먹고사는 신세다. 교민들 회장, 부회장이지만 교민회를 개최하면 10명 안팎의 교민이 모였다가 헤어진다. 대사관에서는 아예 교민회를 인정하지 않는 분위기다. 그때 이번에는 정민호가 이광에게 말했다.

"대기업 지사들도 모두 이번에 전수현 씨의 학원 운영에 대한 적극적인 협조를 약속했습니다. 목표인 2만 불은 곧 채워질 겁니다."

머리를 끄덕인 이광이 힐끗 전수현을 보았다. 전수현은 술을 한 잔도 마시지 않았다. 황기택과 정민호가 여러 번 권했어도 잔을 쥐었다가 놓았을 뿐이다. 그리고 말도 거의 하지 않았는데 묻는 말에 짧게 대답만 할 뿐이다. 그때 이광의 시선을 느꼈는지 전수현이 머리를 조금 들었다가 시선이 마주쳤다. 그 순간 이광이 숨을 들이켰다. 눈이 맑다. 깨끗하다고 표현하는 것이 낫겠다. 그때 옆에서 정민호의 목소리가 울렸다.

"이번에 이 사장님께서 도와주시면 교민회에서 추진하는 한국어 어학원과 유아원이 설립될 것입니다. 2만 불에서 그 10퍼센트인 2천 불 정도만 기부해주셨으면 합니다. 그러면 유아원 건물의 기부자 명단에 크게 찍힐 것이고요."

"……."

"대사님도 적극 협조해 주고 계십니다. 저희들한테 거의 매일 기부자를 확인하시거든요."

"……."

"기부하시고 나면 저희들하고 대사님을 뵈러 가시지요. 아주 고마워하실 것입니다."

그때 전수현이 자리에서 일어서며 말했다.

"저, 화장실에 다녀오겠습니다."

지금까지 한 시간 가깝게 같이 앉아 있었지만 가장 긴 말을 했다.

전수현은 화장실에서 돌아오지 않았다. 아니, 화장실에 가지 않고 도망친 것 같았다. 10분이 지나도 전수현이 돌아오지 않자 황기택과 정민호가 불안한 표정으로 서로를 보았다. 이윽고 15분이 지났을 때 정민호가 서둘러 밖에 나갔다 오더니 정색하고 이광에게 말했다.

"죄송합니다. 전수현 씨가 급한 일이 있다면서 먼저 갔습니다. 사장님께 꼭 죄송하다는 말씀을 전해 달라고 하시는군요."

"아, 괜찮습니다."

머리를 끄덕인 이광이 자리에서 일어나면서 둘을 보았다.

"저도 잠깐 화장실에 다녀오지요."

이광이 화장실에서 돌아온 지 20분쯤 지났을 때 방문이 열리면서 타미란이 들어섰다. 타미란의 뒤를 두 사내가 따른다.

"잠깐 당신들을 경찰서로 연행하겠습니다."

타미란이 셋에게 말하더니 이광 앞으로 다가섰다.

"가시지요."

뒤쪽 두 사내도 황기택과 정민호 앞으로 바짝 붙었다.

"아니, 당신들 뭐야?"

사내들이 들어섰을 때부터 굳어 있던 황기택이 물었지만 목소리가 떨렸다.

"경찰이야. 밀입국자, 범죄자 단속 중이야."

사내 하나가 말하더니 주머니에서 신분증을 꺼내 보였다.

"갑시다."

이광이 앞장서서 방을 나오자 타미란이 바짝 뒤에 붙었다. 겉으로 보기에는 연행하는 것 같다. 식당 앞에는 경찰차 2대가 기다리고 있었는데 이광은 타미란과 함께 앞쪽 차에 탔다. 둘이 타자마자 경찰차는 출발했고 타미란이 이광에게 말했다. 뒤쪽 경찰차는 꾸물거리고 있다.

"저 둘은 경찰서에서 신원 조회를 받고 이상이 있으면 바로 출국, 또는 구속될 것입니다."

앞쪽만 응시하는 이광에게 타미란이 말을 이었다.

"전수현은 시장 안의 민가에 방 하나를 얻어 생활하고 있는데 전과는 없습니다. 요르단에 온 지 3개월이 되었습니다."

사기꾼들이다. 방에 등을 붙이고 앉은 전수현이 다리를 두 손으로 감싸 안고 턱을 무릎 위에 놓았다. 회장, 부회장이 사기꾼인 줄 알면서 중식당에 나간 것이다. 회장 황기택이 웃음 띤 얼굴로 말했다.

"전 선생은 가만있기만 하면 돼요, 뭘 물어보면 머리만 끄덕이라니까. 그럼 기부금의 절반을 떼어 주겠소."

부회장 정민호가 거들었다.

"오늘 만나는 사람은 의류 오퍼상인데 사무실도 크고 벤츠를 타고 다닙니다. 전 선생은 미인이시니까 화장도 좀 하시고 나와서 분위기를 맞춰 주시지요. 그 사람은 젊어서 금방 끌릴 겁니다."

그래서 전수현은 화장도 일부러 하지 않았고 시장에서 산 싸구려 옷을 아무렇게나 걸치고 나갔던 것이다. 그러다가 마침내 견딜 수가 없어서 화장실에 간다고 하고 도망쳐 나왔다. 이윽고 전수현의 눈에서 눈물이 흘러내렸다. 한국을 떠난 지 1년 반, 1년 동안 프랑스에 한국 식당에서 일했지만 학비를 모으기는커녕 빚만 쌓였다. 아버지가 부도가 나서 프랑스의 친척한테 도망치듯이 보내진 전수현이다. 대학 4학년 때였기 때문에 1학기만 마치면 졸업이었다. 그런데 친척 집 사정도 좋지 않아서 전수현은 알바로 생계를 꾸려가야 했다. 그러다가 요르단 암만에 유치원 원장 자리가 있다는 말을 듣고 이곳으로 오게 된 것이다. 식당에서 만난 요르단 교민회장 황기택의 말솜씨에 넘어간 것이다. 비행기 표도 전수현이 내야 했지만 암만에 가면 월 3천 불짜리 원장이 될 줄 알았다. 그런데 황기택과 정민호의 들러리가 되어서 기부금을 모으는 사기단의 일원이 되었다. 지금까지 모은 금액은 7천 불 정도, 그중 절반을

258

준다고 했지만 두 사기꾼은 석 달 동안 생활비로 월 250불씩만 주었다. 도망칠까 봐서 놈들은 전수현의 여권도 갖고 있는 것이다. 놈들이 혹시 인신매매나 시키지 않을까 걱정되었지만 아직 그럴 단계는 아닌 것 같다. 그때 문밖에서 주인 여자의 목소리가 들리더니 점점 가까워졌다. 오전 10시 반쯤 되었다. 어젯밤 늦게 집에 돌아온 후에 전수현은 아침도 거른 채 방구석에 쪼그리고 앉아 있는 중이다. 그때 방문에서 노크 소리가 들리더니 주인 여자가 불렀다.

"전, 손님 왔어."

전수현은 대답하지 않았다. 황기택이나 정민호일 것이기 때문이다. 그들은 한 번도 방에 들어온 적은 없다. 안에 문고리가 있어서 전수현이 열어 주지 않았고 대신 밖으로 나가 만났던 것이다.

"전, 손님이야!"

주인 여자가 다시 소리쳤을 때 전수현은 몸을 일으켰다. 문고리를 풀고 문을 30센티쯤 열었던 전수현이 숨을 들이켰다. 어젯밤의 남자다. 그 남자가 서 있다. 이 사장이란 남자, 그때 시선이 마주친 사내가 말했다.

"황기택 씨, 정민호 씨는 구속되었습니다. 그리고……."

사내가 주머니에서 여권을 꺼내 펼쳤는데 바로 전수현의 사진이 붙여진 여권이다.

"황기택 씨 집에서 이것을 찾아왔습니다."

잠시 후에 둘은 숙소 근처의 아랍 물담배집 안에 마주앉아 있다. 둘은 물담배 대신 뜨거운 아랍 홍차를 시켜놓았다. 이광이 입을 열었다.

"둘 다 구속될 겁니다. 지금 경찰서에서 조사를 받고 있는데 한국인

상대로 사기를 친 것뿐만 아니라 현지인들에게도 사기를 친 증거가 여러 개 드러났고 피해자도 고발을 한 상태입니다."

이광이 시선을 준 채 말을 이었다.

"일단 요르단 경찰이 둘을 구속하고 재판을 하게 될 겁니다."

"……."

"내가 보기에는 전수현 씨는 끌려다닌 것 같은데, 여권까지 빼앗긴 상태에서 말입니다."

"……."

"그 여권은 내가 먼저 손을 써서 황기택의 집에서 찾아낸 겁니다. 경찰이 찾아냈다면 머리가 아파질 뻔했지요."

"……."

"둘이 자꾸 만나자고 해서 뒷조사를 시켰더니 전과가 있고 질이 안 좋은 사람들이었지요. 그래서 미리 대비를 해놓았던 겁니다."

한 모금 홍차를 삼킨 이광이 전수현을 보았다.

"앞으로 어떻게 할 겁니까?"

그때 전수현이 머리를 저었다. 이광에게 시선을 준 채 머리만 젓는다. 이광이 전수현의 머리가 제자리에 섰을 때 다시 물었다.

"어떻게 할 거냐고 물었습니다."

"저, 갈 데도 없고 할 일도 없어요."

전수현이 초점이 멀어진 눈으로 이광을 응시했다.

"그 사람들한테 한 달에 250불씩 받으면서 지금까지 석 달 동안 17명을 만났어요."

전수현의 목소리는 억양이 없어서 초등학생이 책을 읽는 것 같다. 이광은 시선만 주었고 전수현의 말이 이어졌다.

"그 사람들이 사기를 치는 줄 알면서도 그 돈으로 유치원을, 한국어 학원을 열지도 모른다는 꿈을 꾸고 있었어요. 그런데 그 일도 끝났군요."

"……."

"황기택 씨가 파리에서 만났을 때 그랬거든요. '우리가 암만에 최초의 한국어 학원을 세웁시다, 내가 밀어줄 테니까. 암만에서 보람과 성취감을 함께 느껴봅시다.'라고."

그때 전수현의 눈이 흐려지더니 주르르 눈물이 흘러내렸다. 이광이식은 홍차를 마저 마시고는 문 앞에 앉은 타미란에게 눈짓을 했다. 가자는 신호다.

6장 진정한 애국자

오후 1시 정각에 암만공항을 이륙한 비행기가 순항 고도에서 멈춰서 있는 것처럼 느껴졌을 때 이광은 깊은 잠에 빠져들었다. 캐세이퍼시픽은 싱가포르를 거쳐 홍콩에 도착할 것이다. 이번 일정에서 두바이는 생략했다. 윤지혜가 기다리고 있었지만 이광이 현장에서 결정할 사항은 없다. 모든 일이 순조롭게 진행되고 있다. 두바이의 총책임자는 윤지혜다. 기획, 건설팀 20여 명을 훌륭하게 지휘하고 있는 것이다. 직장인으로 직급이 주어지면 그 직급에 맞는 일을 스스로 찾아내는 부류가 있다. 그것이 가장 바람직한 자세의 직장인이다. 바로 윤지혜가 그렇다. 이광도 물론 그런 부류였다. 그다음 등급이 헤매다가 전임의 일을 답습하는 부류, 그리고 최하가 과장에서 부장으로 진급하고 나서도 과장 일감을 쥐고 놓지 않는 부류다. 윤지혜는 리스타상사, 이제는 '유스타상사'가 될 이광의 그룹에서 제2인자가 되어 있다. 지금 푸저우에서 황학수 회장을 모시고 세계 제1의 공장을 세우겠다는 야심을 품고 있는 정남희가 윤지혜의 라이벌이기는 하다. 깊게 잠이 든 이광은 꿈속에서 자신이 베이징의 자금성 안 황제의 용상에 앉아 있는 것을 보고 있다. 옆에 린린과 정남희가 왕비처럼 꾸미고 앉아 있다. 흐뭇해진 이광이 자면서도 웃는 얼굴이었기 때문에 지나던 스튜어디스도 웃었다.

그 시간에 타미란은 전수현과 마주보고 앉아 있었는데 장소는 오전에 이광과 만났던 집 근처의 물담배집이다. 오후여서 근처의 노인 손님들이 찾아와 커다란 악기 같은 물담배를 물고 있다. 노인들이 둘을 힐끗거렸지만 신경에 거슬리지는 않는다. 전수현은 오전에 이광을 수행해온 타미란을 기억하고 있다. 그래서 할 말이 있다고 불러내자 말없이 따라 나왔다. 타미란은 예의 있게 행동했고 영어가 유창했다. 타미란이 입을 열었다.

"제가 사장님 지시를 받고 말씀드립니다."

전수현은 눈만 깜박였고 타미란이 말을 이었다.

"오전에 사장님이 대사께 전화를 하셨습니다. 대사께서도 기뻐하시면서 적극 협조하시겠다고 합니다."

전수현이 숨을 들이켰다. 황기택의 레퍼토리와 비슷했기 때문인 것 같다. 눈동자가 흔들리기 시작했다. 불안해진 것이다. 그때 타미란이 말을 이었다.

"그럼 저하고 같이 대사관에 가시죠. 대사가 대사관에서 만나자고 하셨습니다."

"예?"

전수현의 입에서 외마디 외침이 터졌다. 대사가 만나자고? 황기택이 갈 데까지 가는 거짓말을 늘어놓았지만 이렇게까지는 못 했다. 그때 전수현의 시선을 받은 타미란이 손목시계를 보았다.

"지금이 2시 반인데 4시에 대사하고 약속입니다. 준비하고 나오시죠. 제가 여기서 기다리고 있을 테니까요."

"예?"

"여기서 3시에는 출발해야 됩니다. 제 차는 저기 주차장에 있습니다."

"제가요?"

"그럼요."

그때서야 타미란의 얼굴에 쓴웃음이 번지더니 말을 이었다.

"저희 사장님께서 유아원과 어학원 건물을 구해 주신다고 대사님께 약속하셨습니다. 그리고 교재 및 시설비도 모두 부담하기로 하셨고요. 1차 예산은 50만 불로 책정하셨습니다. 이것을 모두 대사께 말씀드렸지요."

"……."

"그리고 전수현 씨는 유아원과 어학원 원장을 겸하게 되시고 월 1,500불의 월급을 받게 되십니다. 이것도 모두 저희 사장님이 부담하실 겁니다."

"……."

"그리고 오늘 대사를 만나고 나시면 거처를 옮기시지요. 시내에 35평형 아파트가 있습니다. 저희 회사에서 직원용으로 구입해 놓은 신형 아파트인데 그곳을 숙소로 쓰시지요."

그러고는 타미란이 다시 손목시계를 보는 시늉을 했다.

"오늘 대사 만나시는 건 저희 리스타상사에서 운영하는 유아원과 어학원 원장으로 인사를 하시는 것입니다. 우리는 위축될 이유가 하나도 없고 오히려 전수현 씨는 대사한테서 고맙다는 인사를 받으시면 됩니다."

전수현은 처음에 온몸에 열이 왔다가 떨리기 시작하더니 한참 만에 그쳤다. 그러자 이제는 눈이 뜨거워졌다. 눈물이 날 것 같았으므로 심호흡을 두 번이나 하고 나서 자리에서 일어섰다. 다리가 휘청거렸지만 견디어냈다. 이것은 꿈이 아니다.

홍콩에 도착했을 때는 밤 11시가 되어갈 무렵이다. 공항에는 린린이 나와 있었는데 이광과 시선이 마주치자 조심스럽게 웃는다. 웃음은 여러 가지다, 밝고 환한 웃음이 있는가 하면 비웃음, 쓴웃음. 지금 린린은 반갑지만 안쓰러운 표정의 웃음을 짓고 있다. 고문당하다가 풀려난 사연을 알기 때문일 것이다. 언론에는 보도되지 않았지만 이쯤 되면 이광은 국제적 인사다. 중국 정부가 이광의 근황을 모르고 있었을 리가 없다. 리무진의 뒷좌석에 나란히 앉았을 때 린린이 머리를 돌려 이광을 보았다. 차는 부드럽게 출발하고 있다.

"고생 많이 하셨죠?"

"좋은 경험을 했지."

이광이 린린의 손을 움켜쥐었다.

"나를 되돌아볼 수 있었어."

"한국의 독재정권이 비난을 많이 받고 있더군요."

린린이 이광의 손을 마주 쥐면서 말을 이었다. 이건 적반하장이다.

"그래서 데모대가 점점 더 늘어나는 것 아녜요?"

"린린, 한국에 대해서 관심이 많구나."

"사업이 걸려 있으니까."

린린의 상반신이 이광에게 기울어졌다. 리무진의 뒷좌석에는 칸막이가 내려져서 앞쪽이 보이지 않는다. 이광이 린린의 어깨를 당겨 안았다.

얼굴을 일그러뜨린 린린이 온몸을 굳히더니 마침내 절정으로 오르기 시작했다. 붉게 상기된 얼굴, 악문 이 사이로 기괴한 신음이 터져 나온다. 땀에 젖어 끈적이는 몸, 그러나 빈틈없이 엉켜서 모든 것이 정지된 것 같은 순간이 지났을 때 이광도 함께 폭발했다. 린린의 긴 탄성, 이광은 린린의 몸을 뭉개버릴 것 같은 기세로 부둥켜안았다. 그때 격정이 넘친 린린이 흐느껴 울었다. 찬란한 밤이다. 밤하늘에 화려한 불꽃이 작렬하는 것 같은 느낌이 든다. 이광이 린린의 알몸을 부둥켜안은 채 노랫소리를 듣는다. 린린의 입에서 흘러나오는 기쁨의 탄성이다.

"리, 황 회장님이 전문가시더군요."
이광의 팔을 베고 누운 린린이 입술을 가슴에 붙이고 말했다.
"시장, 당 비서님이 아주 반기고 있어요. 황 회장님을 경제국 고문으로 모시고 싶다고 해요."
"잘되었군."
이광의 얼굴에도 웃음이 떠올랐다.
"회장님도 기뻐하실 텐데."
"그래요. 며칠 밤을 새우면서 일하고 계세요."
"그것을 보람으로 여기시는 분이니까."
"공장 근로자를 1만 명 수준으로 늘려도 될까요?"
린린이 슬쩍 물었지만 이광은 숨을 들이켰다. 린린의 땀에 젖은 이마가 불빛에 반짝이고 있다. 그렇다. 린린이 홍콩에서 기다리고 있었던 이유가 바로 이것이다. 린린은 오늘 밤 이광의 생각을 듣고 내일 바로 푸저우시 당 비서와 시장에게 보고를 해야 될 것이다. 이광이 린린의 이마에 입술을 붙였다가 떼면서 물었다.

"당 비서하고 시장이 내 계획을 알고 싶다는 건가?"

"그래요, 리. 그래서 제가 기다리고 있었어요."

린린이 몸을 더 붙이면서 말했다. 젖가슴의 탄력이 느껴졌고 아랫배를 딱 붙이자 남성에서 뜨거운 기운이 되살아났다. 린린이 하반신을 비비면서 말을 이었다.

"당신이 미인계에 넘어갈 사람은 아니지만 계획만이라도 말해주세요, 리."

"푸저우 공장 근로자를 1만 명으로 늘리려면 한국의 1만 명 공장의 생산성이 나와야 돼, 린린."

"나올 거예요. 하지만 시간이 조금 필요해요."

"현재 푸저우 1만 명 공장의 생산 능력은 한국 1천 명 공장의 능력과 비슷해, 알고 있지?"

"알아요, 리."

"현재까지 조사한 바로는 푸저우 공장의 불량률이 8.5퍼센트야, 한국은 0.2퍼센트고. 8.5퍼센트로는 수출 상품을 생산한다고 볼 수 없어."

"……."

"지금까지 푸저우 공장은 쓰레기를 만들어서 팔았어."

"……."

"좋아."

마침내 이광이 말하자 린린이 숨을 들이켰다. 머리를 든 린린이 눈을 크게 뜨고 이광을 보았다. 그 사이에 이광의 남성을 쥐고 있던 손에도 힘이 풀렸다. 그때 이광이 말했다.

"1만 명 근로자 기준으로 생산 시설을 늘리되 설비는 모두 중국 측이 부담해주도록 해. 그리고 1년간 근로자 월급의 절반도 부담해주고."

그리고 또 있다. 중국 측이 먼저 제안한 내용들이다.

다음 날 오전에 이광은 홍콩을 출발해서 서울에 도착했다. 공항에 마중 나온 사원은 곽영훈이다. 곽영훈은 유성상사 미주본부장을 맡고 있었지만 중동본부장 진남철이 리스타상사 업무로 나가 있어서 그쪽 일까지 관리했다. 급격하게 성장하는 회사는 활기가 넘치는 반면에 조직 운용이 엉망으로 되는 경우가 많다. 그러나 곽영훈의 관리 수단은 뛰어났다. 대기업인 대성 기조실 출신으로 백영주에 의해서 스카우트되어 왔지만 지금은 이광의 심복이 되어서 입안의 혀 같은 역할을 한다. 진남철이 기획에 뛰어났다면 곽영훈은 조정과 관리에 탁월했다. 시내로 들어오는 차 안에서 곽영훈이 말했다.

"하반기 신입 사원과 경력 사원 모집에서 150명 모집에 2천 명이 응시했습니다. 거기에 일성대 졸업생이 10퍼센트를 차지하고 있습니다."

그렇다면 2백 명이다. 이번 사원 모집에서 전원을 일성대로 채울 수 있는 것이다. 이광의 시선을 받은 곽영훈이 정색하고 말을 이었다.

"우리 리스타상사가 '장래성 있는 기업'의 10위 안에 들어간 것 때문인 것 같습니다."

"내가 국개위에 잡혀서 아직 못 나왔다면 회사는 넘어갔겠지."

이광이 혼잣말처럼 말하자 곽영훈이 길게 숨부터 뱉었다.

"그랬겠지요. 본부장님은 사담 후세인이 살리신 것이나 같습니다."

차 안에는 잠깐 정적이 덮였다. 조경수는 징역 15년을 받을 것이라

268

고 오금봉이 말해 주었지만 언론에는 보도되지 않았고 조경수가 조사를 받는다는 말도 듣지 못했다. 국개위가 해체되었다는 정부 차원의 발표도 없다. 다만 언론에서 종적을 감췄을 뿐이다.

"밖에서는 지금 노다지가 터지고 있어."

좌석에 등을 붙인 이광이 말하자 곽영훈은 숨을 죽였다. 이광의 말이 이어졌다.

"중국도 기를 쓰고 있어. 마치 거대한 곰이 일어나려고 몸부림을 치는 것 같아."

"……."

"지금은 배가 고프고 기력이 없는 상황이니까 무엇이든 먹고 기운을 내겠지만……."

어깨를 부풀렸다가 내린 이광이 초점이 흐려진 눈으로 곽영훈을 보았다.

"곰이 기운을 차리면 주변의 짐승들은 다 죽어. 그러기 전에 우리도 힘을 더 길러야 돼. 호랑이나 아니면 늑대라도 돼야 한다고."

"본부장님은 하고 계십니다."

곽영훈이 정색하고 말했다.

"국개위 같은 놈들, 그리고 정권을 놓지 않으려는 독재자 무리가 문제지요."

공항에서 바로 유성상사로 출근한 이광이 오금봉의 전화를 받았을 때는 오후 2시 무렵이다.

"제가 지금 뵐 수 있을까요?"

오금봉이 물었다.

"근처에 있습니다."

이미 만나려고 근처에 와 있는 것 같다. 그래서 20분쯤 후에 이광은 오금봉과 회의실에서 둘이 마주앉았다. 오금봉이 입맛을 두어 번 다시더니 입을 열었다.

"제가 이번에 국장으로 승진했습니다. 모두 이 사장님 덕분입니다."

"아이구, 축하합니다."

활짝 웃은 이광이 오금봉을 보았다.

"잘되셨네요. 제 덕분이라니 당치도 않습니다."

"아닙니다. 부장도 직접 그렇게 말씀까지 하시더군요. 이 사장님 덕분에 우리 안기부 면목이 섰다고 말입니다."

이번 국개위 사건이다. 결국 강인숙이 후세인한테 손을 썼지만 그 과정을 안기부는 다 알고 있었기 때문에 보고가 정확했다. 그리고 그 보고서는 오금봉이 작성한 것이다. 오금봉이 말을 이었다.

"강인숙 씨는 이제 저희들 소관이 아닙니다."

"아니, 그러면……."

"떠난 거죠."

오금봉의 얼굴에 쓴웃음이 떠올랐다.

"잘 아시겠지만 우리들이 잡아둘 상황이 아니어서요."

"……."

"털어놓고 말해서 후세인의 애인, 아니 지금은 부인 노릇을 하는 막강한 위치 아닙니까?"

"……."

"이번에도 만나고 오셨지요?"

"예, 잘 아시네요."

"제가 진급 인사도 드릴 겸 그 일 때문에 뵈러 왔습니다."

이광은 외면했다. 오금봉이 진급 인사를 하려고 온 것만은 아니라고 짐작은 했다. 그리고 강인숙 이야기를 꺼낸 순간에 어떤 부탁을 할지도 예상할 수 있었던 것이다. 그때 오금봉이 말을 이었다.

"현재 후세인에게 영향력을 행사할 수 있는 민간인은 강인숙 씨뿐입니다. 그래서 미국도 수시로 저한테 강인숙을 통한 공작 상의를 해오는 실정이지요."

"……"

"혹시 강인숙 씨한테서 전쟁 이야기 듣지 못하셨습니까? 전쟁이 언제 끝날 것 같다는 식의 이야기 말입니다."

이광이 길게 숨을 뱉었다. 강인숙은 곧 전쟁이 끝날 것 같다고 했던 것이다. 이광이 오금봉을 보았다.

"그런 이야기는 전혀 듣지 못했는데요."

오금봉이 머리를 기울였다가 세우고는 말을 이었다.

"미국은 후세인이 호메이니를 끝장내주기를 바라고 있는데 후세인이 요즘 지친 것 같다고 생각하는 모양입니다."

"……"

"그래서 미국 무기상들이 전쟁을 계속 이어가게 하려고 로비를 하고 있어요."

"……"

"미국 정치인들은 무기 로비스트들한테 휘둘려서 끌려 들어가고 있고요."

이광이 머리만 끄덕였다. 만일 강인숙의 말을 전했다가는 이쪽도 끌려 들어갈 수 있다. 더럽고 추한 거래에 직접 손을 댈 생각은 없다. 설령 엄청난 이득이 오더라도 그렇다. 오금봉이 입맛을 다시면서 말했다.

"미국 측은 강인숙 씨가 후세인이 가장 신임하는 측근이라는 것을 알고 있습니다. 그래서 강인숙 씨한테서 나온 정보를 원하지요."

"알겠습니다."

마침내 이광이 머리를 끄덕였다.

"이번에 강인숙 씨를 만나게 되면 후세인의 동향이나 정세를 물어보지요."

"부탁합니다."

반색을 한 오금봉이 이광을 보았다.

"우리가 준 만큼 얻어오기도 하니까요. 미국이 우리한테 정보 부탁하는 건 처음 있는 일이거든요."

회사로 돌아온 이광에게 본부장 비서로 남아 있는 민영주가 다가와 보고했다.

"본부장님, 나영찬이란 분이 기다리고 계시는데요. 오늘 약속을 하셨다고 합니다."

"누구?"

머리를 든 이광이 민영주를 보았다. 오후 4시 반이 되어가고 있다.

"나영찬 씨라고, 후배라고 했습니다."

그 순간 이광이 어깨를 늘어뜨렸다. 나영찬 그리고 이어서 나은현의 얼굴이 떠올랐다. 졸업한 지 4년 반, 그동안 한 번도 둘을 만나지 못했다. 소문만 가끔 들었다가 최근 1년 동안은 그것도 듣지 못했다. 자리에서 일어선 이광이 상담실로 다가가면서 말했다.

"상담실로 오라고 해."

나영찬은 대학 시절부터 운동권이었다. 주사파로 불렸지만 이광은 관심이 없었기 때문에 확인해 본 적도 없다. 제대한 후에 나영찬은 취직도 안 하고 반정부 운동 단체에 가입해서 활동하다가 두 번이나 구속되었다고 했다. 작년에 듣기로는 정부 전복 기도를 한 혐의로 6개월 형을 받았다니 세 번째 구속된 셈이었다. 그동안에 나영찬은 3번 구속되어 2년쯤 형을 산 셈이다. 그러면 석방되어 나온 셈인가? 상담실에서 기다리던 이광이 방으로 들어서는 나영찬을 보았다.

"형님!"

시선이 마주치자 나영찬이 허리를 꺾어 절을 했다. 해사한 얼굴은 옛 모습 그대로였지만 눈동자가 짙어진 것 같다. 단정한 양복 차림에 머리를 짧게 깎아서 제대한 군인처럼 보였다.

"오랜만이구나."

일어선 이광이 다가온 나영찬에게 손을 내밀어 악수를 했다.

"저는 형님 근황을 자주 듣고 있었습니다."

이광의 손을 두 손으로 감싸 쥔 나영찬이 말했다. 허리도 여전히 굽힌 채다.

"그럼 인마, 연락이라도 해야지. 난 네 연락처를 모르잖아?"

"예, 형무소에 있던 때가 많아서요."

"구속되었다던데 언제 나온 거냐?"

"석방된 지 두 달 되었습니다."

이제 테이블을 사이에 두고 마주앉은 이광이 찬찬히 나영찬을 보았다. 싸구려 양복의 옷깃이 올라갔고 소매가 길다. 와이셔츠는 자세히 보니까 목 부분에 때가 번져 있다.

"네 나이가 몇이지?"

불쑥 이광이 묻자 나영찬이 바로 대답했다.

"스물여덟입니다, 형님."

"그 나이에 내가 신입 사원 시작했다."

"알고 있습니다, 형님."

"넌 형무소에 오래 있었다면서?"

"예, 2년을 형무소에서 살았으니까요."

"지금도 운동단체에서 일하냐?"

"예, 형님."

나영찬이 주머니에서 명함을 꺼내 이광에게 내밀었다. 명함에는 '민주화운동 서울지부 사무국장 나영찬'이라고 박혀 있다. 명함을 본 이광이 길게 숨을 뱉었다.

"넌 결국 이 길로 가더니 뭔가 이뤘구나."

"형님한테 비교하면 아직 멀었지요."

나영찬의 두 눈이 번들거리고 있다. 입술이 꾹 닫혔고 시선은 똑바로 이광에게 향해 있다. 다른 모습이다. 나영찬이 입을 열었다.

"형님하고 저는 전혀 다른 길로 가는 것 같지만 아닙니다. 우린 같은 길을 가고 있습니다."

"그런가?"

"형님은 진정한 애국자십니다."

"애국심은 네가 나보다 더 낫지."

"형님이 아직도 제 귀감입니다."

"야, 시끄러."

이맛살을 찌푸린 이광이 나영찬을 보았다.

"얀마, 독립 자금 필요하냐? 정부 전복 자금이 필요해?"

이광이 묻자 나영찬이 숨을 들이켰다. 예전의 둘 사이로 돌아온 것 같은 분위기다.

"예."

그때 끌려든 듯이 대답한 나영찬의 눈에 가득 눈물이 고였다. 그 눈으로 나영찬이 똑바로 이광을 보았다.

"자금이 필요해요, 형님."

"정부 전복 자금?"

"아뇨, 운동 자금요."

"어쨌든 이 정권을 뒤집어엎으려는 자금 아니냐?"

"독재 정권이지 대한민국은 아녜요, 형님."

마침내 나영찬의 눈에서 주르르 눈물이 쏟아졌다.

"형님, 동지들이 밥도 제대로 못 먹고 투쟁하고 있어요."

"무조건 뒤집어엎어서 어쩌려는 거야?"

"무조건이 아녜요, 형님."

눈물범벅이 된 얼굴로 나영찬이 입을 열었을 때 이광이 손을 들어 말을 막았다.

"난 널 알아. 그만 말해도 돼."

"형님."

"얼마 필요하냐?"

"1백만 원만 주시면 제가 개인적으로 갚을게요."

"……"

"동지들 밥값이 없어서 별짓을 다 했습니다, 형님."

1백만 원은 거금이다. 이광 월급이 70만 원이니 본부장급 1개월 반 월급이다. 이광이 지그시 나영찬을 보았다. 나영찬의 아버지가 경영하던 기업체는 3년 전에 부도가 나서 살던 집까지 다 날리고 식구가 봉천동의 산꼭대기 집에서 월세를 산다고 했다. 소문으로 들은 것이다. 이광이 다시 물었다.

"1백만 원을 밥값으로 쓰려는 거야?"

"당장 동지들 밥값, 형무소에 가 있는 동지들 가족의 생계비, 동지들의 치료비, 그리고 월세 방값, 교통비……."

열거했던 나영찬의 어깨가 늘어지면서 목소리도 낮아졌다. 이윽고 나영찬이 다시 흐려진 눈으로 이광을 보았다.

"형님, 무리한 부탁인지 압니다. 연락도 없다가 이렇게 갑자기 찾아와서 죄송합니다."

"……."

"제가 형님 성격을 아는데도 어쩔 수 없이 이렇게 찾아왔습니다만 힘드시면 그냥 가겠습니다. 신경 쓰지 마십시오."

"내일 오후 2시에 다시 나한테 와라."

이광이 말했다.

"여기서 다시 만나자."

"예, 형님."

나영찬의 목소리가 떨렸고 얼굴도 상기되었다. 자리에서 일어선 이광이 손을 내밀어 나영찬의 손을 잡았다. 나영찬의 손은 따뜻했다.

나영찬의 누나 나은현은 이광과 헤어진 후에 중소기업 사장 아들하고 결혼했다고 들었지만 그 후의 소식은 모른다. 알려고도 하지 않았던 것이다. 사무실로 돌아온 이광이 책상에 앉아 나영찬을 떠올렸다. 열심히 살고 있다는 생각이 들었다. 그리고 애국자다. 이윽고 전화기를 든 이광이 버튼을 눌렀다. 전화기를 귀에 붙인 이광이 발신음 세 번 만에 응답 소리를 듣는다.

"여보세요."

강은서다. 나영찬과 같은 운동권, 북한으로 월북까지 했다가 돌아온 투사, 지금은 전향해서 학원 원장이 되어 있는 파란만장한 인생의 주인공이다.

"나야."

"어머, 웬일이야?"

이광의 목소리를 들은 강은서가 반색했다.

"출장 다녀왔어?"

"응, 그런데 또 나가야 돼."

그때 강은서가 조금 머뭇대더니 물었다.

"오늘 우리 집에 오지 않을래?"

"왜?"

"왜는 왜야? 저녁이나 먹으라고."

이광의 얼굴에 웃음이 떠올랐다.

"저녁 말고 또 없어?"

"무슨 말이야?"

"이유는 그것뿐이냐고."

"무슨 말을 듣고 싶은데?"

"알 테니까 해봐라."

"자고 가."

마침내 강은서가 힘주어 말했다. 얼굴이 빨개져 있을 것이다.

“나영찬이 알아?”

그날 밤, 방안의 열풍이 가라앉고 둘이 마주보고 누워 있을 때 이광이 불쑥 물었다.

“응? 누구?”

이광의 팔을 베고 누워 더운 숨을 가슴에 뱉던 강은서가 머리를 들었다. 아직도 얼굴은 상기되었고 이마에 작은 땀방울이 맺혀 있다.

“나영찬.”

“아, 오성대 나온 나영찬.”

강은서의 눈이 커졌다.

“아, 그러고 보니까 자기도 오성대 나왔지?”

“어쨌거나, 걔 잘 알아?”

“그럼. 내 직속 후배인데, 운동권의 투사지.”

강은서가 알몸을 딱 붙이더니 말을 이었다.

“순수해, 열정이 있고, 나보다 나아. 그런 친구가 우리나라를 이끌어야 돼. 독재와 부패가 없는 대한민국을 말이야.”

어느덧 강은서의 눈빛이 강해졌다.

“난 물러났지만 나영찬은 운동권의 희망이야.”

다음 날 오후 2시가 되었을 때 나영찬이 상담실로 들어섰다. 얼굴은 조금 상기되었고 눈동자가 흔들렸다. 기다리고 있던 이광이 웃음 띤 얼굴로 맞는다.

“너, 지금 또 쫓기는 신세는 아니지?”

“그건 아녜요, 형님.”

앞쪽에 앉은 나영찬이 손등으로 이마의 땀을 닦았다. 어제와 같은 양복을 입고 셔츠도 같다. 다만 셔츠는 빨아 입은 모양인지 깃의 때는 지워졌다. 나영찬이 뒷머리를 손으로 쓸었다.

"하지만 가끔 감시 형사가 붙을 때가 있어요. 그래서 형님 만나러 올 때는 조심했습니다."

"응, 그래야지. 내가 정부 전복 테러단의 공범으로 몰리면 안 되지."

"형님, 저희들은……."

"알아, 인마."

손을 들어 말을 막은 이광이 의자 옆에 놓았던 알루미늄 가방을 들어 나영찬의 앞으로 밀어 놓았다.

"여기 있다."

나영찬이 눈만 크게 뜨고 가방을 보았기 때문에 이광이 말을 이었다.

"가방 열어봐."

나영찬이 가방의 열림 버튼을 누르고 뚜껑을 열었다. 그 순간 나영찬이 숨 들이켜는 소리를 내더니 그대로 몸을 굳혔다. 크게 뜬 눈이 가방 안을 응시한 채 움직이지 않는다. 가방 안에는 현찰이 가득 차 있었기 때문이다. 1만 원권 뭉치가 20개, 2천만 원이다. 나영찬이 요구했던 1백만 원의 20배다. 그때 이광이 말했다.

"2천만 원이다."

"……."

"좋은 나라를 만들려는 너를 믿고서 주는 거다."

"……."

"열심히 해라."

"형님!"

겨우 입을 뗀 나영찬의 목소리가 떨렸다.

"형님……."

"가방 닫아, 누가 본다."

"예."

정신이 든 나영찬이 서둘러 가방 뚜껑을 닫더니 숨을 고르고 나서 이광을 보았다.

"형님, 너무 많은데요."

2천만 원이면 서울의 아파트 2채를 살 수 있는 거금인 것이다. 부장급 월급의 3년분쯤 된다. 이광의 얼굴에 쓴웃음이 떠올랐다.

"우리는 똑같이 나라를 위해서 일하고 있는 거다. 그러니 서로 도와야지."

"형님!"

다시 나영찬의 눈에서 눈물이 흘러내렸다. 숨을 연거푸 들이켰던 나영찬이 손으로 눈을 가리고 울었다. 짧고 신음 같은 울음소리가 잠깐 이어지다가 곧 나영찬이 딸꾹질을 하고 나서 손을 떼었다. 그러고는 눈물범벅이 된 얼굴을 양복 소매로 닦더니 이광을 보았다. 두 눈이 충혈되어 있다.

"형님, 잊지 않겠습니다."

"난 네가 자랑스럽다."

"저는 형님이……."

나영찬이 다시 딸꾹질을 했다.

이광이 파리행 비행기에 탑승한 것은 다음 날 오후 12시 반이다. 강인숙의 연락을 받았기 때문이다. 무기 대금을 찾아서 무기상에게 지급해 줘야 한다. 14시간의 비행 끝에 드골공항에 도착했을 때 암만에서 먼저 온 타미란이 공항으로 마중을 나와 있었다. 눈인사를 한 타미란이 이광의 가방을 받아 쥐고는 앞장섰다. 타미란은 서류를 작성해온 것이다. '리스타 암만'에서 무기 수출입 대행을 하는 것으로 되어 있기 때문이다. 차가 공항 건물 앞을 떠났을 때 타미란이 말했다.

"지금쯤 모두 기다리고 있을 것입니다."

이광이 머리만 끄덕였고 타미란은 말을 이었다.

"한 시간쯤 후에 도착할 것 같습니다."

무기상 제럴드 일행이 은행에서 기다리고 있는 것이다. 오후 2시 반이다. 이광이 타미란에게 물었다.

"타미란, 전쟁이 언제까지 계속될 것 같나?"

타미란의 시선이 앞쪽 운전사를 스치고 돌아왔다. 타미란은 카심 대장의 추천으로 '리스타 암만'에 고용된 인물이다. 강인숙의 신변 경호를 맡고 있는 데다 성실해서 이광이 신임하고 있다.

"절정으로 치닫고 있습니다, 사장님."

짧게 그렇게만 대답한 타미란이 두꺼운 입술을 꾹 닫았기 때문에 이광이 천천히 머리를 끄덕였다. 절정에 오르고 나면 금방 식을 것이었다. 앞쪽의 렌트카 운전사를 의식해서 그렇게 표현했다.

"전수현은 잘하고 있나?"

이광이 묻자 타미란의 얼굴이 펴졌다.

"예, 사장님. 아주 열성적으로 일하고 있습니다."

타미란이 말을 잇는다.

"가구 설치도 직접하고 망치질도 합니다. 아침부터 밤까지 학원에서 일하는데 의욕이 넘치고 있습니다."

"잘되었군."

"대사관에서도 직원들이 나와 도와주고 있습니다."

타미란의 얼굴에 웃음까지 떠올랐다.

"저도 전수현 씨의 밝은 표정을 보면 보람을 느낍니다, 사장님."

파리은행에서 기다리고 있던 제럴드에게 12억 불을 건네준 이광이 서류에 서명을 받았다. 15억 5천만 불을 받았다는 서명이다. 나머지 3억 5천만 불은 강인숙이 요구한 대로 각각의 구좌에 입금시켰는데 이광이 일을 마칠 때까지 무기상 제럴드는 귀빈실에서 착실하게 기다리고 있었다.

"미스터 리, 오늘 저녁에 시간 있습니까? 제가 모시고 싶은데요."

자리에 앉은 이광에게 제럴드가 말했다. 제럴드는 오늘도 부사장 톰슨과 동행이다. 이광이 손목시계를 보았다. 오후 3시 반이다.

"제가 11시 비행기로 바그다드에 갑니다. 그래서 시간이 별로 없는데요."

"그럼 저녁 식사라도 대접해 드리고 싶은데요."

상반신을 기울인 제럴드가 정색하고 이광을 보았다. 그때 톰슨도 거들었다.

"사장님이 전부터 모시고 싶어 하셨습니다. 시간 내주시면 고맙겠습니다."

그들에게는 이광이 거대(巨大) 바이어의 '머리'는 못 되어도 '꼬리'쯤은 될 것이다. 이광이 머리를 끄덕였다.

"그러지요."

호텔로 돌아가는 차 안에서 제럴드의 초청 이야기를 들은 타미란이 말했다.

"정보를 들으려는 것입니다. 그들은 정보에 민감하거든요."

택시 안이지만 타미란이 목소리를 낮췄다.

"전쟁을 오래 끈다면 무슨 짓이든 할 사람들이지요."

"그런가?"

"용병을 시켜서 작전도 합니다."

타미란의 얼굴에 쓴웃음이 떠올랐다.

"그 용병 작전을 정부가 배후에서 지원하는 경우도 있지요."

"그들에게 나는 새끼 물고기 정도로 보이겠군."

"아닙니다, 사장님은 거물이십니다."

"강 부사장이 배후에 있기 때문인가?"

"그렇습니다."

바로 머리를 끄덕인 타미란이 말을 이었다.

"지금 무기상들에게 가장 영향력이 있는 사람은 강 부사장이십니다."

그것은 후세인이 배후에 있기 때문이다. 그리고 보면 이광도 후세인의 그늘 아래 들어가 있는 셈이다.

리도클럽의 특실, 이광은 말로만 듣던 '리도쇼'를 지금 처음 본다, 그것도 특실 안에서 몸매가 비너스 조각상 같은 여자들의 서비스를 받으면서. 방안은 호화스럽다. 사방이 유리벽으로 둘러싸였지만 밖에서는 보이지 않는다. 소파에 앉아 마시는 술은 샴페인, 방안에는 이광과 제럴드, 톰슨까지 셋을 시중드는 여자가 셋이다. 무대까지는 10미터밖에 되지 않아서 무희 허벅지의 점까지 보인다. 홀린 듯이 무희가 들어 올리는 다리 안쪽을 보던 이광이 벌어졌던 입을 다물고 제럴드를 보았다. 제럴드와 톰슨은 그런 이광을 구경하고 있었던 모양이다. 시선이 마주치자 일제히 웃음을 짓는다.

"훌륭하군요."

이광이 넋이 나간 표정으로 말하자 톰슨이 정색했다.

"리, 마음에 드는 여자가 있으시면 말씀하시지요. 이곳에 밀실이 있습니다."

옆에 여자들이 앉아 있었는데 그렇게 말한다. 여자들은 무표정한 얼굴이다.

"밀실이라니요?"

"예, 한 시간쯤 쉬고 가실 수 있는 침실입니다. 욕실까지 딸린 최고급 방입니다."

"아하."

"고르시지요, 바로 조처하겠습니다."

"아니, 됐습니다."

쓴웃음을 지은 이광이 소파에 등을 붙였다. 옆에 앉은 여자는 검은 머리에 푸른 눈의 프랑스 미녀다. 팬티가 다 드러난 짧은 치마를 입고 있었는데 검정색 실크 팬티의 골짜기 부분이 볼록하게 튀어나와 있다. 이광의 시선을 받은 여자가 웃음을 띠더니 다리를 오므렸다. 그때 제럴드가 말했다.

"리, 후세인 대통령이 프랑스제 미사일 35억 불 물량을 구입한다는 정보가 있습니다. 프랑스 무기상 측근한테서 들은 정보인데요."

제럴드의 시선을 받은 톰슨이 말을 이었다.

"이번 무기 발주는 특전사령관 하비브 대장이 했습니다. 그런데 하비브 대장과 프랑스 무기상 바크롱 사이에 비밀 거래가 있습니다."

이광이 옆에 앉은 여자들을 훑어보았을 때 톰슨이 웃음 띤 얼굴로 말했다.

"괜찮습니다. 여자들은 우리 요원입니다."

"그렇군요."

머리를 끄덕인 이광이 제럴드를 보았다.

"바크롱과 하비브 이야기를 강인숙한테 전하라는 것이군요."

"서로의 이익을 위해서지요."

제럴드가 웃음 띤 얼굴로 말을 이었다.

"바크롱은 하비브한테 6억 불을 주기로 했습니다."

그때 톰슨이 탁자 위에 소형 녹음기를 놓더니 버튼을 눌렀다. 그러자 사내의 목소리가 울렸다.

"바크롱, 20퍼센트면 7억을 내야 하는 것 아냐? 당신은 내 두 배로 먹는다는 거 알고 있어."

"이봐요, 하비브, 난 들어갈 데가 많아. 그래서 오히려 내 몫은 당신 보다 적다고."

"엄살은."

"6억으로 만족해요, 하비브."

"좋아, 파리은행 이 구좌로 보내."

"입금 즉시 보내드리지."

톰슨이 녹음기의 전원을 껐을 때 제럴드가 이광에게 말했다.

"바그다드에서 둘의 대화를 녹음한 겁니다. 장소는 물랭루주의 밀실."

이광은 시선만 주었고 제럴드가 말을 이었다.

"시간은 한 달 전인 10월 2일, 밤 10시 반쯤 되었지요."

"……."

"그 녹음기를 가져가시겠습니까?"

"아뇨."

대번에 머리를 저은 이광이 웃음 띤 얼굴로 제럴드를 보았다. 이것 때문에 만나자고 한 것이다.

"난 끼어들기 싫습니다, 제럴드 씨."

"강 부사장한테 건네면 하비브는 처형되고 35억 불 오더는 우리가 받게 될 텐데요."

"싫습니다."

이광이 소파에 등을 붙이고는 샴페인 잔을 들었다.

"이 이야기는 듣지 못한 것으로 하지요."

"그럼 우리가 강 부사장한테 직접 건네는 수밖에 없군요."

"그건 마음대로 하시지요."

"미안합니다, 무리한 부탁을 드린 것 같군요."

제럴드가 정중하게 사과했지만 표정은 굳어 있다. 톰슨도 마찬가지다. 술잔을 든 채 쓴웃음을 지은 얼굴로 시선을 마주치지 않는다. 그때 이광이 말했다.

"강 부사장이 결정할 문제니까 저는 상관하지 않겠습니다."

인간의 욕심은 끝이 없다는 것을 또 한 번 실감한 경우다. 그리고 인간은 모든 것을 자신 위주로 생각하고 판단한다. 제럴드 같은 노회한 60대 사업가도 그렇다. 하비브와 바크롱의 모의를 깨뜨리고 35억 불 오더를 가져오는 것에 이광도 찬성하리라고 믿고 있었던 것 같다.

오후 9시, 공항으로 달려가는 택시 안이다. 이광한테서 제럴드와의 이야기를 들은 타미란의 표정이 굳어졌다.

"제럴드가 다급했던 것 같습니다."

"무슨 일이야?"

"다른 방법도 있었을 텐데 사장님께 그 녹음기를 가져가라고 부탁하다니요."

타미란이 번들거리는 눈으로 이광을 보았다.

"강 부사장께 녹음기를 전한다고 했습니까?"

"그런다는군."

"맡지 않기를 잘하셨습니다."

타미란이 눈을 가늘게 뜨고 이광을 보았다.

"저는 지금 용병 1개 팀, 12명을 고용해서 사장님을 보호하고 있습니다. 이 택시도 제가 렌트한 것이고 운전사도 용병이지요."

숨만 들이켠 이광에게 타미란이 말을 이었다.

"강 부사장님의 지시였습니다. 사장님 경호를 철저히 하라고 하셨는데 이런 일이 있었군요."

"……"

"제럴드는 강 부사장께 그 정보를 전할 방법이 얼마든지 있습니다. 굳이 사장님을 통하지 않아도 되었습니다."

타미란이 뒤를 돌아보더니 길게 숨을 뱉었다.

"제 생각에는 강 부사장님이 제럴드의 제의를 거부하신 것 같은데요. 그래서 사장님을 통해 다시 제의를 하는 것 같습니다."

"기어코 35억 불 오더를 갖겠다는 것인가?"

주저하는 강인숙을 억지로 끌어들이려는 것인가? 이광은 으스스한 압력을 느꼈다. 눈에 보이지 않는 압박감이다. 그때 타미란이 이 사이로 말했다.

"바그다드에 가시면 알게 되겠지요. 어쨌든 그놈의 제의를 거절하신 건 잘하신 겁니다."

타미란은 이제 제럴드를 '그놈'이라고 한다.

바그다드, 오늘은 대령 계급장을 붙인 압둘 대령이 비행기 안까지 쳐들어(?)왔다. 위세가 쳐들어오는 것 같았기 때문이다. 뒤에 소령과 대위를 거느렸는데 이광을 보더니 거구를 멋지게 세우고 경례를 올려붙었다. 이러니 일등석 승객들이 바짝 긴장할 수밖에. 갑자기 분위기가 얼어붙었고 이광은 대통령급 호위를 받으며 공항을 빠져나왔다.

"별궁으로 모시겠습니다."

여전히 암흑천지인 시내를 달리면서 압둘이 이광에게 말했다. 짙은 콧수염, 비대한 체격, 40대 후반의 압둘 대령은 대통령 호위대 소속이다. 별궁이란 대통령 후세인의 지하 벙커를 말하는 것이다. 그곳에 후세인만 있는 것이 아니라 이제는 마누라 행세를 하는 강인숙이 도사리고 있다. 차량 대열은 앞에 장갑차, 뒤에 방탄 리무진에 압둘과 이광이 탔고 뒤에도 장갑차다. 한국 대통령도 이런 호위는 못 받는다. 별궁의 지하 터널로 들어선 것은 한 시간쯤 후다. 양탄자가 깔린 복도를 걸어 맨 안쪽 방으로 안내된 이광이 안으로 혼자 들어섰다.

"왔어?"

방 안쪽 소파에 앉아 있던 강인숙이 웃음 띤 얼굴로 이광을 맞았다. 호화로운 방이다. 30평쯤 되는 공간, 흰 가죽 소파, 페르시아 양탄자가 깔린 바닥, 마호가니 테이블은 반들거렸고 강인숙은 선홍빛 원피스 차림이다. 저런 옷을 입은 건 처음 보았다. 앞쪽 자리에 앉았을 때 강인숙이 웃음 띤 목소리로 말했다.

"각하는 전선에 갔어. 자기 온다고 했더니 만나보고 싶다고 했는데."

"아이구, 다행이다."

어깨를 움츠렸다가 편 이광이 강인숙을 보았다.

"난 만날 줄 알고 잔뜩 쫄았는데."

"제럴드 만났지?"

강인숙이 화제를 돌렸다. 긴장한 이광이 상반신을 세웠다.

"그래, 대금 지급했어."

"타미란이 전화를 했어."

어느덧 강인숙이 정색하고 이광을 보았다.

"바크롱과 하비브 대장 이야기를 했다면서?"

"그래. 나한테 녹음기를 가져가라고 했는데."

"나한테도 들려주었어."

"아니, 그럼."

이광이 눈을 크게 떴다.

"그런데 왜 나한테?"

"나한테 압력을 넣는 거야."

"아니, 왜?"

"하비브의 부패 증거를 왜 감추려고 하느냐? 그렇다면 우리는 다른 방법으로 터뜨릴 수도 있다는 것이지."

"아니, 왜?"

이광이 자꾸 '아니, 왜?'만 찾는다. 그때 강인숙이 긴 숨부터 뱉었다.

"내가 그 사실을 각하께 보고하면 하비브뿐만 아니라 그 추종 세력까지 처형 돼."

"……."

"그렇게 되면 이라크군(軍) 고위층 절반가량이 사라져."

"……."

"전력(戰力)이 반감된다고."

이광은 숨을 죽였고 강인숙의 말이 이어졌다.

"그래서 무시했어."

"잘했어, 나도 그랬으니까. 끼어들기 싫다고 했어."

"내가 하비브 대장한테도 이야기했어."

다시 숨을 죽인 이광에게 강인숙이 빙그레 웃었다.

"제럴드한테서 그런 압력을 받고 있다고 다 말해주었어."

"그랬더니?"

"각하께 충성심은 변함이 없다고 하더군. 그리고 내 신세는 잊지 않겠다고 했어."

이광이 머리를 끄덕였다.

"넌 나보다 낫다."

"제럴드의 배후에 미국 정부가 있어. 그들은 이라크가 어떻게 되건 상관없어, 무기만 팔면 되는 거야."

"그, 그렇구나."

"전쟁이 이제 막바지야. 그런 상황에서 하비브 대장까지 흔들리면 안 된다고."

이광의 눈앞에 오금봉의 얼굴이 떠올랐다. 미국은 오금봉을 통해 전쟁에 대한 정보를 받으려고 기다리는 중이다. 그때 강인숙이 말을 이었다.

"하비브가 파리로 특공대를 보냈어. 아마 며칠 안에 제럴드한테 문제가 생길지 몰라."

"……."

"양쪽 다 칼을 빼 든 상태니까 한쪽이 쓰러져야 끝나는 싸움이야."

강인숙이 얼굴을 펴고 웃었다.

"한국 정보국에서도 너한테 이라크 전황을 알아보라고 했지? 아마 뒤에서 CIA가 조종하고 있을걸."

이광이 입을 다물었고 강인숙의 말이 이어졌다.

"전쟁이 몇 년 더 계속될 것이라고 해. 그럼 좋아할 테니까."

"알았다."

이광은 또 깨닫는다. 뛰는 놈 위에 나는 놈 있다.

바그다드에서 쿠웨이트는 한 시간밖에 걸리지 않는다. 같은 시간대여서 밤 11시에 출발한 쿠웨이트 항공은 12시에 쿠웨이트공항에 도착했다. 공항에 마중 나온 사람은 배선희. 쿠웨이트 리스타상사 관리과장을 맡고 있는 배선희는 직원 7명을 거느리고 있다. 공항 건물 앞에 대기시킨 리무진에 오를 때까지 배선희는 일을 매끄럽게 처리했다. 사소한 일을 봐도 능력을 알 수 있는 것이다. 리무진 뒷좌석에 나란히 앉은 것은 이광이 옆자리에 타라고 했기 때문이다. 앞쪽에 앉으려는 배선희를 부른 것이다.

"어때? 익숙해졌어?"

차가 출발했을 때 이광이 묻자 배선희가 수줍게 웃었다.

"네, 적응했어요."

"외롭지는 않고?"

"그럴 시간이 없죠."

"몸 생각하고 일해."

"일하는 것이 건강의 비결이죠."

"적성에 맞는 거냐?"

"네, 관리 일이 맞아요."

"영업은?"

"관리 배우고 나서요."

"꿈이 뭐야?"

"리스타 사장요."

"음, 날 몰아내려는 놈이 여기 또 있군."

"윤 부장이나 진 부장, 정 부장의 꿈도 리스타 사장일 걸요? 지금도 모두 사장 노릇을 하고 있잖아요?"

"그런가?"

"리스타 지사가 더 늘어날 텐데 저도 하나 차지해야죠."

거침없이 말한 배선희가 다시 웃었다. 이광은 숨을 들이켰다. 이런 사원들이 있는 회사는 절대로 망하지 않을 것이다. 그리고 이것이 회사 경영자가 갖는 최고의 보람이 아닐까? 이광이 머리를 끄덕였다. 격려의 말을 하고 싶었지만 어설픈 표현으로 배선희의 기대를 깨뜨리기 싫었기 때문에 입을 다물었다.

쿠웨이트 '리스타투자'는 그야말로 일취월장했다. 하사드의 뛰어난 투자 감각과 관리 능력 때문이다. 하사드는 능력이 있는 직원을 스카우트했지만 기대에 미치지 못하는 직원에게는 적성에 맞는 일을 시켰다. 리스타투자는 배틀 팀(battle team)이 5개 팀에 25명, 관리직 사원이 18명으로 40여 명의 투자회사로 급성장했다. 자본금은 끊임없이 늘어나서 15억 불, 아직 대규모 투자사와는 비교가 되지 않지만 하사드는 1년 안에 자본금 200억 불의 회사를 만든다는 계획을 세워놓았다. 물론 사주 및 자본주는 이광이다. 이광의 투자 자금이 현재 15억 불이라는 말이나 같다. 초기에 4천만 불로 시작한 투자 사업이 1년도 안 되어서 15억 불이 되었다. 이광이 그동안 투자로 번 돈을 모두 다시 투자 자금으로 쏟아 넣었기 때문이다.

"누나가 다음 주에 파리로 갑니다."

리스타투자 사장실에서 마주앉은 이광에게 하사드가 말했다. 이곳은 하사드 방이다. 이광은 리스타투자 회장이다.

"잘되었다."

이광이 웃음 띤 얼굴로 말했다. 마침내 마르카는 박사 학위를 받고 대학에서 강의를 하게 된 것이다.

"마르카가 가장 잘되었어."

"모두 형님 덕분입니다."

하사드가 말을 이었다.

"형님이 도와주시지 않았다면 우리 가족은 이라크에서 굶어 죽었거나 처형당했을 겁니다."

"그럴 리가……."

했지만 그럴 가능성도 있다. 하사드의 아버지는 대학교수였지만 반(反)정부 분자로 찍혀 지방으로 낙향했다가 갖은 고난을 당했던 것이다. 지금은 이광의 도움으로 일가친척들까지 쿠웨이트로 넘어와 호화주택에서 산다. 이광이 정색하고 말했다.

"하사드, 이라크가 프랑스 르네사에서 35억 불 물량의 미사일과 전

투기를 구입할 거다."

그 순간 하사드가 숨을 들이켰고 이광이 말을 이었다.

"그리고 내가 거래했던 미국의 토레스사는 좀 위험하니까 거래를 바로 끝내도록 해."

"예, 형님."

하사드가 자리에서 일어섰다.

"바로 조처하지요."

오전 1시였지만 세계는 각각 다른 시간이다. 하사드가 서둘러 방을 나갔을 때 이광이 소파에 등을 붙였다. 지금까지 하사드는 이라크 전쟁을 이용해서 번 돈이 5억 불은 될 것이다. 바로 이광이 중요한 정보를 주었기 때문이다. 이번에도 하사드는 보유한 토레스사 주식을 몽땅 처분한 후에 르네사 주식을 구입할 것이다. 토레스사 사주가 바로 제럴드다.

다음 날 오전 11시, 이광이 숙소에서 전화를 받는다. 암만으로 돌아가 있는 타미란한테서 온 전화다.

"사장님께 보고 드립니다."

타미란이 정중하고 딱딱한 말투로 말을 이었다.

"어젯밤에 파리에서 자동차 충돌 사고로 토레스사의 사장 제럴드와 부사장 톰슨이 현장에서 즉사했습니다."

이광은 숨만 쉬었고 타미란의 말이 귀를 울렸다.

"참으로 안타까운 일입니다."

타미란과 통화를 끝낸 이광이 한동안 창밖을 내다보았다. 호텔 최상층인 33층 창밖으로 햇살에 덮인 시내가 보였다. 제럴드는 욕심이 지나

쳐서 살해당한 것이다. 하비브가 보낸 특공대가 처리했다. 강인숙의 말대로 서로 칼을 빼 든 상태라 한쪽이 죽어야 끝나는 싸움이었다. 이윽고 이광이 전화기를 들고 버튼을 눌렀다. 신호음이 두 번 울렸을 때 곧 응답 소리가 울렸다.

"예, 하사드입니다."

"하사드, 나다."

"아, 형님. 그렇지 않아도 전화를 드리려고 했습니다."

하사드가 서두르듯 말을 이었다.

"방금 토레스사 사장 제럴드와 부사장 톰슨이 파리에서 사망했다는 뉴스가 떴습니다."

"나도 방금 들었다."

"토레스사 주식이 대폭락했습니다. 우리가 갖고 있었다면 2억 불이 넘는 손해를 보았을 것입니다."

이광은 듣기만 했고 하사드의 목소리에 열기가 띠어졌다.

"르네사 주식이 폭등했습니다. 어제 구입한 르네사 주식으로 우리는 3억 불을 벌었습니다."

"……."

"이번 주말까지 그 현상이 계속된다면 우리는 8억 불 이상 이득을 보게 됩니다."

"5억 불 정도에서 팔아."

"예. 그러지요, 형님."

하사드의 목소리는 생기에 차 있다. 통화를 끝낸 이광이 다시 한 번 실감한다. 경쟁 사회에서는 타인의 불행이 자신의 행복으로 연결될 수 있는 것이다. 그 반대의 경우도 비일비재하다.

그날 밤 비행기를 타고 서울에 도착했을 때는 다음 날 오후 6시가 되어갈 무렵이다. 공항에는

'리스타 서울'의 사장 비서 안학태가 마중 나와 있었는데 그 뒤에 오금봉의 웃음 띤 얼굴이 보였다. 안학태는 28세, 일성대 출신으로 대기업인 태우상사에서 1년 반 동안 근무하다가 본인 말로는 '뜻한 바'가 있어서 리스타상사 경력 사원 모집에 응모, 10 대 1의 경쟁을 물리치고 합격한 인물이다. 말수가 적고 다부진 성격에 영어, 일어, 중국어에 능통했다. 이광과 악수를 나눈 오금봉이 입국장을 나란히 걸으면서 말했다.

"안 비서가 약속하셨냐고 꼬치꼬치 물어서 진땀을 뺐습니다. 안기부 국장이 할부 책 장사꾼 취급을 받기는 처음이오."

이광은 웃기만 했고 오금봉이 말을 이었다.

"하긴 이 본부장, 아니 이 사장님도 이제는 부장(部長) 가면을 벗으실 때도 되었지."

그러고 보니 이제 11월 중순이다. 한 달 반 남았다. 안학태가 가져온 리무진에 타지 않고 뒤를 따르게 한 후에 이광이 오금봉의 차에 올랐다.

"토레스사의 제럴드와 톰슨이 파리에서 죽었더군요. 알고 계시지요?"

차가 출발하자마자 오금봉이 물었다. 상반신을 세우고 앉은 오금봉의 얼굴이 기묘했다. 입술은 일그러진 웃음을 띠고 있지만 눈은 치켜떴다. 긴장한 것이다.

"예, 들었습니다."

머리를 끄덕인 이광이 긴 숨부터 뱉었다.

"안됐어요. 한창 잘나가던 회산데……."

"CIA가 난리가 났어요. 아세요?"

"제가 어떻게 압니까?"

눈을 둥그렇게 떴던 이광이 이맛살을 찌푸렸다.

"오 국장님이 저를 과대평가하시는 건지, 아니면 놀리시는 건지 모르겠어요."

"CIA는 제럴드와 톰슨을 이라크 정보부에서 살해했다고 믿더군요."

"왜요?"

"그 이유까지는 말해주지 않았습니다."

"그런데 왜 그 이야기를 저한테 하십니까?"

"CIA가 부탁을 해서요."

"도대체."

어깨를 부풀렸다가 내린 이광이 호흡을 고르고 나서 오금봉을 보았다.

"그 CIA인지 시발놈인지 그놈들 부탁은 다 들어주셔야 되는 겁니까?"

"우리가 도움을 받는 입장이라서요."

"무슨 도움요?"

"다 알고 계시잖습니까?"

오금봉의 얼굴에 이제는 쓴웃음이 번졌다. 길게 숨을 뱉은 오금봉이 말을 이었다.

"CIA는 쿠웨이트의 리스타투자가 제럴드와 톰슨이 죽기 전날에 토레스사 주식을 전량 처분했다는 것을 알고 있더군요."

오금봉이 이제는 앞쪽을 향한 채 말을 이었다.

"그리고 프랑스의 르네사 주식은 대량으로 매입해서 현재까지 4억 5천만 불의 이득을 올렸다고 했습니다."

머리를 돌린 오금봉이 이광을 보았다. 찌푸린 얼굴이다.

"이 사장님, 서로 이용하는 겁니다. 선(善)과 악(惡)의 판단 기준이 제각기 다른 세상입니다. 아군은 선이고 적군은 악인 겁니다. 우리는 아군이고요."

그렇다. 이광은 다시 깨닫는다. 생존 경쟁의 전장(戰場)에서는 적과 아군 둘뿐이다. 중립(中立)은 회색분자로 취급받고 양쪽으로부터 공격당할 가능성이 많은 것이다. 그때 오금봉이 이광을 보았다.

"바그다드에서 강 부사장을 만나셨지요?"

"만났지요."

"만나셨을 때 후세인 대통령은 전선 시찰을 나가 있었다고 하더군요."

"……"

"강 부사장이 뭐라고 하던가요?"

"지금 내 말이 녹음되고 있지요?"

불쑥 이광이 물었지만 오금봉은 빙그레 웃었다.

"예."

오금봉이 양복 주머니를 손바닥으로 가볍게 덮었다가 떼었다.

"녹음하고 있습니다."

머리를 끄덕인 이광이 주머니를 향하고 입을 열었다.

"전쟁이 막바지라고 했습니다."

"무슨 뜻입니까?"

"절정에 오르고 있다는 뜻이지요."

"그러면⋯⋯."

"곧 끝날 것 같습니다."

마침내 이광이 털어놓았다. 조경수의 고문도 견디어 내었지만 지금은 어쩔 수 없다. 오금봉의 말마따나 선과 악이 불분명한 상황에서 회색분자로 살아갈 수는 없는 것이다. 오금봉의 시선을 받은 이광이 말을 이었다.

"서두르는 느낌을 받았습니다."

"제럴드가 죽기 전에 강인숙한테 하비브와 르네사의 바크롱 간의 리베이트 거래 자료를 건네주려고 했습니다."

오금봉이 억양 없는 목소리로 말을 이었다.

"그런데 강인숙이 그 자료를 거부했다는군요."

"나한테도 그 녹음테이프를 들려주었습니다."

이미 다 알고 있을 것이므로 미리 말하는 게 낫다. 이광이 오금봉을 보았다.

"그래서 난 그런 일에 끼어들기 싫다고 했습니다."

"압니다."

오금봉이 쓴웃음을 지었다.

"그래서 강인숙이 하비브한테 제럴드의 공작을 이야기해준 것 같다고 생각이 드는 거죠."

"글쎄요."

이광의 어금니가 물려졌다. 놈들은 다 알고 있는 것이다. '리스타투자'에서 르네사 주식을 대량 매입한 것이 결정적인 증거가 되겠지만 후회하지는 않는다. 그리고 증거가 있다손 치더라도 어쩔 것이냐? 세상에 부담 없는 일은 없다. 그때 오금봉이 긴 숨을 뱉었다. 양복 주머니에 손을 넣고 꾸물거리던 오금봉이 어깨를 펴더니 이광을 보았다.

"녹음기 껐습니다."

오금봉의 목소리에 억양이 되살아났다. 눈을 치켜뜬 오금봉이 말을 이었다.

"이만하면 됐습니다."

이광의 시선을 받은 오금봉의 얼굴이 일그러졌다. 입술이 뒤틀렸고 눈은 가늘어졌다.

"토레스사가 CIA에서 밀어주는 무기상인 것 같습니다. 그래서 당황하고 있어요."

이광은 눈만 껌벅였고 오금봉은 뱉듯이 말했다.

"개새끼들. 토레스에서 리베이트를 받아 처먹었는지도 모르지."

"그렇다면 저도 좀 드릴까요?"

"뭘 말요?"

되물었던 오금봉이 눈을 크게 뜨면서 숨을 들이켰다. 그러더니 소리쳤다.

"에이 여보쇼!"

이광은 방금 오금봉에게 나도 리베이트를 내놓을 테니 받을 거냐고 물은 것이다. 그리고 자신도 있었다. 리베이트를 잘 만들고 잘 먹은 사회가 매끄럽게 운용된다고 믿어온 이광이다. 그리고 지금까지 리베이트 운용에 실패한 적이 없다.

7장 영원한 적수

다음 날 오전, 유성상사에 출근했던 이광에게 민영주가 다가와 말했다.

"본부장님, 손님 오셨어요."

"누구?"

"조백진 씨라고 하는데요."

"조백진?"

서류에서 시선을 뗀 이광이 민영주를 보았다. 민영주는 국내영업본부 출신으로 배선희와 함께 본부장 비서로 근무하다가 지금은 혼자가 되었다. 입사 2년 차, 미모에 재치가 있지만 덤벙댄다. 배선희의 업무량이 많아서 보조역을 맡았는데 지금은 혼자다. 이광의 시선을 받은 민영주의 얼굴이 빨개졌다. 25세, 삼성대 영문과 졸.

"어디 회사 사람이야? 이름만 말하면 아나?"

이광이 나무라는 투로 물었더니 민영주의 얼굴이 더 빨개졌다.

"물어보았더니 그냥 이름만 말씀드리면 아실 것이라고……."

"내가 어떻게 알아?"

물었던 이광의 머리가 한쪽으로 기울었다.

"어떻게 생겼어?"

"저기……."

민영주의 눈동자 초점이 흐려졌다.

"저기, 키가 크고……."

그때 이광이 자리에서 일어섰다.

"지금 어디에 있어?"

"예, 대기실에……."

민영주가 서둘러 앞장섰다. 대기실로 들어선 이광은 눈을 가늘게 떴다. 낯익은 사내가 이광을 보더니 벌떡 일어났다. 큰 키, 넓은 어깨, 검게 탄 얼굴, 그 순간 사내가 거수경례를 올려붙이더니 벽력같이 소리쳤다.

"멸공!"

그 순간 이광의 입이 딱 벌어졌다. 눈도 크게 떠졌다. 저절로 손이 거수경례에 응답하려고 이마 근처까지 올라갔다가 내려왔다. 그 대신 두 손을 앞으로 뻗으면서 다가갔다.

"이 새끼, 조 상병!"

그렇다. 제1소대 3분대 경기관총 사수 조백진이다. 조백진, 영창에 들어간 이광을 구해내려고 연대장 앞에서 죽음(?)을 무릅쓴 용기를 낸 AR자동소총 사수, 두 손을 뻗은 채 다가간 이광이 조백진의 어깨를 끌어당겨 안았다.

"야, 이 새끼. 살아있구나."

"분대장님!"

뜬금없는 분대장 소리에 옆에 서 있던 민영주가 놀라 숨을 들이켰다. 군대를 안 간 민영주는 분대장이 5천 명쯤의 병력을 거느리는 지휘관인 줄로 생각하는지도 모른다. 몸을 뗀 이광은 조백진의 두 눈에 눈물이 고여 있는 것을 보았다.

"얀마, 너, 날 어떻게 알고 찾아왔어?"

조백진에게 자리를 권한 이광이 서둘러 물었다.

"아니, 너 지금 뭐하고 있어?"

"예, 저는……."

조백진이 숨을 들이켰을 때 이광이 아직도 옆에 주춤거리고 서 있는 민영주에게 말했다.

"마실 것 가져와."

"예, 본부장님. 그런데 뭘로……."

"아무거나!"

꽥 소리를 지르자 놀란 민영주가 비틀거리며 몸을 돌렸다. 방에 둘이 남았을 때 이광이 다시 물었다.

"너, 지금 몇 살이냐?"

"예, 스물아홉입니다."

"그렇지, 너하고 네 살 차이였지."

이광은 눈을 가늘게 떴다.

"내가 제대한 지 벌써 6년이 되었구나."

"저는 1년 되었습니다."

"너 말뚝 박았어?"

"예, 말뚝 박고 월남에 가서 2년 있었습니다."

"월남에 갔어?"

"예, 맹호부대 중사로 제대했습니다."

"야, 이 자식 봐라?"

이광이 입을 벌리고 웃었다.

"대단하구만. 너 베트콩도 죽여 봤어?"

"예, 화랑무공훈장도 받았습니다."

"아이구."

그때 민영주가 쟁반에 마실 것을 담아 들고 왔는데 오렌지 주스 캔에 우유팩, 사이다에 콜라까지 가득 놓였다. 민영주가 테이블 위에 그것들을 내려놓는 동안 이광의 숨소리가 점점 가빠졌다. 이윽고 다 내려놓은 민영주가 이광을 보았다. 또 시킬 것이 있느냐는 표정이다.

"됐어."

겨우 호흡을 가라앉힌 이광이 말하자 민영주가 몸을 돌렸다. 그때 이광이 다시 물었다.

"내가 여기 있는 줄 어떻게 알았어?"

"찾았습니다. 분대장님 학교는 제가 알고 있거든요. 학교로 찾아갔더니 바로 알려주었습니다."

"그렇구나. 하긴 오성대에서 날 모르는 놈은 간첩이지."

"제가 모시던 분대장님이라고 하니까 모두 놀라는 눈치였습니다."

"근데 너 왜 제대했어? 화랑무공훈장까지 받았다면 상사도 쉽게 될 텐데."

"월남에서 작전 중에 소대장이 먼저 도망치기에 두들겨 팼더니 예편하는 것으로 마무리가 되었습니다."

"저런, 소대장이 도망가?"

"예. 그래서 소대원 셋이 죽었습니다."

"나쁜 놈."

"중대본부로 도망가 있는 것을 중대장 있는 데서 두들겼지요. 이가 다섯 개가 나가고 코가 부러졌습니다."

"옳지."

"중대장도 그 새끼 패 죽이라고 보고만 있었는데 다른 중대원이 그것을 보고 소문이 난 겁니다."

"저런."

"그래서 입 막느라고 중대장은 귀국 조치, 저는 예편, 소대장 놈은 백이 있어서 그냥 예편만 되었습니다."

"잘됐다."

"분대장님, 저 취직 좀 시켜주십시오."

정색한 조백진이 이광을 보았다.

"제가 고졸이지만 적응력이 강해서 어떤 일을 시켜도 합니다. 월남에서도 밑바닥에서만 기었지요. 정글에서 16일간 잠복한 적도 있습니다."

조백진의 눈이 붉어졌고 목소리에 열기가 띠어졌다.

"제대하고 나서 바로 분대장님을 만나려고 했지만 참고 1년을 버텼습니다. 고졸 학력으로 폐만 끼쳐드리는 게 아닐까 해서지요. 하지만 이제는 마음을 바꿨습니다. 분대장님 같으면 제가 할 일을 만들어 주실 것 같다고 생각했지요."

"이 자식이 말도 늘었네."

쓴웃음을 지은 이광이 조백진을 노려보았다.

"얀마, 지금부터 분대장이라고 부르지 마. 쪽 팔려."

오후 2시, 이광이 소공동의 리스타상사로 들어섰다. 옆에는 조백진이 따랐는데 어깨를 폈고 목이 잔뜩 뒤로 젖혀졌다. 사장실로 함께 들어선 이광이 인터폰으로 비서 안학태를 불렀다.

"예, 사장님."

인터폰에서 안학태의 목소리가 울렸다.

"총무부장 들어오라고 해."

"예, 사장님."

대답한 지 1분도 안 되어서 총무부장 유건철이 들어섰다.

'리스타 서울'은 이제 대규모 오퍼상이다. 올해 예상 실적이 3억 2천만 불, 2억 7천만 불 정도를 예상하는 트리톤사를 추월했다. 군납 오더 물량이 많기 때문이다. '리스타 서울' 본사는 소공동의 6층 빌딩을 매입하고 전체를 사용하고 있었는데 사장실은 6층이다.

"부르셨습니까?"

방으로 들어선 유건철이 긴장한 얼굴로 물었을 때 이광이 자리에서 일어서 있는 조백진을 눈으로 가리켰다.

"이 사람을 '리스타 암만' 총무과 대리로 발령을 내."

"예, 사장님."

유건철이 선 채로 노트에 분주하게 메모했다. '리스타 서울'은 현재 사장이 자리 잡고 있는 기함 역할이다. '리스타 쿠웨이트', '리스타 암만', '리스타 두바이', '리스타 푸저우'로 각각 분산되어 있는 지점의 인사를 사장의 명의로 내놓은 곳이다. 이광이 말을 이었다.

"'리스타 암만'의 총무과 대리로 발령을 내놓고 당분간은 '리스타 서울'의 총무부에서 실무를 익히도록 총무부장이 조처해."

"예, 사장님."

"그럼 내일부터 근무하는 것으로 하고."

306

이광의 시선이 그때서야 조백진에게로 옮겨졌다.

"열심히 해, 알겠나?"

그동안 벌겋게 상기된 얼굴로 서 있던 조백진이 발뒤꿈치를 딱 붙이더니 입을 벌렸다가 닫았다. '분대장님'이라고 부를 뻔했던 것 같다. 다시 입을 벌린 조백진이 떨리는 목소리로 소리치듯 말했다.

"옛! 열심히 하겠습니닷!"

황학수 회장의 전화가 왔을 때는 오후 6시가 되어갈 무렵이다. 푸저우는 오후 5시일 것이다. 이광은 '리스타 서울' 사장실에서 전화를 받았다.

"이봐, 본부장, 시장이 우리 공장은 능력별 차등 지급을 하도록 승인했어. 푸저우에서 처음 시행하는 거야!"

황학수가 소리치듯 말했다.

"시험적으로 다음 주부터 공장을 가동시켜 보겠어. 이것이 성공하면 세계에서 가장 싼 임금으로 우수한 제품을 만들어 낼 수 있을 거야!"

"수고하셨습니다, 회장님."

이광도 감동해서 목소리를 높였다.

"그렇게 되면 우리들의 경쟁력도 강해집니다! 마진이 몇 배 많아지는 것은 당연하고 말입니다!"

"하지만 이놈들은 30년 가깝게 잘하는 놈이나 못하는 놈이나 똑같이 배급을 받고 살아왔어. 경쟁시키는 데 애를 좀 먹을 거네."

"회장님, 힘이 드시면……."

"아냐!"

황학수가 소리쳤다.

"난 이 일에 내 여생을 바칠 거야! 이렇게 보람 있는 일을 찾다니! 자네는 내 은인이야!"

통화를 끝낸 이광이 길게 숨을 뱉었다. 수십 년 전, 유성상사를 창립했던 황학수인 것이다. 푸저우 공장을 보자 옛적의 열정이 되살아난 것 같다. 1만 명을 고용하는 대(大)공장을 세워 중국과 아울러 한국 경제에 이바지한다는 대작업이다. 인간을 적재적소에 배치하는 것이야말로 기업 성공의 가장 큰 요인이다.

퇴근 시간이 되었을 때 이광이 전화기를 들고 버튼을 눌렀다. 신호음 두 번 만에 응답 소리가 들렸다.

"예, 김성규올시다."

이광이 심호흡부터 했다. 김성규는 이제 국제통상의 부사장으로 실권자다.

"나야, 이광이다."

국제통상은 올해 미국으로 2억 5천만 불을 수출한다고 했다. 엄청난 성장이다.

"오, 그래. 살모사냐?"

김성규가 웃음 띤 목소리로 말을 이었다.

"이 사기꾼 같은 놈, 넌 어미 잡아먹는 살모사 같은 놈이야."

"맞다. 어미가 먹으라고 하더라."

이광의 얼굴에도 웃음이 떠올랐다. 이 세상에서 대놓고 이렇게 말할 수 있는 인간은 김성규뿐일 것이다.

"야, 오늘 저녁에 술 한잔하자."

이광이 제의했다.

"야, 살모사, 오랜만이다."

기다리고 있던 김성규가 손을 내밀며 말했다. 얼굴을 활짝 펴고 웃는다.

"어, 카사노바."

하면서 이광이 손을 잡으니 김성규가 질색했다.

"야, 인마, 뭐라고?"

"카사노바. 아니면 변강쇠?"

"야, 이 자식."

손을 뺀 이광이 앞쪽 자리에 앉으면서 방안을 둘러보았다. 이광이 만나자고 했지만 장소는 김성규가 잡았다. 이곳은 삼청동의 요정 삼청각, 고위층 인사와 재벌그룹 회장들이 찾는 곳으로 이광은 처음이다.

"너 여기 자주 와?"

온돌방 안은 병풍과 고가구로 장식되었는데 마치 영화에서 본 왕의 침전 같다. 이광이 묻자 김성규가 쓴웃음을 지었다.

"몇 번 왔어."

그때 문이 열리더니 한복 차림의 마담이 여자 둘을 데리고 들어섰다. 둘 역시 한복을 맵시 있게 입었는데 영화에서 본 공주 같고 후궁 같다.

"아유, 부사장님 오신다고 해서 오늘은 쉬려다가 나왔어요."

뻔한 거짓말을 늘어놓는 마담을 보면 김성규가 몇 번 온 정도가 아닌 모양이다. 여자 중에서 후궁처럼 보였던 여자가 김성규 옆에 척 앉는 것이 지명 파트너 같다. 김성규가 여자의 허리를 당겨 안으면서 말했다.

"술은 발렌타인 19년으로 가져와."

"네, 부사장님."

그때서야 마담의 시선이 이광에게로 옮겨졌다. 30대 후반쯤 되었을까? 웃음 띤 얼굴에서 교태가 철철 흐른다.

"잘 오셨습니다, 사장님. 저 유수진이라고 합니다."

마담이 허리춤에서 명함을 꺼내 내밀었다.

"난 이광입니다."

이광은 명함만 받고 제 명함은 내놓지 않았다. 이곳에 다시 올 생각이 없었기 때문이다. 호화롭고 유명하고 아가씨들 수준이 최고급이라고 소문이 난 곳이지만 불편하다. 예약하기가 하늘의 별 따기 같다는 소문이 난 것도 가소롭다. 아마 재벌이나 국회의원, 고위 공직자들의 예약 때문에 일반인은 가려서 받는 것 같다. 무안해진 마담이 잠깐 주춤거렸을 때 김성규가 말했다.

"이놈이 수천억대 재벌이야. 이놈 회사가 3억 불을 수출하고 쿠웨이트 본사는 10억 불 매출을 올리고 있지. 더구나 유성상사 알지? 그 중소기업도 이놈이 차지했어. 여기 오는 재벌들은 빚더미에 싸여있지만 이놈은 여기 삼청각 같은 요정은 1백 채도 사들일 수 있는 거부(巨富)야."

김성규가 이렇게 떠드는 것은 이광의 주가를 높임으로써 자신의 위치도 동반 상승한다는 효과를 노린 점도 있을 것이다. 그러나 이광이 듣다 보니 김성규의 정보력이 드러났다. 아직 김성규는 리스타 두바이, 쿠웨이트의 리스타투자, 리스타 암만 그리고 푸저우의 리스타 차이나의 존재를 모르고 있는 것이다. 그것까지 다 합치면 지금 김성규가 떠벌린 규모의 몇십 배가 된다. 그런데 김성규의 말이 끝났을 때 유수진이 놀란 표정으로 이광에게 말했다.

"몰라 뵀었어요, 사장님."

"아니, 이놈이 과장한 거요. 난, 아직⋯⋯."

"리스타상사를 물어봐."

김성규가 다시 나섰다.

"여기 오는 재벌들한테 말이야. 그럼 그 양반들은 알 테니까."

"제가 알아요."

불쑥 이광 옆에 앉은 공주 같은 아가씨가 말하는 바람에 모두의 시선이 모여졌다. 시선을 받은 아가씨 얼굴이 대번에 빨개졌다.

"네가 알아?"

마담이 묻자 아가씨가 머리를 끄덕였다.

"제가 두 달 전에 시험 쳤다가 떨어졌어요."

"어머나."

호들갑스럽게 감동한 마담이 이광을 보더니 정신을 차린 듯이 일어섰다.

"아이구, 내 정신 좀 봐. 그럼 상 올리겠습니다."

소란스러운 상견례가 끝나고 넷이 방에 앉았을 때 이광이 김성규에게 물었다.

"국제통상이 미국 지역 섬유류 쿼터 20퍼센트를 보유했다면서?"

"그래, 정확하게 22.5퍼센트다."

어깨를 편 김성규가 이광을 보았다.

"그거, 쿼터 값만 해도 5천만 불이 넘어."

"역시 김성규답군."

이제 김성규의 국제통상은 수억 불의 매출이 자동적으로 늘어난다. 이것 때문에 김성규를 보자고 한 것이다.

"미국 지역으로 나가는 제품 생산은 어디서 하는 거냐?"

이광이 묻자 김성규가 눈을 가늘게 떴다. 김성규의 머리 회전은 이광보다 나으면 나았지 뒤지지 않는다. 아직 술상이 들어오기 전이어서 김성규가 상반신을 바짝 굽혔다.

"너, 내 오더를 유성에서 돌리려는 거냐?"

"그럴 수도 있지."

"그럴 수도 있어? 그게 메이커가 바이어한테 대하는 자세냐?"

"왜? 무릎 꿇어야 돼?"

"유성 커패서티(용량) 갖고는 어림도 없어, 인마. 유성상사 공장을 20개는 돌려야 된다고."

어깨를 편 김성규가 말을 이었다.

"그리고 가격이 안 맞아. 우리가 쿼터 차지를 떼면 하청 받는 회사들 마진은 5프로 미만이야. 까딱 잘못했다가는 마이너스가 돼."

그때 종업원들이 상을 들고 들어와서 말을 그쳤다. 진수성찬이다. 요리 하나하나가 정성스럽게 꾸며졌고 먹음직스럽다. 요리상을 보고 나서 삼청각에 대한 이광의 선입견이 호의적으로 조금 돌아섰다. 파트너가 따라준 잔을 들고 건배를 하고 나서 이광이 말을 이었다.

"넌 쿼터 차지만 떼어도 부자가 되는 것 아니냐? 미국 지역 섬유류 쿼터의 22.5퍼센트라니."

그렇다. 국제통상이 보유한 의류 쿼터는 수천만 장이다. 쿼터는 곧 수출을 할 수 있는 양으로 3년 전에 미국이 한국의 각 수출 상사에 할당해준 것이다. 그 할당 기준이 전년(前年)도 수출 실적을 기준으로 각각 80퍼센트였다. 이것은 미국이 극비리에 진행시킨 일이었지만 김성규는 미국 바이어를 통해 그 정보를 입수하고는 전년도(前年度)에 바이

312

어와 공모해서 엄청난 물량을 수출했다. 소문이지만 소매 한 쪽짜리 옷, 원단 쪼가리, 심지어는 종이를 박스에 넣고 의류로 위장해서 선적했다는 것이다. 바이어하고 짰으니 가능한 일이었다. 그러고 나서 다음 해에 엄청난 양의 쿼터를 할당받은 것이다. 술잔을 든 김성규가 지그시 이광을 보았다.

"네 의욕은 높게 사는데 나한테 주는 쿼터 차지 빼면 남는 장사가 아니다, 가격이 안 맞아."

김성규가 머리까지 저었다.

"한국에서 내 쿼터로 현재 127개 공장이 돌아가는데 그 가격을 맞출 공장이 없어. 그래서 쿼터 수백만 장이 날아가게 생겼다."

"내가 만들어줄까?"

"니가 무슨 재주로?"

쓴웃음을 지은 김성규가 술잔을 들었다.

"야, 그 이야기 하려고 나 보자고 한 모양인데 욕심 부리지 마라. 한국에서는 그 가격을 맞출 공장이 없다."

"어쨌든 샘플하고 가격을 줘봐. 만들어 주면 될 것 아니냐?"

정색한 이광이 김성규를 보았다.

"가격 안 맞아서 생산 못 하고 있다는 오더를 다 내놓아 보란 말이다."

파트너들은 눈만 깜박이고 있었지만 지루한 표정은 아니다. 열심히 듣는 척한다. 김성규가 투덜거렸다.

"이 자식이 도대체 무슨 사기를 치려는 거야? 또."

"가격하고 납기일까지 알려줘, 내가 해결해줄 테니까. 그럼 너도 좋은 것 아니냐?"

"그렇게만 해준다면 내가 매일 이곳에서 술 사주지. 오입 값까지 낼게."

김성규의 시선이 이광의 파트너에게 옮겨졌다.

"근데 네 회사는 얼굴 보고 뽑지 않는 것 같다. 내 회사라면 저런 애는 불문곡직하고 채용했을 텐데."

다시 김성규의 진면목이 드러났다. 이광의 파트너가 김성규에게 호의 섞인 웃음을 띠었기 때문이다. 이광이 결론을 냈다.

"좋아. 그럼 내일 너한테 우리 회사 영업부장을 보내지."

"유성 말이냐?"

"아니, 리스타."

"오전 11시에 보내라."

"알았어."

한 모금에 술을 삼킨 이광이 그때서야 파트너를 보았다. 푸저우 공장은 김성규의 오더 전량을 반값으로 하고도 이윤을 남겨줄 것이었다.

"넌 너무 예뻐서 떨어진 것 같다."

이광이 파트너의 잔에 술을 따라주면서 말했다.

"네 상사들이 네 미모에다 몸매를 보고 업무를 제대로 할 수 있겠냐? 그래서 불합격 처리된 거다."

"저것도 농담이라고."

김성규가 쓴웃음을 지으며 말했다.

"지 회사 놈들이 병신이라고 광고를 하네."

양주 한 병을 거의 다 비웠을 때 이광이 옆쪽의 손가방을 열고 사진을 꺼내 김성규에게 건넸다.

"웬 사진?"

사진을 받은 김성규가 얼떨떨한 표정을 지었다. 사진은 컸다. 가로, 세로 각각 20센티, 15센티 정도로 10여 장이다.

"내 공장이다."

이광이 말하자 사진을 본 김성규가 숨을 들이켰다. 공장 내부를 찍은 것인데 끝이 보이지 않았기 때문이다. 수백, 수천 명이 흰 가운을 입고 미싱 앞에 앉아 있는 것이다.

"이게 도대체 어디야?"

눈을 크게 뜬 김성규가 사진들을 넘기면서 혼잣말을 했다.

"여기가 어디야? 꼭 닭장 같다."

"맞춰봐라."

"한국에 이렇게 큰 공장은 없어. 내가 알아."

사진을 또 넘기면서 김성규가 말을 이었다.

"이게 네 공장이라고? 거짓말하고 있어, 사기꾼 같은 놈이."

사진은 이제 공장 안에서 원단을 싣고 달리는 철도를 찍었다. 레일이 깔린 철로 위에 화물칸이 3량이나 연결되어 가고 있다. 다만 전기로 움직이는 화물차다.

"이, 이게 도대체 얼마나 크기에……."

김성규가 말을 더듬었다.

"공장 안에 철로가 있어?"

"공장 길이가 1,250미터야."

"아이구."

"넓이는 650미터."

"아이구."

"공장 근로자는 12,250명이다."

"뭐? 일만이천?"

"그래. 행정직까지 합하면 1만4천5백."

"이, 이게 공장이냐?"

"공장 부속 건물이 12동이야."

"이건 공장이 아니라 도시구먼."

어깨를 늘어뜨린 김성규가 이광을 보았다.

"한국은 아니고 어디냐? 동양인인 것을 보니까 대만? 아냐, 대만에 이런 공장은 없어……."

"중국이다."

"중국?"

김성규의 눈이 가늘어졌다.

"사기꾼이 공갈치고 있어. 네가 중국에다 이 공장을 세웠다고?"

"마지막 사진을 봐."

김성규가 마지막 사진을 들었다. 그 순간 김성규가 몸을 굳혔다. 사진 위쪽에 거대한 플래카드가 걸려 있다.

"이광 선생 푸저우 공장 인수 환영."

한자로 붉은색 바탕의 천에 황금색 글씨로 커다랗게 박혀 있다. 그리고 그 밑에 수십 명의 사내가 엄숙한 표정으로 서 있었는데 이광이 한복판에 자리 잡았다.

"내 왼쪽이 푸저우 당서기고 오른쪽이 푸저우시 시장이다."

이광이 엄숙하게 말했다.

"서열 1, 2위의 거물들이지."

"너, 이, 이런……."

말문이 막힌 김성규가 사진을 흔들었을 때 이광이 말을 이었다.

"네 오더를 줘, 다 처리해줄 테니까."

　다음 날 오전, 국제통상의 김성규 부사장을 만난 리스타상사 서울 본사의 영업부장 강금택은 775만 장의 오더 디테일을 받아왔다. 65 스타일의 제품이다. 총 가격은 8천7백만 불 물량으로 이 제품들을 한국에서 생산한다면 쿼터 차지 약 2천만 불을 제외하고 마진이 3백만 불 정도 예상되는 오더였다. 8천7백만 불 오더에서 마진이 3백만 불로 예상된다면 안 하는 것이 낫다. 초짜 무역부 직원도 계산기를 뒤집어 놓을 오더였다. 그러나 강금택은 이광 앞에서 원가 계산서를 작성했는데 2천8백만 불의 순이익이 날 것이라고 보고했다. 중국 공장에서 생산하기 때문이다. 이광이 머리를 끄덕였다.

　"좋아, 진행해."

　김성규도 펄쩍 뛸 듯이 좋아할 것이고 푸저우 공장도 마찬가지일 것이다. 누이 좋고 매부 좋은 오더다.

　이광이 타미란의 전화를 받았을 때는 오후 6시, 암만은 오전 11시일 것이다.

　"사장님, 여기 오셔야 할 일이 있습니다."

　불쑥 타미란이 말했지만 이광은 놀라지 않았다. 타미란은 군더더기 말은 생략하는 성격이다. 이광이 듣기만 했고 타미란의 말이 이어졌다.

　"고객이 오셨습니다."

　"고객?"

　당장 입 밖으로 누구냐고 묻고 싶었지만 무기 수입 관련 일이다. 이 전화는 도청된다고 봐야 될 것이다. 망할 CIA, 다시 타미란이 말했다.

"사장님, 새 시장입니다."

아니, 그럼 이라크 시장이 아니다. 이광이 심호흡을 했다.

"얀마, 긴장 풀어."

마침내 이광이 조백진에게 말했다. 비행기는 순항 고도에 떠 있다. 오전 11시 반, 서해 상공을 날고 있는 한국항공의 비즈니스석이다.

"예."

대답은 했지만 조백진의 굳어진 몸은 풀리지 않았다. 입맛을 다신 이광이 혼잣소리처럼 말했다.

"나아 참, 비행기 비즈니스석에서 얼어붙은 놈은 처음 보았네."

그때 조백진이 머리를 겨우 돌려 이광을 보았다.

"사장님, 이거 비싸겠죠?"

"응, 비싸지."

옆 좌석에 앉아 있었지만 좌석이 넓어서 이광이 그쪽으로 몸을 기울였다.

"이코노미석의 3배쯤 될 거다."

"히?"

숨 들이켜는 소리를 낸 조백진이 주위를 둘러보았다. 비즈니스석은 빈자리가 많다. 3분의 2쯤 손님이 찼지만 그중 3분의 2가 외국인이다.

"같은 비행기고 같은 시간에 도착하는데 왜 세 배나 비싼 자리에 탑니까?"

"편하니까."

"몇 시간 참으면 돈을 엄청 절약할 수 있지 않습니까?"

"절약해서 뭐하려고?"

"뭐, 다른 필요한 거 사야지요."

"그런 거 이미 다 샀는데?"

"그, 그래도……."

"이코노미 손님만 태우면 비행기 못 뜬다, 기름 값이 안 나와."

"예?"

"비즈니스 손님이 3배 요금을 내기 때문에 비행기가 기름 값 내고 날아갈 수 있는 거다."

"그렇습니까?"

"절약이 항상 미덕인 것은 아냐, 절약만 하면 일자리가 줄어들어."

이광이 옆을 지나는 스튜어디스를 눈으로 가리켰다.

"우리가 저 스튜어디스 일자리도 만들어 주는 거다."

아직 실감하지 못한 조백진이 숨만 쉬었을 때 이광이 말을 이었다.

"돈 제대로 벌어서 잘 쓰는 사람들이 존경받는 사회가 진짜 민주주의 사회인 거야. 나는 잘 벌어서 잘 쓸 거다."

암만에 도착했을 때는 오후 7시가 조금 지났을 때다. 공항에는 타미란이 나와 있었는데 이광이 조백진을 소개했다. 조백진을 '리스타 암만' 총무부로 발령 냈기 때문이다.

"미스터 조도 군인 출신이야."

이광이 타미란에게 그렇게만 소개했다. 조백진에게는 타미란에 대해서 대충 이야기해줬기 때문에 둘은 웃음 띤 얼굴로 악수를 나누었다. 차에 탔을 때 옆자리에 앉은 타미란이 말했다.

"사장님, 리비아에서 군수 담당관이 와 있습니다."

"리비아에서?"

숨을 들이켠 이광이 타미란을 보았다.

"왜?"

"미국제 미사일과 로켓포, 전자 장비를 구입하겠다고 합니다."

타미란이 번들거리는 눈으로 이광을 보았다. 앞좌석에 앉은 조백진이 머리를 돌려 둘을 보았다. 조백진은 회화는 조금 서툴지만 듣기는 거의 완벽하다. 월남에 있을 때 부대에서 열심히 공부했다는 것이다. 타미란이 말을 이었다.

"우리가 토레스사 대리인이라는 것을 알고 있었습니다. 토레스사가 모건 퍼시픽의 모회사이며 이번에 사장과 부사장이 사고로 죽은 것도 알고 있더군요."

"그렇다면 이번 사고로 관계가 단절되었다는 것도 알고 있겠군 그래."

"예, 그렇습니다."

"그런데 왜?"

"관계가 단절되었다고 했더니 그래서 찾아왔다는 것입니다."

"무슨 말이야?"

"예, 그것이."

호흡을 고른 타미란이 목소리를 낮췄다.

"사장님을 통해서 미국 정부와 연결되고 싶다고 했습니다."

"미국 정부와?"

"예, 이번 토레스사 사고로 미국 무기상의 거래량이 대폭 감소될 텐데 지금까지 토레스사와 거래를 해온 '리스타 암만'을 통해 새 미국 무기상에 실적을 만들어 주겠다는 것입니다."

타미란의 얼굴에 쓴웃음이 떠올랐다.

"리비아 카다피 대령이 미국 정부에 추파를 던지는 것입니다, 사장님."

"······."

"그러기 위해서 우리를 이용하는 것이지요."

이래서 지구상 모든 인간의 인연이 얽혀 있다고 했던가?

방으로 들어선 사내는 말끔한 수제 양복 차림의 거구였다. 배가 나왔지만 양복이 잘 어울렸고 콧수염을 기른 붉은 얼굴에는 웃음을 띠고 있다. 40대 후반쯤 되었을까? 자리에서 일어선 이광이 손을 내밀고 사내에게 다가갔다.

"잘 오셨습니다, 제가 이광입니다."

'리스타 암만'의 사장실 안이다. 사내를 안내해온 타미란이 소개했다.

"리비아에서 오신 샤로프 대령이십니다."

"반갑습니다, 미스터 리."

샤로프의 손은 크고 두툼한 데다 따뜻했다. 인사를 나누고 자리에 앉았을 때 샤로프가 물었다.

"중국에 대규모 공장을 짓고 계시지요?"

"아니, 그것을 어떻게······."

놀란 이광이 옆에 앉은 타미란을 보았다. 타미란도 어리둥절한 표정을 짓는다. 타미란조차 모르는 일인 것이다. 그때 샤로프가 웃음 띤 얼굴로 말했다.

"지난달에 베이징에 갔다가 이 사장님 이야기를 들었습니다."

"베이징에서요? 누구한테서요?"

"그야 정부 관계자지요."

"아, 그렇군요."

이광이 머리를 끄덕였다. 그럴 만하다는 생각이 든 것이다. 그런 큰 사업을 베이징의 허락 없이 진행시킬 리는 없다. 그때 샤로프가 말을 이었다.

"우리는 중국에서 식량을 수입하고 있지요. 그래서 내가 가끔 중국을 방문합니다."

리비아는 1969년 9월 1일, 28세의 육군 중위 무하마드 카다피가 쿠데타를 일으켜 정권을 장악했다. 카다피는 쿠데타를 일으켜 국가 원수 겸 국가 비상평의회 의장, 총리, 국방장관을 겸하고 절대 권력을 행사했다. 그 이후로 카다피는 철저한 반미주의를 고집하여 미국 군사 기지를 철수시키고 외국 자본을 추방, 석유를 국유화했다. 카다피는 미국 최대의 적이며 암세포와 같은 존재인 것이다. 따라서 미국과 외교 관계가 없는 중국과 리비아가 은밀한 교류를 맺고 있는 것은 당연하다. 그때 샤로프가 이광을 보았다. 어느덧 정색한 얼굴이다.

"토레스사의 새 사장에 대주주인 윌리엄 타이슨이 선출되었더군요."

"……"

"타이슨을 통해 미국산 무기를 사고 싶습니다. 물량은 곧 통보해 드릴 것이지만 예산은 이미 책정했습니다, 50억 불입니다."

이광이 저도 모르게 숨을 들이켰다. 지난번 프랑스의 무기상 바크롱이 이라크에서 35억 불 무기 계약을 한 것이 세계 최고 기록이라고 떠들썩했다. 그런데 그 기록을 가볍게 깨뜨렸다. 50억 불이라니. 그러나 이광이 머리를 기울였다.

"미국 정부가 승인할까요?"

"할 겁니다."

자신 있게 말한 샤로프가 얼굴에 웃음까지 띠었다.

"더구나 비공식 거래로 할 테니까요."

"비공식이란 말입니까?"

"예, 비밀 거래지요."

샤로프가 말을 이었다.

"먼저 타이슨에게 연락해주시기 바랍니다. 그럼 타이슨이 미국 정부를 설득할 것이고 바로 허가가 날 테니까요."

이광이 심호흡을 했다. 가능한 일인 것이다. 다시 한 번 이광은 세상의 이치를 깨닫는다. 영원한 적은 없다. 그리고 적과 아군의 구분은 득실로 계산되는 것이다.

그러나 이광은 샤로프 말대로 토레스사 신임 사장 타이슨에게 연락하지 않았다. 샤로프와 헤어지고 나서 바로 서울의 오금봉 국장에게 연락했다. 샤로프가 한 이야기를 듣는 동안 오금봉은 숨소리도 내지 않았다. 이윽고 이광의 말이 끝났을 때 오금봉이 긴 숨부터 뱉었다. 그러고는 떨리는 목소리로 말했다.

"이 사장님이 또 한 건 대박을 터뜨렸군요."

"오더가 커요, 사상 최대가 될 겁니다."

"아니, 내 말은 그게 아니라."

오금봉이 서둘러 정정했다.

"미국과 리비아의 비밀 거래를 엮은 장본인이 된 겁니다."

"……."

"카다피는 노련한 인물입니다, 아직 젊지만 영리하고 교활해요."

이 일 전까지만 해도 이광은 카다피 이름만 알았을 뿐이다. 오금봉이 말을 이었다.

"이번에 사고가 난 토레스사와 '리스타 암만'이 거래하고 있었다는 것을 주목했겠지요. 그리고……."

"……."

"미국 정부와 무기상이 이번 이라크 오더 35억 불이 프랑스로 넘어간 것에 화가 나 있다는 것도 알고 있을 겁니다. 거기에다……."

오금봉의 목소리에 활기가 띠어졌다.

"지금 리비아는 국경을 맞대고 있는 챠드와 분쟁 중입니다. 그런데 챠드는 프랑스와 동맹국이거든요. 프랑스제 무기로 무장하고 있단 말입니다. 이번 리비아의 미국제 무기 구입 건은 허가될 겁니다. 토레스사가 적극 로비를 할 것이고요."

이광이 또 배운다. 적의 적의 적은 적이고 그 적은 우군이다. 세상은 돌고 도는 것이다. 영원한 적은 없다.

"미스 전을 만나고 가시는 게 좋을 것 같은데요."

타미란이 이런 식으로 말한 것은 처음이다. 보통 '미스 전을 만나시지요.' 하는 스타일이었기 때문이다. 오후 2시 반, 이광은 오금봉과 통화한 후 한 시간 반 만에 토레스사의 신임 사장 윌리엄 타이슨과 파리에서 만나기로 약속을 한 것이다. 타이슨이 직접 전화를 걸어온 것을 보면 눈이 홀떡 뒤집힌 것 같았다. 한 시간 반 동안 오금봉한테서 CIA로, CIA가 고위층을 통해 백악관에 보고를 했을 것이며 또한 토레스사에도 연락을 했을 것이었다. 그리고 정부 고위층과 토레스사 간의 합의, 대통령의 승인을 받아내는 데까지 걸린 시간이 오금봉으로부터 시작해서 한 시간 반이다. 더구나 이광은 암만 시간으로 오전 11시 반에 연락했으니 워싱턴은 오전 4시 반일 것이었다. 오전 4시 반에서 6시 사이에 대통령의 결재까지 받았단 말인가? 미국 대통령과 고위층은 잠도 안 자나? 의심이 들었지만 상관할 일은 아니었다. 그래서 지금 이광은 파리로 떠날 준비를 하다가 타미란의 조언을 들은 것이다. 떠나기 전에 전수현을 만나고 가라는 말이었다. 전수현, 사기꾼한테 끌려서 암만까지 온 여자, 지금은 암만에서 유아원과 한국어 학원 원장이 되어 있다. 벽시계를 본 이광이 머리를 끄덕였다. 파리행 비행기는 오후 5시 반 출발이다. 한 시간쯤 시간이 있다.

연락을 한 터라 어학원 현관 앞에 서 있던 전수현이 차에서 내리는 이광 앞으로 다가왔다. 얼굴이 상기되었고 두 눈이 크게 뜨여 있다.

"사장님!"

그렇게 부른 전수현이 두 손을 앞으로 모으더니 허리를 굽혀 절을 했다.

"아이구, 이런."

쓴웃음을 지은 이광이 다가가 손을 내밀었다. 멋쩍은 김에 악수를 하자는 것이다. 전수현이 두 손으로 이광의 손을 감싸 쥐더니 다시 머리를 숙였다.

"사장님, 감사합니다."

"감사는 무슨."

뒤에 선 타미란과 조백진이 주춤거렸고 선생들이 나와 이광에게 인사를 했다. 유아원과 어학원의 보조 교사들이다. 전수현은 현지인 보조 교사 3명까지 관리하고 있는 것이다. 전수현의 안내로 학원을 둘러본 이광이 사무실에서 마주앉았다.

"대사관에서도 적극적으로 도와주고 있다니 다행이오."

이광이 말하자 전수현의 얼굴이 환해졌다.

"대사님이 중동 지역에 이런 시설은 요르단이 처음이라고 하셨어요. 사우디, 이집트에도 없다는군요."

"대사님이 승진하겠구먼."

"사장님께서 상을 받으셔야죠."

"내가 상 타려고 전수현 씨 도와줬나?"

정색한 이광이 전수현을 보았다.

"상을 탈 사람은 전수현 씨야. 난 그런 전수현 씨를 보면 보람을 느껴요."

전수현은 상기된 얼굴로 시선만 주었고 이광의 말이 이어졌다.

"어쨌든 잘되었어. 대사가 적극적으로 도와줄 것 같으니까 마음을 놓아도 되겠군."

머리를 끄덕인 이광이 자리에서 일어섰다.

"하지만 모든 경비는 내가 낼 테니까 전수현 씨는 대사관에 매달리지 않아도 돼요. 이래라저래라 귀찮게 하면 바로 나나 타미란한테 말해주도록."

이광의 얼굴에 웃음이 떠올랐다. 다 된 밥에 수저만 갖고 덤벼든 대사관, 대사의 행태에 슬며시 화가 났기 때문이다.

"그 사기꾼 놈들이 사기를 치고 다닐 때 대사관은 방관하고 있었어. 그래서 전수현 씨는 물론이고 교민들도 피해를 입었다고."

전수현이 잠자코 머리만 끄덕였다. 몸을 돌린 이광이 발을 떼었을 때 전수현이 물었다.

"사장님, 언제 다시 오세요?"

"난 5시 반 비행기로 파리에 가는데."

발을 멈춘 이광이 전수현을 보았다.

"무슨 일 있어?"

"아뇨, 그냥."

전수현의 얼굴이 더 붉어졌다. 한동안 전수현을 보던 이광이 물었다.

"내 전번 알지?"

"네, 알아요."

"나한테 직접 전화해도 돼."

"……."

"아무 때나."

다시 발을 뗀 이광이 말을 이었다.

"보육원 일 아니어도 돼."

문을 열고 밖으로 나온 이광이 길게 숨을 뱉었다. 갑자기 아쉬운 느낌이 들었기 때문이다. 뭔가를 놓고 온 것 같다.

파리에는 타미란도 동행했기 때문에 일행은 셋이다. 그동안 타미란과 조백진은 친해졌다. 같은 군(軍) 출신인 데다 기질이 맞는 것 같다. 둘 다 말이 별로 없는 성격에다 행동이 절도가 있고 상하 관계가 분명했다. 그래서 나이가 위인 타미란을 조백진이 형님처럼 대우하고 있다. 둘이 군대 이야기를 시작하면 길어져서 이광은 타미란의 입이 그렇게 자주 들썩이는 것을 처음 보았다. 멀리서 둘을 보기만 했기 때문이다. 파리에 도착했을 때는 깊은 밤이다. 그날 밤 호텔에서 자고 다음 날 오전에 셋은 약속 장소인 콘티넨탈호텔 스위트룸으로 들어섰다. 이곳을 타이슨이 상담장으로 예약해 놓은 것이다. 엘리베이터 앞에서부터 토레스사는 경비원을 배치시켜 놓았는데 18층 복도, 방문 앞에도 경비원이 서 있다. 그것을 본 타미란이 방안으로 들어서면서 이광에게 낮게 말했다.

"이제는 과잉 경계를 하는군요."

"어서 오십시오."

안에서 기다리고 있던 일행이 일어섰는데 셋이다. 모두 초면으로 백인 둘, 흑인 하나다. 사장 타이슨과 부사장 존스는 백인, 흑인이 영업전무 마이클이다. 모두 처음 보는 얼굴이어서 명함을 주고받았다. 타미란은 '리스타 암만'의 관리부장이고 조백진은 관리과장 명함을 갖고 있다. 오전 10시 45분, 11시가 약속 시간인데 이광이 일찍 왔다. 11시 반에는 리비아의 바이어 샤로프가 올 것이다. 상담실에 자리 잡고 앉았을 때 타이슨이 정색한 얼굴로 말했다.

"다시 거래가 연결되어서 기쁩니다."

"저도 그렇습니다."

쓴웃음을 지은 이광이 곧 본론을 꺼냈다.

"가격에 제 커미션 20퍼센트를 넣어 주시지요."

샤로프보다 일찍 만난 것은 이 약속을 받아내기 위해서였다. 강인숙은 보통 20퍼센트에서 최고 30퍼센트까지 커미션을 받아갔는데 메이커 측으로서는 제값만 받는다면 커미션이 50퍼센트라고 해도 상관없다. 다만 너무 무리하게 올리면 시장 가격을 다 아는 터라 눈치가 보일뿐이다. 그때 타이슨이 대답했다.

"알겠습니다. 가격에 20퍼센트를 반영해놓고 대금이 입금되는 즉시 커미션을 지급한다는 내부 문건을 작성하겠습니다."

이미 예상하고 있었을 것이다. 이것으로 사전 계약은 끝났다. 오더만 되면 끝난다.

11시 반 정각에 도착한 샤로프 일행은 셋, 샤로프는 미국 무기 리스트까지 갖고 있었기 때문에 이미 주문서를 만들어 왔다. 가격만 적어놓지 않았을 뿐이다. 그래서 타이슨 측이 제시한 가격을 보더니 저희들끼리 10분쯤 상의하고 나서 모두 받아들였다. 그 가격이 51억 5천만 불, 사상 최고가의 무기 구입 기록을 깨뜨렸다. 미국제 무기를 미국과 원수지간인 리비아가 사들인 것이다. 그래서 이 거래는 비밀 거래가 되었기 때문에 기록에는 남지 않을 것이다. 계약서에 사인하고 상담이 끝났을 때는 오후 2시 반, 점심도 거르고 일을 마친 터라 3개 팀은 모두 지친 표정이 되어 있다.

"자, 저는 먼저 갑니다."

샤로프가 먼저 이광에게 악수를 청하면서 말했다. 이제 바이어와 메이커의 관계가 성립되어서 샤로프는 갑(甲)이고 타이슨은 을(乙)이 되어 있다. 중개상 역할인 이광의 '리스타 암만'에 먼저 악수를 청한 이유다. 샤로프 일행이 떠났을 때 타이슨이 웃음 띤 얼굴로 이광을 보았다. 타이슨은 복싱 챔피언이었던 타이슨과는 달리 마른 체격에 백발의 60대다.

"리, 한잔하시겠습니까?"

"고맙지만 사양하겠습니다."

이광이 정중하게 사양했다.

"제가 제럴드, 톰슨의 죽음에 다시 한 번 애도를 드립니다."

타이슨 일행의 표정이 숙연해졌다. 이 상황에서 술 마시자고 더 권할 수도 없을 것이다.

돌아오는 차 안에서 타미란이 이광에게 물었다.

"납기가 열흘 후입니다. 언제 트리폴리에 가시겠습니까?"

"무기가 도착하기 이틀 전에는 트리폴리에 가 있어야겠지."

무기를 확인하는데 이광도 옆에 있어야 하는 것이다. 생산자, 구매자, 중개상이 모두 상품을 확인해야만 대금이 지급된다. 타미란이 말을 이었다.

"샤로프가 초청장을 보낸다고 했습니다, 사장님."

타미란의 목소리가 들뜬 것처럼 들렸기 때문에 이광이 시선을 들었다. 이광의 시선을 받은 타미란이 얼굴을 굳히고 말했다.

"이제는 '리스타 암만'이 본격적인 무기 중개상이 된 것입니다, 사장님."

조백진은 타미란을 따라 암만으로 돌아가기로 했다. 제품 확인차 트리폴리로 가기 전까지 타미란과 함께 있도록 한 것이다. 오후 6시 반, 호텔 방문의 벨이 울렸다. 문을 연 이광이 앞에 선 마르카를 보고는 환하게 웃었다. 마르카도 활짝 웃는다. 이광이 연락한 것이다. 안으로 들어선 마르카가 이광의 목을 두 팔로 감아 안고 입술을 내밀었다. 반쯤 뜬 눈이 흐려져 있다. 이광이 마르카의 입술을 한입에 입안에 넣었다. 가쁜 콧숨 소리만 방안에 울리고 있다.

"왜 내 아파트로 오시지 않고?"

이광의 가슴에 얼굴을 붙인 마르카가 가쁜 숨을 고르면서 물었다. 마르카의 숨결이 땀에 젖은 가슴 위를 스치고 지나갔다. 둘은 침대 위에 알몸으로 엉켜 있었는데 한바탕 폭풍이 휩쓸고 지나간 방안에는 아직 열기가 식지 않았다.

"다음에. 난 내일 오전에 떠나야 돼."

이광이 마르카의 허리를 당겨 안으면서 이마에 입술을 붙였다. 마르카는 파리8대학 전임강사다. 바그다드의 전시장 알바 대학생이 마침내 꿈을 이룬 것이다.

"마르카, 넌 꿈을 이뤘구나."

이광이 말하자 마르카가 얼굴을 들었다. 검은 눈동자가 반짝이고 있다.

"꿈은 자꾸 꾸는 거예요, 여보."

"이번에는 어떤 꿈인데?"

"당신의 아이를 갖는 꿈."

거침없이 말한 마르카가 턱을 이광의 가슴에 붙였다. 눈에 웃음기가 띠어져 있다.

"그렇다고 결혼하자는 말은 아녜요."

"……"

"당신 아이만 갖고 싶어요."

"……"

"당신은 내 옆에 잡아둘 수 없으니까 당신 아이를 키우고 싶어요."

"마르카, 그건 네 욕심이야."

이광이 마르카의 엉덩이를 힘주어 움켜쥐었다. 마르카가 눈을 크게 떴을 때 이광이 눈꺼풀에 입술을 붙였다가 떼었다.

"아빠를 자주 보지 못하고 자라는 아이가 안쓰럽지 않아?"

"……."

"난 결혼하면 같이 살 거다, 아내하고 아이들하고 같이."

이광이 이제는 마르카의 입술에 입을 붙였다. 마르카가 두 손으로 이광의 목을 감싸 안는다.

밤 11시 반이 되었을 때 이광이 침대에서 몸을 일으켰다.

"왜요?"

옷을 입는 이광에게 침대에서 상반신을 세운 마르카가 묻는다. 마르카는 시트로 알몸을 가리고 있다.

"나 잠깐 나갔다가 올게."

"이 시간에요?"

"응. 약속이 있어 라운지에서."

옷을 갖춰 입은 이광이 마르카를 향해 웃었다.

"이번 오더의 마지막 상담이야."

이광이 방을 나왔을 때 복도 안쪽에서 기다리고 있던 타미란과 조백진이 다가왔다. 양탄자가 깔린 복도에는 타미란이 고용한 경호원 셋이 더 있었다.

"5분 후에 도착한다고 연락 왔습니다."

머리만 끄덕인 이광이 발을 떼었고 뒤를 타미란과 조백진이 따른다. 엘리베이터를 타고 최상층에서 내린 이광은 라운지의 밀실로 혼자 들어섰다. 타미란과 조백진은 경호원들과 밖에 남은 것이다. 이광이 밀실의 소파에 앉아서 기다린 지 5분쯤 지났을 때 노크 소리와 함께 문이 열렸다. 샤로프가 들어섰다. 샤로프도 혼자다. 시선이 마주치자 샤로프는 눈인사만 했고 자리에서 일어선 이광도 머리만 끄덕였다. 악수도 나누지 않은 둘이 마주보고 앉았을 때 샤로프가 물었다.

"미스터 리, 하실 말씀이 뭐요?"

잠깐 시선을 뗀 이광이 방을 둘러보는 시늉을 하고 나서 샤로프를 보았다.

"오더 가격에 내 커미션 20퍼센트가 포함되어 있습니다. 내가 타이슨을 먼저 만나서 가격에 20퍼센트를 추가해서 제시하라고 했거든요."

샤로프는 눈도 깜박이지 않은 채 시선만 주었고 이광이 말을 이었다.

"이라크 오더를 할 때는 내가 직접 상담하지 않았기 때문에 커미션 배분을 누가 먼저 제의했는지 알 수 없었지만 오고가는 건 내가 압니다."

"……."

"자, 말씀하시지요. 난 10퍼센트면 만족합니다. 나머지 10퍼센트는 어떻게 할까요?"

"……."

"가격을 선뜻 컨펌해 주셔서 저도 거침없이 말씀드리는 겁니다."

그때 샤로프가 이를 드러내고 웃었다.

"리, 당신은 앞으로 크게 성공할 거요."

"어서 오십시오."

다가선 오금봉이 활짝 웃었다. 다음 날 오후 7시, 김포공항 게이트에 비행기가 정지하고 문이 열리자마자 안으로 들어선 사내들이 이광을 모시고 나왔다. 둘 다 선글라스를 끼었고 말끔한 양복 차림이어서 기관원 티가 났다. 그리고 밖으로 나오자 오금봉이 기다리고 있었던 것이다. 이런 영접에 익숙해진 이광이지만 김포에서는 처음이다. 따라 웃은 이광이 오금봉의 손을 잡으면서 물었다.

"지금 틀림없이 누구 만나러 가겠군요. 그렇죠?"

과연 그렇다. 한 시간 반 후인 8시 반경에 이광은 소공동의 미국대사관 별관의 응접실에서 세 사내와 마주보고 앉아 있다. 세 사내는 모두 백인으로 중앙에 앉은 사내가 CIA 부국장 모건, 왼쪽이 CIA 한국지부장 코린스, 오른쪽이 주한 미국 부대사 헌팅턴이다. 이광의 왼쪽에는 오금봉이, 오른쪽에는 안기부 1차장 서용만이 앉았으니 양국 정보기관 거물들이 다 모인 셈이다. 그때 모건이 지그시 이광을 응시한 채 물었다.

"미스터 리, 커미션을 20퍼센트나 넣으셨더군요."

이광과 시선을 부딪치자 모건이 이를 드러내고 웃었다. 회색빛 머리칼, 눈도 잿빛이었고 피부는 붉고 거칠다. 넓은 얼굴, 두툼한 콧날과 입술, 우람한 체격이다. 눈빛과 분위기로 상대를 압도하는 것에 익숙한 것 같다. 모건이 어깨를 펴고 물었다.

"그리고 어젯밤에 호텔 라운지에서 샤로프하고 단독으로 만나셨습니다. 그 내용을 말씀해주시지 않겠습니까?"

잠깐 시선을 뗀 모건이 담배를 꺼내 입에 물었다. 로보 말이다.

"미스터 리, 지난번 국개위에 잡혀가셨을 때 우리가 손을 써서 빼 드린 것입니다. 여기 있는 오 국장, 서 차장이 알고 계시지요."

"……."

"말씀해주시면 우리들이 적극 도와드릴 것을 약속해드립니다. 그리

334

고 그 커미션에 대해서 저희들이 일절 관여하지 않겠다는 약속도 드립니다. 우리는 내막만 알고 싶은 것입니다."

그때 이광이 말했다.

"말씀드릴 수가 없습니다."

이광의 얼굴에 웃음이 떠올랐다.

"샤로프가 이런 경우도 예상하고 있더군요. 내가 한국에 가면 CIA 부국장 모건 씨가 기다리고 있을 것이라고 했습니다."

입맛을 다신 이광이 재킷 주머니에서 접힌 쪽지를 꺼내더니 모건 앞으로 밀어놓았다.

"저는 샤로프가 농담하는 줄 알았습니다. 모건 씨를 만나면 이 쪽지를 주라고 하기에 말입니다. 그런데 그 말이 사실이 되었군요."

옆에 앉은 오금봉의 목구멍에서 물 한 컵이 떨어지는 소리가 들렸다. 그 정도로 방안이 조용해진 것이다. 어금니를 문 모건이 쪽지를 집더니 폈다. 옆쪽에 앉은 둘은 제각기 외면했고 모건만 쪽지를 읽는다. 이윽고 쪽지를 다 읽은 모건이 접어서 주머니에 넣었다. 표정에 변화는 없다. 그러나 이광은 이미 그 쪽지를 읽었다. 그 내용은 '이 암캐 아들놈 모건, 카이로에서 우리가 살려준 은혜를 잊지 마라. 이 개놈아, 미스터 리한테서 내가 커미션을 얼마 떼어먹는가를 알고 싶은 거냐? 내가 네 에미한테 못 준 화대를 갚을 만큼 떼었다.'였다.

다음 날 아침, 유성으로 출근한 이광이 푸저우에 머물고 있던 황학수 회장의 전화를 받는다.

"이봐 이 사장, 이놈들이 자본주의 경쟁 체제에 눈을 뜨기 시작했어!"

황학수가 들뜬 목소리로 말을 이었다.

335

"생산량을 많이 올리는 사람이 당연히 보상을 많이 받아야 한다고 인정하기 시작했단 말이야!"

"고생하십니다."

이광이 진심으로 말했다.

"회장님 같은 분이 아직도 한국에 더 계셔야 합니다!"

"그래. 내가 '리스타 푸저우'를 세계 제1로 만들어 놓을 테니까 두고 보게!"

"아닙니다! 내년부터는 '유스타 푸저우'지요."

"리스타나 유스타나 이름은 의미가 없어! 주체가 '한국'이라는 것이 중요해!"

"그렇습니다."

통화를 끝낸 이광에게 주위의 시선이 모여졌다. 목소리가 컸기 때문일 것이다. 그들은 이광이 황학수와 통화한 것을 아는 것이다. 이광이 소리치듯 말했다.

"내년부터는 1만2천 명 규모의 '유스타 푸저우'가 가동될 거야!"

그때 누군가 박수를 쳤고 이어서 몇 명이 따르더니 곧 박수 소리로 뒤덮였다.

<끝>